Dreh den Mond um

TEX
RUBINOWITZ

DREH
DEN
MOND
UM

Tex Rubinowitz, geboren 1961 in Hannover, lebt seit 1984 in Wien, zeichnet Cartoons für verschiedene Zeitungen, schreibt, macht Musik mit seiner Band Mäuse und stickt auf Stoff. 2014 Gewinn des Ingeborg-Bachmann-Preises, zahlreiche Bücher, mehrere Platten, noch mehr Stickstoff.

© Ventil Verlag UG (haftungsbeschränkt) & Co. KG, Mainz 2024. Alle Rechte vorbehalten

 In Kooperation mit Tapete Records

1. Auflage Oktober 2024
ISBN 978-3-95575-230-9

Lektorat: Jonas Engelmann
Layout und Satz: Oliver Schmitt
Cover unter Verwendung eines Fotos von Tex Rubinowitz
Druck und Bindung: maincontor GmbH

Ventil Verlag, Boppstr. 25, 55118 Mainz
www.ventil-verlag.de

INHALT

Seksuele Genezing 7

Weltmeister im Scheißereden 25

Schattendieter 32

Mein Freund Harvey 47

Schönes Mädchen aus Arcadia 57

Die Frau, die den Nil verkauft hat 70

Good Morning, Luxembourg 77

Bär und Möwe 89

Ein Tropfen geht an Land 102

Ich könnte ohne deine Liebe nicht leben 114

Arrivederci Hans 126

Divine Erna 138

Dreh den Mond um 147

Schränke 158

Ruf mich an, wenn du tot bist 169

Die Nähmaschine 180

Zurück zur Null 197

Algorithmusraten am Nachmittag 211

Decaf the Planet 226

Gimme Dat Ding 235

Das Theater in der Hosentasche 252

SEKSUELE GENEZING

Neulich fragte mich eine Kellnerin in einem rumänischen Lokal, in das ich mich setzte, um eine schöne Sarmale – eine Art Wirsingwickel – zu vertilgen, und als erstes die Kerze auf dem Tisch ausblies, weil mich das Geflacker dieses falsch verstandenen Romantikaccessoires störte, ob ich mich nicht woanders hinsetzen wolle – als ob eine andere Kerze weniger nerven würde. »Nein«, sagte ich, »alles gut.« Das anachronistische Licht einer Simulation von Geborgenheit nervte und ich leide an etwas, das so abstrakt ist, dass sie mich sowieso nicht verstanden hätte. Aber es brachte mir schmerzhaft etwas ins Bewusstsein, was mir vor mehr als drei Dekaden passiert war, was damals begonnen und mich hierher geführt hatte.

Es waren die Jahre, in denen ich besonders stark unter meinem Bozeman's Simplex litt, der medizinische Terminus dafür lautet »Positive Entzündung der Retina«. Vereinfacht und zum allgemeinen Verständnis erklärt, handelt es sich hierbei um einen sehr seltenen Sehfehler. Auch wenn eine genetische Disposition vorhanden ist, *muss* er allerdings nicht auftauchen – er ist wie ein Tier mit funktionslosen Augen, das in mir wie in einer Grotte lauert. Bei den meisten Betroffenen kommt er tatsächlich nie raus, bei mir schon, in kleinen Schüben, und 1982 war es besonders heftig.

Ich kann etwa 25 Mal mehr sehen als andere Menschen. Was wie ein Vorteil klingt, kann allerdings zur Belastung werden, denn unter Bozeman's Simplex Leidende sehen nicht besser, schärfer oder weiter, sondern, wie gesagt, einfach mehr. Das heißt, ich sehe zusätzlich zum avisierten Objekt und den vielen Details, aus denen das Objekt besteht – wobei die Details wieder eigene autonome Objekte werden, die zusammengesetzt mitunter gar keinen Sinn ergeben –, noch eine Reihe weiterer Aspekte des Szenarios, peripheres Sehen wird das auch genannt. Es materialisieren sich die Geräusche und Gerüche, das Bild bekommt eine vierte Dimension, ein Bildermatsch der Möglichkeiten. Eine Ente etwa ist keine Ente, sondern wird zur Idee einer Ente, mit all ihren metaphysischen Möglichkeiten.

Das Ganze, also alles, was sich in meinem Blickfeld übereinander schiebt, wird zu einer optischen Kakophonie. Ich bekam immer häufiger zwiebelnde Kopfschmerzen, konnte mich nicht konzentrieren, auf nichts, auf das eigentliche Bild schon gar nicht; ich begriff es nicht, ich wurde blind, obwohl ich das Gegenteil von blind war – ich war supersehend, aber das half mir nicht. Ein visuelles Chaos feuerte eine Stalinorgel an Eindrücken auf mich ab, während ich mit dem Ordnen nicht mehr nachkam.

Mein Augenarzt Dr. Meinheimer empfahl mir eine Jodkur. Er verschrieb mir eine pure, unverschnittene Jodtinktur zu trinken, dreimal 10 cl pro Tag. Mit Jod hätte er schon gute Erfolge erzielen können, etwa bei hartnäckigem, okulärem Nystagmus, diesem unkontrollierten Augenzittern. Jod wirke offenbar wie ein Sedativ, Meinheimer nannte es gar ein *Schmiermittel zum Sehen*.

Was allerdings passierte, war, dass mein Augendruck so schlimm wurde, dass ich mir einbildete, meine Augen könnten wie Tischtennisbälle jeden Moment aus ihren Höhlen ploppen. Ganz davon abgesehen, dass sich vor das Bild und die vielen anderen, zusätzlich übereinandergeschichteten Bilder, die ich nach wie vor sah und die an eine überforderte Cortex weitergegeben wurden, ein hellbräunlicher Schleier legte wie eine nikotingilbe Gardine, Ocker gar, Ocker als generelle Verliererfarbe – du kannst nicht siegen in Ocker, mein Freund. Und sehen schon gar nichts.

Alles wurde nur noch schlimmer. Vielleicht hatte Meinheimer mich viel zu hoch dosiert, oder er lag, was ich eher annahm, komplett falsch mit seiner Therapie, ein Holzweg aus Jod. Ich kam mir vor wie Liberace, der sich einbildete, durch eine von ihm oder irgendeinem Quacksalber erdachte Melonenkur seine HIV-Infektion in den Griff bekommen zu können. Jeden Tag zehn dieser albernen, so genannten Panzerbeeren essen und nichts als das, herrjeh, das sind am Ende des Jahres DREITAUSEND Melonen, und dann ist er trotzdem gestorben, vermutlich an Melonenüberdruss, die Melancholie der Melonenesser. Entsetzliche Vorstellung: vollgepumpt und aufgedunsen mit süßem, rotem Wasser und schwarzen Kernen.

Dr. Meinheimer war ratlos, aber er meinte, er könne mir als letzten Versuch eine Kur empfehlen, in einer Gegend mit jodhaltiger Luft, an der Nordsee beispielsweise. So fuhr ich ins belgische Ostende, das kannte ich, hier hatte unsere Familie, als es sie noch gab, ein paar trübe Sommer verbracht.

Es war November, mein Lieblingsmonat, grau, stürmisch, leergefegt alles. Ich weiß noch, dass ich mit dem Zug hinfuhr, von Wien aus, es gab noch eine Direktverbindung. Damals hatten die Fähren nach Großbritannien auch noch die Bedeutung, die sie heute nicht mehr haben, inzwischen sind sie Geisterschiffe. Aber ich wollte ja gar nicht über den Ärmelkanal, ich wollte mein Sehen heilen, die Schichten meiner verängstigten Blicke durchdringen. Würde das gehen? Was hatte ich zu verlieren?

Ostende ist keine schöne Stadt, eine disharmonische Rhapsodie in Waschbcton, Häuser ohne Augen, Nebelschwaden in den engen Gassen, eine Schnake stirbt am Fensterbrett. Hat nicht Gogol mal behauptet, der Mond würde in Ostende hergestellt?

Die Stadt ist im Prinzip genau das, was ihr Name evoziert: Aus dem Osten kommt zwar das Licht, aber sonst nicht viel Gutes, also ist im Beginn praktischerweise auch gleich das Ende eingeschrieben. Das ist doch eine gute Ausgangsbasis für einen Neubeginn, einen letzten Versuch. Mein Sehen war überreich, aber funktionslos, nicht paralleles Sehen, paradoxes Sehen war es.

Mit törichter Hoffnung, aber tröstlicher Vorfreude fuhr ich hin. Ich müsste mir diese Freude nur bewahren, vielleicht würde irgendwas ja zurückschauen, was ich anschaue, und ich würde es erkennen. Nichts zu erwarten ist zumindest ein kleines bisschen mehr als *gar nichts* zu erwarten. Die Erinnerung weiß, wer ich bin, bildete ich mir ein. Es schaut ja immer etwas zurück, wenn man etwas intensiv betrachtet, und sei es das abwartende Bild, das man mit bestimmten Erwartungen und Wünschen auflädt. Manchmal erfährt man mehr über eine Sache, über die man nichts weiß, als über eine Sache, von der man zu viel weiß. Und ich wollte meine Augen wiedersehen, ich musste in die Fremde, um mich wiedersehen zu können.

»God, how I hate Elvis, he has a voice like a frog, and looks like a toad, he manages to make you feel like spawn«, hörte ich den Mann in »Benny's Tearoom« am Nebentisch murmeln, als »In the Ghetto« im Radio lief. Er wendete seinen Blick nicht vom stumm laufenden Fernseher ab, so als sei er hypnotisiert und irgendetwas in ihm müsse kommentieren, was sonst noch so parallel an Leben passiert. Der Mann war wie ein Zombie abwesend, kaum hier und noch nicht mal dort, im Fernseher lief »Familie Feuerstein«. Und der Mann war Marvin Gaye.

Ich konnte es nicht fassen, bestellte mir ein Kirschbier und sprach die, wie ich fand, für mich inszenierte Situation an: »Mr. Gaye?« Mr. Gaye, der eben behauptete, sich wie Laich zu fühlen, reagierte nicht, er starrte nur auf die stummen Feuersteins, und tonlos war für ihn sicher keine schlechtere Sprachoption als Flämisch oder Französisch. Zumal ungesichert ist, welche Sprache eigentlich Laich spricht – und versteht. Im Restaurantradio lief nun Gregory Isaacs »Night Nurse«. In diesem Moment wandte er seinen Blick und schaute mich an, sah aber durch mich hindurch – ich hätte auch eine der staubigen Blattpflanzen sein können, die hier überall standen, oder eine der strickenden Omas, die zwischen den Blattpflanzen saßen und Eierlikör tranken. Ich hörte, oder etwas in mir hörte von Ferne: »Tell her it's a case of emergency. There's a patient by the name of Gregory«. Mr. Gaye nickte mir zu. War das ein Grüßen, eine Antwort auf meine Anrede, war es, weil ihm Gregorys Song eher gefiel als der vom King of Reibekuchen, Elvis Presley? Anzunehmen ist es, das läge auf der Hand. Ich fragte nicht, ich dachte: Jetzt könnten wir beide eine Weile so tun, als seien wir Joseph Roth und Stefan Zweig, die sich 1936 im Exil in Ostende trafen. Ob Marvin »Der Radezkymarsch« kannte? War ich nicht auch irgendwie im Exil meines Sehens? Was brachte Marvin hierher, war er ebenfalls im Exil? Vielleicht seines Hörens?

Ich musste irgendwas sagen, so als wollte ich einen fasslichen Köder auswerfen, um die surreale Situation an den Haken zu bekommen, aber es kam auch nur ein guttural gekrächztes Sozialgeräusch aus mir: »Flintstones, hm?« Das kam mir noch überflüssiger vor, ich hätte ja auch gleich den ganzen Raum beschreiben können, den Ort, Belgien, die strickenden Eierliköromas usw., aber zu meiner Überraschung ging er auf mein Angebot ein. Er murmelte mit seinem seltsam flatternden Timbre wie ein alter Schuh, dessen Sohle halb ab ist, eine Art Vortrag: »Vieles von dem, was ich heute bin, ist der Versuch, der zu sein, der ich mich damals nicht zu sein traute«, so fing Marvin an. Ich wusste nicht, was er meinte: War ihm nicht wohl, was redete er da, war das eine Art Coming-out? Warum erzählte er es mir, einem Fremden in »Benny's Tearoom«, in Belgien? Wusste er etwas über mich? Und wenn ja, was? War ich ein Versuch, war Belgien ein Versuch? Ja, sicher, man ist und bleibt immer ein Versuch, eine Lösung wird nie geliefert, mein Bozeman's Simplex ist auch nur ein Angebot für eine Lösung, eine Boje in unruhiger See, die mich daran erinnern soll, dass ich noch lebe, auf welche Art auch immer.

»Schau dir mal die Familie Feuerstein an, schau genau hin, was fällt dir auf, was siehst du?« Ihm zu erzählen, dass ich nichts bzw. ZUVIEL sah und also paradoxerweise noch weniger als nichts sah, ersparte ich mir, es wäre zu kompliziert geworden. Er hätte es genauso wenig verstanden wie die rumänische Kellnerin und letztlich auch wie Dr. Meinheimer – ich glaube, Jod ist auch nur eine Art Placebo, um mich zu beruhigen. Ich sagte: »Ich sehe nichts, oder vermutlich nicht das, was du meinst, was ich sehen soll?« Er sagte: »Schau genau hin!«

Als Marvin merkte, dass mir nichts auffiel, erklärte er: »Sieh dir mal die Augen genau an, sie haben unterschiedliche Augen. Die von Fred und Betty, Barneys Frau, sehen aus wie ›richtige‹ Augen, also menschliche, und die von Barney und Wilma wie die von Mutanten oder Robotern, oder sie sind evolutionär noch nicht so entwickelt, obwohl ja gerade Wilma den anderen geistig weit überlegen ist. Sie ist das Vernunftelement in der Serie. Warum hat sie dann diese toten Augen?«

Mein Erklärungsversuch, es könne ja sein, dass Wilma Barneys Schwester ist und Betty die von Fred, überging er.

»Noch seltsamer ist indes, dass Barney in frühen Folgen hohle Augen hatte, wie eine Amphibie.« Und da konnte ich Marvin korrigieren, Amphibien hätten Schlitze in den Augen, hohle Augen, hm, was könnte diese Leere nun wieder bedeuten? Barneys Ahnungslosigkeit, seine Bewunderung (für Fred), gar *blinde* Treue? Drogen vielleicht, sowas wie Belladonna? Wusste er mehr als wir? War er ein Spiegel von uns? Motto: *Schau mich an, damit ich sehe, was du denkst.* Ich sagte: »Vielleicht sollen die unterschiedlichen Augen der jeweiligen Familien nur ein ausgleichender Kontrast der Einheit sein, eine Art Yin-Yang-Prinzip?« Marvin murmelte nur sowas wie: »Möglich, möglich ist alles, wenn nichts möglich wäre, wären wir nicht hier. Das Unmögliche wird zum Angebot, aus dem wir etwas für uns konstruieren können, das ist der Fisch, der an Land geht.«

Hier? In »Benny's Tearoom«? Er und ich, in Ostende, angespült vom Meer der Möglichkeiten? Ich, der ich mich nicht mal über meine Augen definieren konnte? Und er? Warum war er hier der Versuch dessen, der er früher nicht sein konnte? Testete er eine Möglichkeit? Plötzlich löste sich sein Blick von dem laufenden Fernseher, er fragte, ob ich das eben gehörte Lied mochte, diesen sanften Reggae, »Night Nurse« von Gregory Isaacs. Er wartete meine Antwort nicht ab, sondern erklärte, dass sich das Genre Lovers Rock nennt, so eine Mischung aus Soul und Reggae. Er erzählte, dass dieser Sound ein Grund war, warum er den Vereinigten Staaten, seinem »Pseudoheimatland« (seine Worte), den Rücken gekehrt hätte, man sei dort solchen Genres gegenüber intolerant. Zusätzlich fürchtete er, sein impulsiver, jähzorniger, gewalttätiger Vater könnte ihm nach dem Leben trachten, deswegen sei er nach Großbritannien gegangen, aber auch da hätte man ihn nur auf seinen Legendenstatus reduzieren wollen, eine musikalische Weiterentwicklung sei dort nicht möglich gewesen. Der einzige, mit dem er befreundet war, war Martin Gore von Depeche Mode, mit ihm konnte man auch über andere Sachen reden. Er erzählte vom komplizierten Verhältnis zu seinem Vater, Martin über seine prägenden Jahre in Erfde, Schleswig-Holstein, und die Schwierigkeiten mit seinem Mitmusiker Vince Clarke, der dann ja auch, kurz nachdem sich die ersten Erfolge einstellten, die Band verließ. Irgendwann deutete Marvin an, ob er, Martin, eigentlich wisse, dass er schwarz sei, er wäre ein *Bruder*, irgendein negroider Tropfen Blut sei da wohl unbemerkt über viele Generationen weitergetropft. Martin war entsetzt, verstört, er wusste das alles nicht, konfrontierte seine (weiße) Mutter in Basildon, die dann kleinlaut zugab, dass sein biologischer Vater ein in Großbritannien stationierter afroamerikanischer GI war, nun kam es über den Umweg Marvins heraus, was sein Selbstbewusstsein nochmal komplett neu ausgerichtet habe. Zudem waren beide Crossdresser, liebten es, wiewohl heterosexuell, in Frauenkleidern herumzulaufen. Zwei Brüder im Fummel. Und dieses Changieren zwischen den Identitäten kam ganz sicher, wie sie gemeinsam konstatierten, daher, dass beide Väter, nunja, anwesend in Abwesenheit waren.

Aber auch in Großbritannien sei Marvin nie angekommen, die Kittelschürzen, Federboas und Nylonstrümpfe hatten es nicht unbedingt einfacher gemacht. In allerletzter Konsequenz, auf der Flucht (in Stöckelschuhen) vor der Vergangenheit – dem Vater, den dräuenden Schatten der eigenen Legende, dem, was nie mehr so sein wird, wie es einmal oder vielleicht auch niemals war, ja, der Vergänglichkeit in Orientierungslosigkeit, letztlich einer Flucht vor sich selbst – war er dann eben hier, in Belgien gelandet, mit der »letzten Fähre in ein besseres Leben«, wie er bitter lachend meinte, resignativ die Schultern hebend, so als sei die Sackgasse eine Chance. Kommt irgendwer denn jemals irgendwo an?

Ich war verblüfft, ich fand das alles faszinierend, denn dass nichts unmöglich ist, scheint offenbar die normative Kraft des Möglichen zu sein. Ich mochte das alles hier, auch, dass Marvin mir sein Vertrauen schenkte, und für einen Moment vergaß ich sogar meinen Bozeman's Simplex, bildete mir ein, ich sähe *besser*, also wieder normaler, bräuchte nicht mal mehr Jod, Kirschbier in dieser wattierten Resignation würde schon reichen, mit Marvin auf der Flucht als Placebo, es ging mir gut. Ich fragte

Marvin, was er von einem Ortswechsel hielte. Wir zahlten und gingen in die um die Ecke gelegene Kombuis.

Wir bestellten jeder einen großen Topf Muscheln, Fritten dazu und Mayonnaise, so dick, dass man mit ihr Wände verspachteln konnte, dazu Kirschbier, natürlich, Belgischer gehts nicht. Auf der Speisekarte stand noch Scholle, aber es sei ein komisches Gefühl, meinte Marvin, von einem gebratenen Fisch vorwurfsvoll nicht nur mit *einem* toten Auge angesehen zu werden, sondern gleich mit zweien, weil Schollen ja nun mal beide Augen auf einer Seite hätten. Vor allem, wenn es einen umtreibt, was die Feuersteins für »irreguläre« (seine Worte) Augen hätten und ich zusätzlich ein lästiges Augenleiden, wovon ich ihm in »Benny's Tearoom« zu erzählen versucht hatte – immer wieder in Häppchen, auch wenn er nur mit halbem Ohr zuhörte, wie mir schien.

Marvin fühlte sich in der Kombuis augenscheinlich wohl, ich wies ihn diskret auf das in einer dunklen Ecke hängende Gemälde des berühmten belgischen Malers Fernand Khnopff hin, man sieht darauf ein nacktes Mädchen mit einem Teller Birnen, ich flüsterte, dass ich hoffe und bete, dass das kein Original ist, und er deutete verstohlen auf einen schweinsgesichtigen Briten am Nebentisch, der Khnopff vermutlich für einen Pädophilen hält, also »einen wie ihn«. Marvin mochte Briten nicht, als ich sagte, ich sei Deutscher, öffnete sich bei ihm eine Schleuse, wen oder was er alles nicht mochte. Seine Vorfahren kämen angeblich aus Botswana, er idealisierte meines Erachtens Botswana so sehr wie er Großbritannien verteufelte. Er fragte, ob mir bekannt sei, dass es in Botswana Pfand auf Eierschalen gäbe, nein, das war mir natürlich nicht bekannt, empfand das als ersten Idealisierungsgrund zwar extravagant nachhaltig, aber dennoch etwas zu unüberzeugend.

Der Schweinebrite löste die Miesmuscheln aus ihrer Schale, legte sie in ein labbriges, kaltes Toastbrot und fing an zu mampfen, ich verkniff mir die Frage, ob es wohl in Belgien Pfand auf Miesmuschelschalen gebe, Marvin hätte die Ironie möglicherweise persönlich genommen. In seiner dumpfen Ignoranz gab es für den Briten keinen Sinn für die perfekte belgische Einheit, Mayonnaise lehnte er vermutlich als zu schwul ab, und zu Trinken gab's ein nicht gerade unschwules Gemisch aus Rotwein und französischer Breizh-Cola. Was für ein entwürdigender Anblick, ein falsches Bild, Marvin schüttelte es, mich schüttelte es mit Marvin, paralleles Schütteln. Man will ja nicht rassistisch oder homophob sein, aber lustvoll ist es doch, dann und wann zu pauschalisieren.

Ich fragte ihn, was ihn für Gregory Isaacs Musik so einnähme, und er meinte, er möge das »Smoothe« sehr, das Laszive; Musik direkt aus den Lenden, höflich, aber unmissverständlich zu sagen, ganz dringend jemandem beiwohnen zu müssen, nicht an sich halten zu können (Bumsdruck). Der Inhalt, nunja, er mochte ihn, Krankenschwester als Fetisch, zwar eine billige Währung, aber so primitiv seien auch seine Hörer, er nehme sich davon nicht aus, er sei einer von ihnen, das, was er bedient, sei das, was er ist.

Er fragte, ob ich nicht für ihn, oder mit ihm, einen Song schreiben wolle, er hätte ein paar belgische Sessionmusiker kennengelernt, in einem Boxclub, wo sie an Sandsäcken ihre Wut wegdreschen. Da sei man ins Gespräch gekommen und habe ein paar Sessions gejammt, es sei aber nichts Brauchbares entstanden, nichts, was ihm so vorschwebe. Einer spielte Oboe, ein Instrument, das er, wie er sagte, noch nie verstanden habe, aber jetzt hier, mit dem Muscheltopf und mir »Halbblindem, so ein halber Stevie«, wie er scherzhaft meinte, vielleicht ginge was? Irgendwas in die Richtung von Gregorys Nachtschwester. Ich dachte nach. Bisweilen schrieb ich Lyrik, und so schlug ich ihm vor, wenn ihm das Krankenhaus als Topos tauge, entweder irgendwas Klinisches, Kaltes zu thematisieren, wie »Warm Leatherette« von The Normal, Sex im rasenden Auto, Unfall, Amputation, Tod in der Notaufnahme. Oder aber irgendwas mit Gesundwerdung, weil das ja auch etwas ist, was mich umtreibt, ich ja zum Kurieren hier war, das Naheliegende, und im Krankenhaus könnte sich ja auch etwas Amouröses entwickeln. Oder jemand laboriert an gebrochenem Herzen, und die Krankenschwester hat das heilsame Elixier (»Love Potion Nr 9«). Marvin sagte, das erste Beispiel sei ihm zu morbid, das sei nicht er, dieses Spiel mit der Gefahr, außerdem habe Grace Jones mit einer Coverversion davon ein Jahr zuvor einen großen Erfolg gehabt, und Grace mochte er nicht, die wollte ihn mal »vernaschen«, und ihre offensive Art, ein »mannish woman« (Mannsweib), da hätte er es mit der Angst zu tun bekommen. Aber das zweite Beispiel, da sei Schwung drin, wir könnten es so nennen, »Sexual Healing«, vielleicht gar auf Flämisch. Wir fragten die Kellnerin, augenscheinlich eine Lesbe, also nicht als Anmachtaktik missinterpretierbar, was »Sexual Healing« auf Flämisch heißen würde. Sie schrieb auf einen Bierdeckel »Seksuele Genezing«, aber das klang uns zu, nunja, scheppernd.

Er war ganz bei der Sache, was ich erstaunlich fand, weil mir nicht so ganz einleuchtete, warum er das nötig hätte oder hatte, mit einem Wildfremden gleich mal ein neues Lied zu planen, zu bauen. Was sah er in mir? Vertrauen durch Zufall? Wenn nicht mal ich ihn klar fokussieren konnte – ich sah Einzelteile, sah ihn auf der Flucht, sah seinen wutschnaubend herumlaufenden Vater. Aber das konnte auch den vier weiteren Kirschbieren geschuldet sein. Er murmelte, dass das Rot des Bieres zum Krankenhaus des Liedes passe. »Get up, get up, wake up, wake up«, so solle das beginnen, die Krankenschwester solle den Patienten wecken, sie hätte da eine gute Therapie. Ich behielt für mich, dass ich das alles ganz furchtbar plakativ fand, denn wenn man von einer Soullegende eingeladen wird, mit ihm einen Song zu schreiben, schlägt man das nicht aus. Ich hätte in so einer Situation auch über Mayonnaise geschrieben; wer wäre ich, wenn ich es nicht täte? Ich war heiß auf den Job, ja, das war ich.

»I'm hot like an oven« schlug ich vor. Er ist heiß, hat Fieber, liegt im Bett und bittet die Schwester, zu messen, WIE heiß er sei, sowas in der Art? Marvin nickte und wir skizzierten grob ein Szenario, in welche Richtung es gehen könnte, während Marvin Songideen summte und immer wieder dieses gehauchte: »Get up, get up, wake up, wake up«. Ich dachte, es wäre eine gute Idee, wenn er schon so heiß ist, eine neue Fetischebene einzubauen und die Krankenschwester ihn mit Topflappen untersuchen zu lassen.

> Baby, I'm hot just like an oven
> I need some lovin'
> And baby, can you bring pot holders?
> I can't hold it much longer

Marvin fand das gut, er habe immer Sam Cooke beneidet, dass der in »What a Wonderful World« einen Rechenschieber eingebaut hat (»Don't know what a slide rule is for«), und jetzt würde er diesbezüglich zu Sam aufschließen. Plötzlich standen die Topflappen in einem sinistren Licht und ich bekam Zweifel: Sam war schon lange tot, er wurde 1964 erschossen; Marvin dürfe sowas nicht sagen, im Namen von ein paar Topflappen. Er sagte: »Ok, dann ändern wir es«, aber ich vermute, er hat mich nicht verstanden, weil er fragte, ob wir stattdessen vielleicht einen Schürhaken einbauen könnten? Ich gab ihm zu verstehen, dass es nicht um die Topflappen ginge, nicht um einen Schürhaken, oder was auch immer; es wäre heikel und brächte Unglück, wenn er sich diesbezüglich mit Sam Cooke vergleichen wolle, angesichts dessen gewaltsamen Ablebens. Marvin lachte, er lachte mich aus, fragte, ob ich wie Stevie Wonder nicht nur blind, sondern auch abergläubisch (»superstitious«) sei? Und ja, berechtigte Frage, bin ich es? Ich bin es wohl – wenn man überall Koinzidenzen erkennt, so als seien sie hinter einem her, wie der Teufel hinter der armen Seele. Das muss doch von irgendwem geplant sein. Dinge fallen nicht einfach so zusammen, man kann sie nicht erfinden, der Zufall ist die Normalität, passiert uns nicht alles, was uns passiert, ohne dass wir ein Mitspracherecht haben, und uns bleiben dann nur noch ein paar Seufzer am Ende, von denen wir müde und immer müder werden? Mein Bozeman's Simplex – ich wurde fatalistisch und wunderte mich nicht mehr: Einer muss es doch kriegen, also warum eigentlich nicht ich? Marvin zuckte mit den Schultern, sein Lächeln von eben war zur Maske erstarrt, er fragte fast schon piepsend, ob ich meine, dass ihm, wenn er sich zu sehr mit Cooke identifiziere, ein ähnliches Schicksal ereile? Ich versuchte, ihn zu beruhigen: Nein, das wollte ich nicht sagen, aber ich rechne immer wie Edward Murphy damit, dass schief geht, was schief gehen kann, allerdings auch im positiven Sinn. Marvin sah mich ratlos an, ich sagte: »Gehen wir einfach davon aus, dass unser Lied ein Erfolg wird. Wenn es kein Erfolg wird, ist unser Erfolg zumindest, dass wir einen eventuellen Misserfolg auch einkalkuliert haben, aber lassen wir die verdammten Topflappen und Schürhaken aus dem Lied, es reicht, dass ein Ofen drin ist.«

Wir beschlossen uns am nächsten Tag wiederzusehen. Vielleicht hätte er sich mit seinen Musikern bis dahin schon ein bisschen an die Melodie herangetastet und ich könnte sie in ihrem Studio besuchen, mit dem, was ich geschrieben hätte.

Ich schlief schlecht, schwitzte, obwohl die Heizung runtergedreht und das Fenster offen war, wie ich immer zu schlafen pflege, auch im November. Draußen ein heftiger Sturm, ich dachte an den heißen Ofen im Lied, vielleicht hat der mich im Traum zum Schwitzen gebracht, sicher sogar, zumindest hatte der Schlaf weitere Teile des Liedes gebaut, ich konnte sie in den Wachzustand hinüberretten und schrieb sie sogleich auf:

Baby, I got sick this mornin'
A sea was stormin' inside of me
Baby, I think I'm capsizin'
The waves are risin' and risin'
The lighthouse keeper
Got Bozeman's Simplex

Vielleicht könnte ich Marvin den Ofen ausreden, und die Augenkrankheit reinpflegen, eine maritime Referenz wegen der Nähe zum Meer, dem Ort unseres Exils, ein Benennen dessen, wovon ich, der Co-Autor, Heilung erhoffte, und ich mich zu Marvins blindem Leuchtturmwärter machte, mal sehen, ob ich damit durchkommen könnte.

Als ich das Studio, dessen Adresse in der Plopsalandstraat 27 er mir gestern noch gab, wobei er meinte, vor 15 Uhr bräuchte ich gar nicht erst anzutanzen (vorher schliefen oder boxten sie, oder beides), betrat, war ich einerseits erstaunt, wie klein doch alles war – es wirkte eher wie ein muffiges Wohnzimmer und roch nach Technikersalbe – und andererseits über die auf einem niedrigen Couchtisch neben überquellenden Aschenbechern (vom Geruch her zu schließen lauter Joints) herumliegenden Fetischmagazine (»Succulent Toes«, »Miss Behave«, »Saddlers on Request«), mit gezeichneten Covern von Eric Stanton. Aha, davon ließ sich Marvin wohl inspirieren, und als er dann hinter der schlierigen Scheibe, genau in dem Moment meines Eintretens, sang: »Please don't procrastinate, it's not good to masturbate« schwante mir, wie der »Hase« läuft, dass der Ofen wohl im

Lied bleiben würde, oder im Aschenbecher, und ich den Leuchtturmwärter steckenlassen könnte.

Ich war überrascht, wie überschaubar auch das musikalische Equipment war, sie hatten nicht mal ein Schlagzeug und verwendeten stattdessen eine analoge Drum Machine, einen Roland TR-808, ein elektrisches Rhodes Piano und eine Rhythmusgitarre, das war alles, mehr nicht. Die Oboe, von der er mir gestern erzählt hatte, stand mit dem Mundstück nach unten in der Ecke, in ihr steckten zwei Rispen Strandhafer.

Marvin begrüßte mich winkend durch die Scheibe, deutete an, dass ich mich setzen solle, er sei gleich fertig mit seinem Gesangspart. Ich setzte mich, blätterte lustlos in den Schmuddelheften. Wer *liest* bloß sowas? Wem dient das? Bei was? Strapsmiezen mit Down Syndrom fesseln und knebeln einbeinige Nonnen, ohne jede nachvollziehbare klerikalkritische Intention, Männer mit Schürzen mit nichts drunter wienern die Schaftstiefel von rauchenden Frauen in SS-Uniformen, Politessen mit schlecht aufgeklebten Schnurrbärten setzen sich mit ihrer Körpergabelung auf die Gesichter von Männern, die halb ersticken, während sie teilnahmslos Strafzettel fürs Falschparken ausfüllen – in Hannover. Eigentlich war ich weniger entsetzt von dem Fetischzeug, als vielmehr enttäuscht: Warum brauchte er das? Um sich inspirieren zu lassen? Regte ihn sowas an? Was hatte ich denn dann noch für eine Funktion für ihn, für »unseren« Song, meine Idee mit der Heilung? Meine Vorstellung von der Funktion von Krankenhäusern und Krankenschwestern schien offenbar eine andere als seine zu sein.

Als Marvin erschien, wollte er mich gleich umarmen, diese hohle Sozialpantomime. Ich wich zurück und sagte, dass für eine Umarmung jetzt gerade nicht der richtige Augenblick wäre und mich die Magazine etwas irritieren würden. Er lachte, ich solle mich mal etwas locker machen, ich sei ja nicht nur abergläubisch, sondern auch ein »Babbit the Rabbit« (Spießerkarnickel). Aber nur, weil ich nichts mit den Themenkomplexen dieser Magazine anfangen konnte? Meines Erachtens war das alles noch VIEL spießiger, diese Regeln, das Zwänglertum, das Verkniffene, das Unterdrückte, dem offenbar nur mit weiterer Unterdrückung beizukommen war, nein danke. Ich war sauer, dass das, was gestern mit der Familie Feuerstein und mit den Fritten und Muscheln und dem kleinen Schreibauftrag so interessant begann, plötzlich schäbig, klein und nichtig gemacht wurde. Und dann sagte er einen eigenartigen Satz, wieder einmal: »Many secrets in life are completely meaningless, so it does not matter if you keep them for yourself or serve them with a cabbage roll.«

Angesichts eines *solchen* Satzes fühlte ich mich viel eher klein und nichtig. War ich tatsächlich der Spießer, für den mich Marvin hielt? Verstand ich eigentlich *irgendwas*? Was machte die Sarmale, der rumänische Wirsingwickel, plötzlich hier? Und war vielleicht mein Bozeman's Simplex auch eine Spießerkrankheit? Eine Art Ventil, durch das etwas aus mir rauswollte, mein innerer Spießer? Ich wurde trotzig: Nein, das lasse ich nicht zu, eine einfache Lösung war mir zu, nunja, einfach, aber mir schien, dass sich seit gestern mein Blick irgendwie normalisiert hatte. Konnte es sein, dass die Jodbombe gestern, der große Muscheltopf, das ausgelöst hatte? Zusätzlich zum jodhaltigen Klima an der Nordsee? Oder heilte mich, dass ich mich mit einer anderen Heilung beschäftigt hatte, über den Umweg der seltsamen Augen der Feuersteins? Die komplette Ablenkung in exotischem Umfeld, während der mein Organismus einmal kurz nicht mit sich selbst beschäftigt war, sich die Augenkrankheit dafür entschied, dass nun aber das Limit erreicht sei, sie vielleicht ein Fehler war, mich nur mal ein bisschen testen wollte, spüren lassen wollte, wozu sie fähig ist, und jetzt ist aber auch mal gut. Grenzen wurden aufgezeigt, war vielleicht Dr. Meinheimer gar kein Augenarzt, sondern ein Psychologe, noch dazu mit den Methoden der Psychogeographie vertraut, damit, wie bekanntermaßen unsere Wahrnehmung in einem fremden geographischen und architektonischen Kontext unser psychisches Erleben und Verhalten beeinflusst und schärft, und also uns von uns selbst für einen Moment abzulenken in der Lage ist? War das Meinheimers Intention? Dieser Gedanke ließ mich leicht zittern – alles war für mich inszeniert. War Marvin ein Schauspieler, ein Mitarbeiter Meinheimers, der mich in »Benny's Tearoom« mit den Augen der Feuersteins konfrontieren konnte?

Ich ging Marvin frei heraus an: »Schöne Grüße von Dr. Meinheimer, schreibt er auch an ›Sexual Healing‹ mit?« Marvin grinste gelb, rollte sich einen Joint und sagte mal zur Abwechslung gar nichts. In meiner Hosentasche, in der ich Teile des Songs notiert hatte, knüllte ich den Zettel vor Wut und Erleichterung, weil ich einfach wusste, dass das hier alles Teil meiner Kur war. Ich sagte zu Marvin, dass ich gehen müsse: »Ich glaube, ich habe verstanden.« Ich öffnete die quietschende Tür, die, wie mir schien, eine Kadenz zweier Töne aus dem eben gehörten Lied von sich gab – tja, wundert mich jetzt auch nicht weiter, schreibt die Tür wohl auch an dem Song mit. Marvin rief mir noch nach: »Don't forget your pot holders, Barney«, und dieser Satz bewies auch nur, dass das alles eine Scharade war, eine Inszenierung, ja, jetzt hatte ich es verstanden. Unten auf der Straße war ich dann tatsächlich den Bozeman's Simplex los, noch ein bisschen trüber Ocker verschleierte meinen Blick, aber das waren vielleicht die Tränen der Enttäuschung, angereichert mit ein bisschen Restjod, der mir auf diesem Kanal aus den Augen suppte. Mir ging es gut, ich fühlte mich gut, jetzt konnte ich wieder zurück nach Wien fahren. Und um das Bild meiner Heilung zu komplettieren, watschelte wie bestellt eine Ente über die Straße, und diese Ente war

23

tatsächlich nicht mehr als das, was sie ist, nicht was sie schien, auf einer Straße, die die Ente offenbar einfach gehen musste.

»Sexual Healing« wurde ein globaler Ohrwurm, produziert in einer Art gefälliger Reggaemelodie, ein klassischer Lovers Rock, es verkaufte sich über vier Millionen Mal weltweit, jeder pfiff die Melodie, sie wurde ein Haushaltsgegenstand, Kinder wurden zu dem Lied gezeugt, Kranke genasen, in muslimischen Ländern landete es auf dem Index. Ein Jahr später wurde Mavin Gaye, vier Tage nachdem er in suizidaler Absicht aus einem fahrenden Auto gesprungen war, mit drei Mänteln übereinander angezogen und seinen Schuhen an den falschen Füßen, und einen Tag vor seinem fünfundvierzigsten Geburtstag von seinem eigenen Vater mit einer Pistole erschossen, die Marvin ihm zu Weihnachten geschenkt hatte.

Ich habe das Lied nie wieder gehört.

WELTMEISTER
IM SCHEISSEREDEN

Mir ist aufgefallen, dass im englischen Sprachraum alles sehr schnell mal *underrated* ist, während bei uns ebenso viel *überschätzt* ist. Unterschätzt ist bei uns eigentlich nie etwas, so wie im Englischen nichts überschätzt ist, woran das wohl liegt? Gibt es dort eine kokette Tiefstapelkultur und bei uns sind lauter Hochstapler unterwegs? Oder hat das mit unserer historisch weitergegebenen Unterwürfigkeit und einer falschen Bescheidenheit zu tun? Nur nicht immer so groß tun, bloß keinen Staub aufwirbeln und immer schön den Ball flach halten?

Bob Dylan – total überschätzt, hat auch viel Mist gebaut. ABBA – völlig überbewerteter Kitsch für die breite Masse. War Joseph Beuys ein Genie oder wird er maßlos überschätzt? Sowas liest man doch ständig und überall, auf der anderen Seite indes: »The most underrated bands: Roxy Music, Soft Machine, Portable People«. Das ist kein Witz, das spuckt Google als allererste Antwort aus, wenn man danach fragt. Danach fragt man sich selbst: Wie kommt das? Alle drei Bands sind doch von allergrößter Wichtigkeit und zwingender Bedeutung.

Unter einem YouTube-Video von Depeche Mode, nämlich zu »See You«, entspannte sich diesbezüglich folgendes kleines Gespräch. Jemand namens Dave Todd konstatierte: »This song is devastating, minor key, a song of yearning and loss, composed with a perfect sense of drama. Massively underrated.« Woraufhin ein Doc Ogen Clon zurecht fragte: »Underrated by whom?«, und Bou Bou Schröder die konzise Antwort lieferte: »By Eric Ramsbottom, 36 Eritrea Gardens, Ruislip.«

Ob wohl Tulpen im Senegal unterschätzte Blumen sind und in Holland überschätzte? Und bei Flaschenkürbissen verhält es sich genau umgekehrt? Oder werden Tulpen im Senegal überschätzt, resignativ nach dem Fuchs/Traube-Prinzip, weil es dort kaum welche gibt? Man hört so viel von ihnen, aber können Tulpen wirklich »was«? Gesichert hingegen ist, dass die Gruppe derjenigen Schweden, die ABBA für unterschätzt halten, etwa gleichgroß wie die der Slowenen ist, die finden, dass Laibach (die Band) überschätzt ist. Nämlich in beiden Ländern etwa sieben Prozent.

Das sind Fragen, oder Themen, über die ich mich mit Elfriede Jelinek per Mail ausgetauscht habe.

Gelegentlich stellte ich ihr Fragen literarischer Natur, weil ich an etwas schrieb, von dem ich noch nicht genau wusste, was es werden könnte, vielleicht ein unzuverlässiger Reiseführer, Bulgarien mit den Augen eines Bolivianers etwa? Dabei ging es aber eben auch immer wieder um die Frage, ob der häufige Gebrauch des adjektivischen »überschätzt« so unterschätzt ist, wie es unterschätzt ist, auf »überschätzt« zu verzichten. Ich stellte ihr die Frage, weil sie gerade etwas von Thomas Pynchon übersetzt hatte, der in Amerika als unterschätzt gilt (»I think ›Gravity's Rainbow‹ is vastly underrated«), während die Übersetzung bei uns überschätzt wird (»Ich halte die gute Frau Jelinek als Übersetzerin für maßlos überschätzt«), beides Beispiele auf der ersten Seite bei Google nach diesbezüglicher Suche.

Immer schloss die Poetin ihre Mails mit »stets die Ihre« und einem aus Sonderzeichen zusammengebastelten Schwein. Unser letzter kleiner Austausch fand kurz vor ihrem Nobelpreis für Literatur statt, man sah sie hin und wieder in der Stadt, um das »Café Korb« schnürend, leicht erkennbar an dem roten Haarkoffer auf ihrem Kopf und dem Zeug von Issey Miyake am Leib. Ich habe für sowas ein Auge, erkenne ein Label sofort, reflexhaft muss ich dann, mit gekünstelt bulgarischem Deutsch, in mich hineinmurmeln: »Is sich schene Jacke von Issey Miyake.« Sie fand das gut, als ich ihr das später mal schrieb, trug aber von da an nur noch Yamamoto. In irgendeinem späten Text von ihr wird sogar behauptet, Miyake sei ein bulgarischer Modeschöpfer. Ich kenne und erkenne Mode, aber mache mir nicht (mehr) viel aus ihr, ich habe ein DKNJ (Donna Karan New Jersey) T-Shirt von Roz Chast, auf dem Knie habe ich mir mit 16 die Initialen von Karl Lagerfeld tätowiert, ich wollte sogar bei ihm studieren, als er mal in Wien unterrichtete. Ich bewarb mich mit einem selbst-genähten Hemd mit asymmetrischem Kragen – eine Kragenecke ragte, bei geschlossener Knopfleiste, über die andere – und auf der gesamten Vorderseite stand gestickt: »Symmetrie ist die Kunst der Armen«. Lagerfeld hat mich, vielleicht trotz oder gera-de wegen meiner Knietätowierung, die ich in meiner Bewerbung natürlich nicht unerwähnt ließ, nicht genommen. Ach, und ich besitze Schuhe von Gucci, die mit der Biene auf den zwei Strei-fen. Ich sage aber immer Guzzi, um mich absichtlich noch düm-mer zu stellen, als ich es ohnedies schon bin, denn wenn man sich dümmer macht, hat man immer einen Vorsprung vor den Wissenden. »Sich dumm stellen ist die Linguistik der Klugen«, das sagten schon die alten Etrusker.

Dass ich überhaupt Mailkontakt mit ihr hatte, kam nicht von mir, sondern ging von ihr aus. Am Tag, als bekannt wurde, dass Jelinek den Literaturnobelpreis bekommen sollte – zurecht, wie ich finde, auch wenn ich kein einziges ihrer Bücher gelesen habe –, malte ich sie, in einer Art mitternächtlichem Happening, als Hommage, in Öl auf ein zerschnittenes John-Galliano-Hemd, nachdem der betrunkene Modedesigner kurz zuvor in einer Bar in Paris den Gästen erklärt hatte, er liebe Adolf Hitler. Mit

Galliano war ich fertig, obwohl ich ihn mal mochte, vor allem seinen Schnurrbart. Den Hemdfetzen nagelte ich roh wie Günther Uecker auf einen Holzrahmen. Ich hatte am nächsten Tag eine Ausstellung in einer Galerie, ich dachte, das mache ich jetzt auch noch schnell, ihr zu Ehren und weil ich eine populistische Natter bin. Ich malte sie nackt, sich in einem Martiniglas räkelnd, ein misogynes Motiv wie eines von Mel Ramos. »Die« Jelinek würde die Metaebene verstehen, und das tat sie auch, denn einen Tag nach der Ausstellung bekam ich eine erste Mail von ihr, sie schrieb höflich, dass sie gehört habe, dass ich »in Öl mache« und dass ich sie nackt gemalt hätte, das hätten ihr ihre Informanten zugetragen, ob sie dieses Bild kaufen und ob sie sich das denn überhaupt leisten könne? Ich schrieb zurück, ich wisse nichts über ihre finanziellen Verhältnisse und könne auf die Schnelle nicht ihren Nobelpreis von Schwedischen Kronen in Österreichische Schilling umrechnen – ich bin wirklich sehr dumm –, aber leider könne sie das Bild nicht bekommen, das ginge nicht, einzig, weil es am Tag der Eröffnung bereits verkauft worden sei, und zwar an die Stadt Wien, die damit eine Amtsstube auszustatten gedenke, um das Büropersonal zu quälen oder den Parteienverkehr zu irritieren und auf diese Art kafkaeske Bürokratie-Komplexitäten zu zertrümmern. Zurück schrieb sie, dass sie zerrissen sei zwischen Bedauern über die verhinderte Transaktion und diebischer Freude, wo sie jetzt hängen würde, aber ob es mir nicht möglich wäre, ein neues Bild anzufertigen, speziell für sie, sozusagen als Auftragswerk, ohne Umweg über eine Galerie oder Amtsstube. Und ich sagte, ja, gerne, das würde mir gefallen, und ich tat das dann auch, allerdings ließ ich mir Zeit. Ich wusste nicht, ob ich exakt dieses Motiv wiederholen sollte, mich selbst kopieren, oder ein anderes Sujet von Mel Ramos, etwa sie nackt eine Zigarre reitend oder sich aus einer Snickers-Verpackung schälend, als sei das ihre Kleidung.

Bis ich das Bild fertig hatte, fragte ich sie, ob sie mir vielleicht mit Rat helfen könne, bei einem Theaterstück, an dem ich gerade säße. Ich hatte gerade eine Ibsen-Phase und las alles, was ich von dem Mann mit den dreieckigen Backenbärten in die Finger bekam, ließ mir sogar aus Überassimilation selbst so einen Bart wachsen. Ich wollte eines seiner Dramen in die Jetztzeit transponieren, den Titel hatte ich bereits: »Was geschah, nachdem Hedda Gablers Pistole Ladehemmungen hatte?« Das Stück sollte nicht in Kristiania, wie Oslo zur Zeit Ibsens hieß, spielen, sondern im bulgarischen Plovdiv, auch das Personal hatte ich schon grob skizziert. Die Hauptfigur, also Hedda, wollte ich nach ihr schaffen, Jørgen Tesman nach Art von Elvis Presley und Ejlert Løvborg als Franz Kafka, den Assessor Brack sollte Blixa Bargeld geben, allerdings nur als sprechender Fliegenpilz. Und immer ging es auch um dieses Überschätzt/Unterschätzt-Antagonistenpaar, Rollen, in die Presley/Kafka immer wieder schlüpfen sollte, um mithilfe von Teleportation mal mit dem einen, mal dem anderen zu verschmelzen. Dazwischen eine kleine Songskizze, wie »You Ain't Nothing But a Mistkäfer«, interpretiert vom Fliegenpilz, bis sie am Ende, nach etwas zu viel Teleportation, hängengeblieben zwischen zwei Phasenübergängen, ein bisschen aussehen wie zwei matschige Insekten, wie in David Cronenbergs »Die Fliege«. Hedda Gabler, die sich im Original am Ende ja am Klavier erschießt, greift in meiner Adaption gegen die zwei Fliegen zur Waffe, die aber, wie der Titel nahelegt, Ladehemmungen hat, dann zu einem Stein, den Satz »To kill two birds with one stone« paraphrasierend. Am Ende kommen die Jungs von Metallica als eine Art griechischer Chor, sie fechten ihre internen Bandquerelen aus, basierend auf Protokollen und Schnipseln aus Interviews, Dokumentationen, Backstagestreitereien. Die Musiker werden von Kakadus gespielt.

Jelinek gab mir einige brauchbare Tipps, sie fand die Grundidee gut, damit könne man arbeiten, sehr viel hineinprojizieren, das sei eine »elastische Menagerie«, die man auf alles umlegen könne, Trump und Václav Havel, Ilie Năstase und Liberace, grobes Tennis und groteskes Klavierspiel, Ping Pong mit Marek & Vacek, globaler Süden und Starbuck's, Klimakrise und Kleptokratie, die Kakadus sollten immer wieder den Slogan »Keine Wahrheit ist gut genug, gesagt zu werden, in der Absicht zu verletzen« krächzen. Und es störe sie nicht, dass sie sozusagen zerrieben werde zwischen all den männlichen Protagonisten? »Parmesan und Partisan, wo sind sie geblieben? Partisan und Parmesan, sind wie ich zerrieben« (ihre Worte), als Yamamotos Wonderwoman in Ulan Bator – am Ende wusste ich nicht mehr, wovon sie eigentlich redete (Ulan Bator? Why?), ich stieg nicht mehr durch, verlor den Faden, und als ich das anmerkte, meinte sie, dass sie das auch so gedacht hätte, als eine Art Bewusstseinsschwachstrom, lose Fäden als Angebote, die man aufnehmen könne, oder es bleiben lassen. Alleine eine Figur wie Elvis sei doch dermaßen aufgeladen mit Informationen, dass er fast platze, einem Schicksal, dem er zuvorkam, indem er vorzeitig *das Gebäude* verließ, und wenn man das mit Ibsen konterkariere, wüchse die Projektionsfläche für Exzesse jeder Art und jedes Angebot, das man macht und das man annimmt. Und trotzdem: Ab der Mitte des Tages können wir unsere Politik wegtrinken, das passt dann schon, so machen es doch alle.

Aber was denn eigentlich aus dem Auftragswerk geworden sei, fragte sie, das versprochene Gemälde. Das war mir ein bisschen peinlich, denn ich hatte noch nichts, und durch die plötzliche Nähe zu ihr wuchsen bei mir die Skrupel, sie nackt zu malen, und auch Zweifel, ob Mel Ramos nicht doch der frauenverachtende Gullysultan ist, der falsche Prophet, als der er von den meisten, insbesondere Frauen, angesehen wird. Deshalb malte ich nur ein Porträt ihres markanten Gesichts, im Stile des frühen Willem de Kooning, ihr Kinn geriet mir ein bisschen zu dick. Ich fotografierte es und mailte es ihr, einmal, keine Antwort, ein zweites Mal, wieder nichts und als auch auf einen dritten Versuch nichts von ihr kam, verkaufte ich das Bild auf dem Flohmarkt für 20 Schilling. Ein Mann kaufte es, der gebrochen Deutsch sprach, irgendeine osteuropäische Färbung, vielleicht ein Bulgare. Als ich fragte, ob er wisse, wer die Abgebildete sei, antwortete er: »Is sich Weltmeister im Scheißereden.«

SCHATTENDIETER

Ich sah ihn auf der Straße, auf der Shaftsbury Avenue in London, einen jungen Mann, raspelkurze blonde Haare. Er ging vor mir zur U-Bahn und trug eine Lederjacke, auf deren Rücken »Iannis Xenakis Jugend« stand. Ich fand das so eigenartig wie großartig, als spräche mich dieser Rücken direkt an. Er lockte mich durch Neugier, als das Gegenteil des »lasterhaften Rückens«, den Knut Hamsun seinen wütenden, im Hungerdelirium fantasierenden Protagonisten im Roman »Hunger« immer wieder verzweifelt auf unbescholtene Bürger in den engen Gassen Oslos projizieren ließ. Ich überholte den jungen Mann, sprach ihn geradeheraus an, natürlich auf Griechisch, eine Sprache, die ich wie keine zweite beherrsche und mir angesichts seines Rückens angebracht erschien: »Η πλάτη σου μιλάει, σύντροφε« (»Dein Rücken spricht, Genosse«). Er schaute mich wie ein kopfloses Pferd beglückt idiotisch an und sagte, auf Englisch, dass er Griechisch nicht verstünde, was ich meine, was ich von ihm wolle. Ich erklärte, dass ich mich angesprochen fühle von der Botschaft, die er hinter sich hertrüge wie eine Monstranz der Arroganz und die ich für ein Bekenntnis hielt, eine geheime, wie zauberische Zugehörigkeit, den Popen der »Stochastischen Musik« mit einer Motorradgang zu kombinieren. Gangs grenzen sich mit ihren Rücken von anderen Gangs ab – du fährst hinter mir, also meine Gang führt dich an, lies, was ich dir mitgebe, atme meine Abgase ein. Und vor der »funktionierenden« Gesellschaft fuhren sie natürlich umso mehr her und davon – jeder will noch weiter als der nächste Außenseiter sein. Und dann auch noch mit dem unseligen deutschen Suffix »Jugend«, was wohl dahinterstecken könnte? Der junge Mann lachte gelb und erklärte, er sei Schwede, ihn würde nur »das was hinter der Musik sei« interessieren, und ja, natürlich will man sich doch immer abgrenzen, von den anderen: Lasst mich alleine, ihr versteht mich doch sowieso nicht, versucht es erst gar nicht, ihr seid die Aufziehinsekten, von denen ich auch mal eines war. Er freute sich, dass ich es dennoch versucht hatte, seinen klandestinen Nonkonformismus nachvollziehen zu wollen, vielleicht weil es mir ja ebenso ging, und ich merkte in dem Moment, dass sich hier zwei ähnlich Empfindende gefunden hatten. Ich fragte ihn, ob er mit mir ein frisches Glas Bier trinken würde, ich hatte einen Brand wie eine Bergziege, gestern wohl irgendwas Falsches falsch an einem möglicherweise zu richtigen Ort getrunken – ah, ich erinnere mich an zuviel Pepsi-Ice-Cucumber mit Ouzo mit einer Gruppe Ghanaer, in einem Laden namens »Young African Sporting Club«, in den ich zufällig gestolpert war, das war alles allzu laut, wild und undurchdringlich, aufreizende Juju-Musik, zu der wir wie Angezündete Sirtaki tanzten. Die ganze Zeit fürchtete ich, von der zweifelhaften Brühe ausgezonkt zu werden und bekämpfte diese Furcht paradoxerweise mit noch mehr davon. Jetzt war es 17 Uhr, da konnte man schon wieder. Er nickte, ja, gerne, nichts lieber als das, er hätte ein kleines Zeitfenster, er müsse nur nachher auf ein Konzert gehen, eine bestimmte Band träte in einem exklusiven Rahmen auf. Wir gingen in einen dem U-Bahneingang gegenüberliegenden Pub, den »The Duchess of the Doublets«. Sobald wir saßen und der Wirt kam, um unsere Bestellungen aufzunehmen, lauerte schon der unsterbliche Satz Winnetous in mir, so als müsse gesagt werden, was einmal gesagt werden muss: »Ich bitte um ein Glas Bier, *deutsches Bier!*«, weil der Häuptling in einer der Schriften Karl Mays mit dem schwedischen Hasardeur Old Wabble in einer ebensolchen Situation war wie mein schwedischer Begleiter und ich jetzt, wohl wissend, dass ich mit der Bestellung hier nicht würde reüssieren können, deshalb versagte ich mir den Satz und bestellte zwei schnöde Lagerbiere, handwarm wie hier üblich, schaumlos wie die Nacht, Winnetous Alptraum. Ich mag das dennoch, aber nicht aus abgehobener Verrenkung, ich hab's mit dem Magen, da salbt das warme Bier mehr als das eiskalte mit dem stabilen Schaum, das ich aus meinem Kulturkreis gewohnt bin. Ein Grund, warum Magengeschwüre in Großbritannien so gut wie unbekannt sind, und in Schweden tränke man, wie der Xenakis-Adept ergänzte, rund ums Jahr so genanntes Julöl, Weihnachtsbier, einen dunklen, irgendwie falsch nach Zimt und Kardamom schmeckenden, öligen Sirup, selbst das schalste, schaumloseste Bier der Welt sei besser als dieser schamlose Lebkuchensaft.

Sein Name war Jonas, er kam aus Göteborg. Er sei Musiker, wie er erzählte, er hätte eine Band in Schweden. Ihr Name sagte mir nichts, Lädernunnan (Ledernonnen). Ich fragte ihn, was das sei, was eine Ledernonne so beruflich machen würde, ich wollte einen Witz machen. Jonas überhörte das gnädig, meinte, das sei eine Subdivision der Hell's Angels, Satans Nonnen auf Motorrädern, so würde man intern die Novizen dieser Bewegung nennen. Er hätte zwar nur ein Zündapp-Mokick, aber spare auf eine Motoguzzi 440, und im Grunde hätte sein Aufenthalt hier in London ein bisschen damit zu tun. »Was?«, frage ich, aber er überging die Frage, indem er nachschob, fast wie eine Entschuldigung für seine Leidenschaft, für die man sich ja, wie ich fand, nicht zu schämen bräuchte, dass sein Landsmann Harpo für Schweden so eine Art geheimer Initiator dieser Motorradbegeisterung sei, denn mit seinem Lied »Motorcycle Mama« hätte er gewissermaßen den Trend gesetzt (»We rode a red Harley Davidson as we tried to follow the sun / Motorcycle Mama why did you leave and where did you go?«). Aber inzwischen sei Harpo, nachdem ihm eines seiner Pferde ein Auge ausgetreten hätte, fahruntüchtig, und eine Witzfigur in Schweden und insbesondere für die Bikerbewegung geworden. Aus Trotz ginge er jetzt an einem Stock, an dessen Griff eine Fahrradklingel befestigt ist.

Jonas wollte wissen, was ich denn noch so vorhätte. Ich war im Grunde planlos weich, erschöpft und ratlos, so als watschelte eine ganze Gänseherde widerstreitender Gefühle durch mein Hirn, eigentlich ein ganz guter Zustand, von dem ich länger zu zehren vorhatte. Der Grund meiner flüchtigen Anwesenheit im so genannten Vereinigten Königreich hatte sich erledigt, ich hatte gewissermaßen Feierabend. Ich war hier, um mich von meiner Freundin zu trennen, gekommen um zu gehen, ideal großer Aufwand für ehedem große, nun aber kleingeraspelte Gefühle, negative wie positive, das Große verglüht in der Regel am Ende in einem kleinen, zerbeulten Aschenbecher. »Wer nicht hat, was er liebt, muss lieben, was er hat. Jeder verspachtelt sich doch seine Wahrheit«, wie Jonas meine zerbrochene Beziehung zu Irma mit einer Art wolkigem Sozialgeräusch zu kommentieren befleißigte.

Dann erzählte er, er sei in London, weil er hier ein Label für seine Band gefunden hätte, »Industrial Records«. Kannte ich nicht, offenbar ein Kleinstlabel mit prätentiös ironischem Namen, das aber wohl bereit war, Musik aus so einem spröden Land wie Schweden rauszubringen. Und dorthin gingen wir jetzt, in deren Office, ich könnte ja sein Advokat sein, und weil die Band, die dort auftreten sollte, auch das Label betreibe ... Naja, geh ich eben mit, hab nichts vor, kenn mich auch nicht aus, weder in London noch in Labelgeschäften. Es fühlte sich zwar nicht stimmig an, aber zumindest interessant. Jonas hätte, wie er etwas larmoyant klagte, soundsoviel Kronen (Summe vergessen) dem Label schon vorgeschossen, was mich wunderte, weil doch wohl in der Regel Labels ihren Künstlern Vorschüsse geben, aber bei unabhängigen Firmen laufe es wohl andersrum, und jetzt also würde Jonas gerne mal irgendwas amtlich machen wollen, unterschreiben, denn wie sollte eine wie immer geartete Karriere starten, so ganz ohne Platte als Existenzbeweis? Er skizzierte mir mit einem Bic-Kugelschreiber auf einer Serviette ein Layout dieser noch imaginären Single. Sie hieß »Ensam i natt«, man sah das Bild eines verbrannten Mannes, der auf einem Plastikstuhl sitzt, um ihn herum hilflose Menschen. Mich fröstelte, nicht nur, wie man mit dieser Drastik ein Ein- und Auskommen zu lukrieren plante, sondern wer dem Gesengelten dann noch durch die besungene Einsamkeit der Nacht helfen könnte.

Ich dachte an Irma, Irmeli, Irmeling, die erste, größte und bislang letzte Liebe meines gerade begonnenen Lebens, deren Namen ich stets, je nach Stimmung immer diminutiv steigerte. Sie stammte ebenfalls aus Göteborg, vier Jahre waren wir zusammen, indem wir nicht zusammen waren, das heißt, uns über eine Fernbeziehung zu definieren versuchten. Da kann man schnell mal Liebe, Nähe, Kosenamensteigerungen und den ganzen anderen Quatsch drüber stülpen, trotzdem wackelt immerzu alles wie eine umgedrehte Pyramide, alles gerät so leicht in Schieflage, jedes gut gemeinte Wort und jede lieb gedachte Tat kann sofort ins Gegenteil kippen, wenn man dann doch mal eine kurze und kostbare Zeit miteinander verbringt. War es das, was wir wollten, oder war das alles nur die Entscheidung, die im Wunsch steckenblieb? Und das war kurz vorher, in London, drei Wochen Flüstern und Schreie, Stepptänze und verbogene Messerbänkchen (als Synonym für sinnlose Sicherheit), wir besiegelten das Ende von etwas, was im Grunde nie stattfand. Die Bänkchen ließen sich nicht mehr geradebiegen. Ich sprach sogar ein wenig Schwedisch, das schrieb ich jetzt Jonas vor uns in den Schmierfilm des klebrigen Tisches, »Symmetri är dom svagas konst«, die Symmetrie ist die Kunst der Schwachen. Meint nicht nur, dass Idioten in einfach zu erfassender Harmonie das künstliche Glück finden, sondern auch das ironisch gemeinte Gegenteil: Du bist so blöd, dass du dich mit der einfachsten Lösung abfindest. Im Grunde hat Irma mir den in Psychiatrien beliebten, sedativen Satz mitgegeben und beide Interpretationen bin ich, und sie ist aus dem so genannten Schneider. Wir hatten noch einen Abschiedssex in einer kleinen Pension in einem deprimierenden Vorort Londons namens Tulsenhurst, aber waren beide währenddessen schon ganz woanders. Wir hatten unsere Augen geschlossen, immer ein sicheres Zeichen dafür, dass man »es« ohne den anderen abwickelt. Aber so einfach war es dennoch nicht, sich weit weg zu imaginieren, denn draußen auf den Straßen spielten sich währenddessen dramatische Szenen ab, eine Straßenschlacht primär karibischer, aber auch anderer Immigrantenjugendlicher, mit den berüchtigten Tulsenhurst-Johnnies, autochthonen Teddy Boys, im Grunde planlose, besoffene Nazis. Geschrei, splitterndes Glas und die Sirenen der Einsatzfahrzeuge – das war der »Musique concrète«-Soundtrack unseres letzten Beiwohnens, sozusagen der unkonzentrierte, deprimierende Schlussakkord dieser Beziehung, so dachte ich ausgelaugt, und dass wir uns am Ende vielleicht, so paradox das klingen mag, einfach nur voneinander trennen mussten, weil wir uns zu sehr liebten. Irma fuhr danach noch in einen Ort namens Mousehole im äußersten Westen Cornwalls, dort wo die britische Fernsehserie »Nummer 6« gedreht wurde, die wir beide so liebten. Darin ist und bleibt ein Mann (»Ich bin keine Nummer, ich bin ein Mensch«) an einem geheimen Ort mit seltsamen Bewohnern gefangen und wird bei Fluchtversuchen von riesigen Blasen zurückgedrängt. Sie meinte, nur von dort flöge man direkt nach Göteborg, ich glaube, sie sagte es nur, weil es beredt klingt, durch ein Mauseloch zu schlüpfen und einem Riesenrind wie mir zu entkommen. Ich schmuggelte ihr noch einen imbezilen Kassiber ins Gepäck, eine Walnuss, die ich vorsichtig öffnete, entkernte und wieder zusammenklebte, nachdem ich sie mit einem Papierröllchen mit folgendem Text befüllte: »Versprich mir, nicht glücklicher ohne mich zu werden«, wissend, dass sie unter einer Nussallergie litt. Später recherchierte ich, dass Mousehole tatsächlich einen Flughafen hat, von dem aber Flüge ausschließlich auf die Scilly-Islands gingen, auf denen es aber nichts gibt, außer ein paar funktionslose Fischer und aus einem Tierpark ausgebrochene Pudus, die auf zittrigen Beinchen ratlos im Regen der noch ratloseren Inseln herumstehen. Ich dachte kurz daran – weil ich durch die Trennung von Irma niedergeschlagen wie ein kleiner Stein unter einem größeren Stein war –, mich umzubringen. Auf einem Flohmarkt in Tulsenhurst hatte ich eine Kapsel Zyankali gekauft, in einer so genannten Grabbelkiste, auf der »1 A Zyankali« stand, neben einem Stapel welliger Nagib-Mahfuz-Taschenbücher, so als sollte der alte Pharaonenflüsterer von den brisanten Ampullen ablenken. Eine Ampulle kostete ein Pfund, mir schwante allerdings, dass das unmöglich das tödliche Gift sein konnte, sondern nur schnöde Stinkbomben, so billig kann Sterben nicht sein. Aber irgendwas hielt mich vom Kapselbiss ab, eingedenk der Tatsache, dass Liebeskummer nicht gerade das war, was Heinrich Himmler zu diesem Biss veranlasste, im Mai 1945, ausgerechnet in Lüneburg, meiner Heimatstadt, soviel parallelen Pathos wollte ich meiner finalen Abberufung als Triumph nicht überlassen.

Ich erzählte Jonas ein bisschen von mir, wer ich war, zu dem Zeitpunkt ein noch relativ unausgeprägter Charakter, ich sagte, ich heiße Woody, das war Irmas Spitzname für mich. Woody, der Wuthamster, weil mir, wenn ich wütend wurde, stets die Backen schwollen, was sie so belustigte und meinem Zorn die Spitze nahm. Ich hatte kurz vor der Reise hierher, nachdem ich die Schulzeit abgebrochen hatte, ein halbes Jahr in einer Molkerei in Lüneburg gearbeitet, Joghurts abgefüllt, »Lünebest-Spezialjoghurt«, so hieß das Produkt. Was ich verdiente, war zu wenig für einen Facharbeiter, aber genug, um ein bisschen Geld in der Hosentasche gewichtig hin und her schlenkern zu lassen, also zahlte ich die zwei Pints von Jonas und mir. Auch weil ich endlich durchatmen konnte, Jonas als Katalysator, dass das Kapitel mit Irma jetzt geschlossen warr. Bier als eine Art Siegelwachs. Ich habe nicht gefragt, ob Jonas und Irma sich möglicherweise kennen würden oder kennen könnten, gleiche Stadt, gleiches Alter. Wir verließen den Pub, der Schwede mit der beredten Lederjacke, und ich, der ich gerade frei geworden war, freigesprochen vom Tod in Tulsenhurst durch Scherz-Zyankali. Der Angeklagte lebt unschuldig weiter, jetzt ist es amtlich, etwas Besseres als der Tod findet sich überall. Viel Glück beim Überleben.

Jonas nahm mich mit zu einem Veranstaltungsort namens »Death Factory« im Stadtteil Hackney in der Martello Street Nr 10, er erzählte auf der U-Bahn-Fahrt, dass an ebendieser Adresse mal eine Hosenfabrik war. Nunja, warum nicht, jetzt wird dort also der Tod produziert. Ich versuchte mit einem Wortspiel, die für Jonas spürbar etwas angespannte Situation aufzulockern und erklärte ihm, dass im Deutschen eine öde Gegend, gerade so eine, in der wir jetzt unterwegs waren, als »tote Hose« bezeichnet wird. Er ging aber nicht darauf ein, sondern zielstrebig vor mir her, ich fragte noch, was das für ein Konzert sein würde, welches Genre, was mich oder uns erwarten würde, das vermurmelte er so, dass ich es weder verstand noch mich abermals nachzufragen getraute.

Es war das Jahr 1980, und ich war musikalisch aktuell nicht gerade breit, aber, wie ich fand, breit genug aufgestellt, liebte von George Benson »Give Me the Night«, das war mit dem breitbeinigen Pubrock-Kracher »Dancing the Night Away« von den Motors und ABBAs »Gimme Gimme Gimme (A Man After Midnight)« mein Soundtrack des Jahres, mehr als diese drei Lieder brauchte ich auch gar nicht, sie brachten mich durch die Nacht, die man

Leben nennt. Eine Art Zuversicht, aus der Dunkelheit geboren, die mir insbesondere ABBA gab; eine Band, die – man ahnte es bereits, hörte es im melancholischen Subtext (»Won't somebody help me chase the shadows away?«) – durch dieses Lied bereits ihre Auflösung ankündigte. Ich fühlte mich alleine gelassen, nicht nur von Irma, meiner Irmeli, meinem verwehten Irmeling, sondern auch und gerade von meiner Lieblingsband: Was, wenn es sie nicht mehr gäbe? Wer vertreibt dann die Schatten? Und damit meinte ich nicht mal den (gutartigen) Schatten auf meiner Lunge, den ich schon als Kind mit mir herumschleppte, ohne je seriös geraucht zu haben, so wie Jonas im Pub. Er rauchte nämlich »heiß«, das heißt, er sprach, schwieg und atmete mit der und durch die Zigarette im Mundwinkel, und wenn sie zu erlöschen drohte, nahm er die nächste und zündete sie an der Glut der alten an, der Rauch wurde so zu einem Körperteil und die Zigarette zur Krücke. Ich verkniff mir, ihn zu fragen, wie es um seine Schatten bestellt sei, auch, weil wir in diesem Moment die »Death Factory« erreichten.

Am Eingang stand eine attraktive Frau, offenbar abgestellt, »die Tür zu machen«. Jonas stellte sie mir als Rosie Antrobus vor, sie sei die Vermieterin des Gebäudes, eine Künstlerin, die, wie er mir zuraunte, in den Sechziger Jahren gigantische, aufblasbare Kartoffeln produzierte, die sie zur Kinderbelustigung in die umliegenden Parks rollte. Allein ihr Anblick war schon mal ein guter Beginn des Abends, es brizzelte etwas Erotik, wie ich mir einbildete, zwischen ihr und mir, wie zwei Kartoffelprismen in einer Fritteuse. Ich flirtete buchstäblich zwischen Tür und Angel ein bisschen mit ihr, um die Schatten, die über der Trennung von Irma in Tulsenhurst lagen, zu kompensieren, suchte mimischen Augenkontakt mit einer Frau, die in aufblasbaren Nachtschattengewächsen machte und auf deren T-Shirt über ihrem leicht schielenden Busen – sie trug keinen BH – »Tarantula Heart«

stand, das machte es umso begehrlicher, sie als Fritte anzuflirten. Zu allem Überfluss lief auch noch, als wir in die Tiefe des stockfinsteren Raums der »Death Factory« vordrangen, Astrud Gilbertos »The Shadow of Your Smile«, ein filigranes Lied, das ich ab diesem Zeitpunkt nie mehr anders als mit *Lung* statt *Smile*, wenn schon nicht singe, so doch mitdenken muss, eben wegen dieser vorangegangenen Koinzidenzenstampede. Ich seufzte nicht mal ironisch: »Na, vielen Dank auch«, und das galt zum Teil nicht nur meinem mich trösten wollenden Unterbewusstsein, sondern auch Jonas, dass er mich nicht nur hierhergeführt, sondern auch alles irgendwie passend gemacht hatte, wie ein Klempner der Hoffnung, natürlich ohne es zu wissen. Aber wer weiß, vielleicht hatte er einen Draht zu einem großen kosmischen Lenker? Ich fragte ihn erneut, was uns denn hier erwarten würde und er erklärte, dass es das Konzert einer Band namens Throbbing Gristle sei, eben die, die auch das Label betreibe, auf dem Jonas zu veröffentlichen hoffe. Ich hatte von der Band noch nie gehört. Jonas ergänzte, dass das Konzert aufgenommen würde, man plane die Livesituation einzufangen als eine Art ephemeres Happening. Ich hoffte, dass das keine Art Mitmachtheater werden würde, bei der man mich zwang, irgendwas beizusteuern, denn ich hatte ja nichts außer einem gutartigen Schatten auf der Lunge und einer frischen Exfreundin, die durch ein Loch entwichen war, und jetzt ein Lied von Astrud Gilberto im Ohr. Kurz dachte ich: Ist doch auch wieder mal eine kecke Koinzidenz, die Frau an der Tür mit der brasilianischen Bossa-Nova-Drossel zu verbinden, heraus käme eine an Irisation kaum zu toppende Kunstfigur namens Astrud Antrobus.

Auf der kleinen Bühne standen vier Mitglieder dieser Band, einer hatte einen Pilzkopf, der verschanzte sich hinter einem kühlschrankgroßen Synthesizer, eine hübsche Frau in Lederjacke und Minirock saß auf einer Art Melkschemel und fuhr mit einem kleinen Abflussrohr unmotiviert auf den Saiten einer auf ihren Knien liegenden Gitarre herum und spielte gelegentlich ein Kornett, ein kleiner Mann bearbeitete eine Bassgitarre, indem er rhythmisch auf ihrem Hals klopfte und gelegentlich sang bzw. schrie, und dann gabs noch einen, der die meiste Zeit kniete und irgendwas mit Tonbändern machte, also keine Band im handelsüblichen Sinn. Der, der sang, hatte einen aufgestickten Blitz auf seinem mausgrauen Overall, ebenfalls auf der Bühne stand ein kleiner Fernseher, auf dem eine Dokumentation über Frösche gezeigt wurde. Aber die Musik nahm mich gleich ein, sehr atmosphärisches Gewaber, erinnerte ein bisschen an Filmmusik von Goblin, den sinistren Italienern, die den Schmuddelfilmen von Dario Argento, etwa den »Vier Fliegen auf grauem Samt«, die besondere Gruselnote gaben. Manchmal schrie der kleine Mann am Bass etwas, was man schlecht verstand, er forderte Disziplin, obwohl ja alle, die etwa zwanzig Zuhörer, geduldig und gesittet dem Dargebotenen beiwohnten, außerdem verstand ich bei einem Lied irgendwie sowas wie »Paper-thin adrenalin, waiting for the life you give«. Naja, wer würde nicht auch gerne gelegentlich, wenn der Hunger nagt, statt einer Oblate ein hauchdünnes Scheibchen Adrenalin vertilgen? In einem weiteren Lied ging es um Slug Bait, Schneckenköder, ich dachte, wie es wohl wäre, wenn man die Schnecken mit Adrenalin füttern würde? Das ganze Konzert dauerte etwa eine Stunde, bestand auch weniger aus Songs, es war eher eine zähe, aber nicht unattraktiv hypnotische, harsche Klangwalze mit hörspielartigen, zum Teil hybristophilen, aber dann auch wieder banalen Dialogen, durch ein Wah-Wah-Effektgerät geschleuste Wortschnipsel, ein Mann und eine Frau sprachen, wie ich das verstanden habe, über die unterschiedlichen Preise von Waschpulver bei Tesco.

Mickriger Applaus am Ende, keine Verbeugung oder Danksagungen seitens der Combo, das wäre ihnen wohl zu konventionell gewesen hier in der adaptierten Hosenfabrik, eine Rückkopplung fiepte noch länger dem eben Dargebotenen nach, erstarb dann aber irgendwann wie eine Florfliege am Fenster. Ich schaute Jonas an, begleitet von einem wohl etwas zu fragenden Blick, wie er es gefunden hat, er zuckte mit den Lederschultern, meinte nur: »Wir sind hier, um Zeuge zu sein, nicht um Urteile zu fällen, Dieter.« Ich fragte mich, ob sein Idol Iannis Xenakis ähnlich gedacht hätte und warum er mich als Dieter ansprach, wenn ich mich ihm vorhin im Pub doch als Woody vorgestellt hatte, kann man denn Woody zu Dieter vernuscheln oder missverstehen? Aber es war schon richtig so, alles passte irgendwie, auch wenn nichts passte, ich nur in meiner unendlichen Traurigkeit alles willkommen hieß, um es in einer neuen, seltsamen Realität passend zu machen, in der ich den Woody eigentlich auch ablegen könnte.

Danach stand man noch locker gruppiert herum, eingedenk der spröden Darbietung erstaunlich gesittet und trank lauwarmes Büchsenbier einer belgischen Marke namens Orval. Der kleine Bassist war leider zu engagiert in ein Gespräch mit Rosie Antrobus vertieft, als dass ich mich dazwischen hätte mogeln mögen, mein ferner, erotischer Kartoffelplanet mit dem Herz einer Tarantel, auf dem ich zu landen mir vorgenommen hatte, driftete in eine andere Umlaufbahn, also blieb ich weiterhin an Jonas kleben, jetzt wurde ich ein bisschen zu seinem Schatten. Jonas suchte und fand von sich aus jetzt das Gespräch mit dem Mann hinter dem Kühlschranksynthesizer. Ich stellte mich einfach dazu, zumal der Mann, den mir Jonas als Chris vorstellte, einen ABBA-Meinungsknopf am Pulli trug, das war doch schon mal ein kleiner Anknüpfungsköder. Chris sprach Jonas, den Schweden, auch sogleich auf ABBA an, ich fand das ein bisschen, nunja, übergriffig, so als würde man mich, sobald ich meine Herkunft offenbart hätte, auf Hermann Löns, den Heidedichter ansprechen. Jonas aber hatte damit offenbar kein Problem, sprach

darüber, dass er mit seiner Band, den Ledernonnen, eine Coverversion von »Gimme Gimme Gimme (A Man After Midnight)«
aufzunehmen gedenke. Chris beglückwünschte ihn und erzählte, dass es in Großbritannien zwei Kasten von ABBA-Konsumen-
ten gäbe, die so genannten Normalen, die bei »Mamma Mia«
die Hände in die Höhe schmissen und mitgrölten, und dann
die andere, gar nicht mal kleine Gruppe, die versuchte, hinter
irgendein Geheimnis von ABBA zu kommen. Manche glaubten
gar, ABBA wären Sendboten aus fremden Galaxien, und Glen
Matlock, der Bassist der Sex Pistols, der unumwunden später
eingestand – was die Fans seiner Band niemals wissen durften,
weil ABBA, warum auch immer, der pauschal für alles büßende
Sündenbock war (The Sun: »Wet bread? Blame it on ABBA«) –,
dass er mit »Pretty Vacant« den Brummer »SOS« von ABBA im
Kopf hatte, exakt sowas zu bauen vorhatte. Natürlich abzüglich
der »verchromten Sprühsahne«, wie Chris die Musik ABBAs
bezeichnete, die auf der Oberfläche der Schweden mitgeliefert
wird, das Dunkle, was drunter ist, das ist aber das Interessante,
das einen zum distinktiven Exegeten macht, man muss sich nur
drauf einlassen *wollen*, die meisten *wollen* es ja nur nicht.

Und dann, nach einer längeren Pause, einer Umarmung hier
und einem Wangenkniff da, von Leuten, die kurz in den Kern unserer Kleingruppe vordringen wollten, aber uns dann wohl doch
als unkommunikativ nach außen empfanden und gleich wieder
weitertrudelten, erzählte Jonas die schier unglaubliche Geschichte, an der, wie er prophezeite, ABBA zerbrechen würden. Ich fragte und piepste dabei wie ein Nestling, der statt eines Wurms ein
Stückchen Aufmerksamkeit fordert, ob die Band an dem nassen
Brot, für das sie die Boulevardpresse in Großbritannien verant-
wortlich machte, zerbrechen würde, obwohl man ja eher Knäcke-
brot brechen könnte. Er überging die, wie ich sogleich selbst
merkte, selten dumme Analogie. Jonas nickte mir zu, so in der Art,

lass es, lass mich weiter ausführen, jeder bekommt am Ende den Interpretationsschlamm, aus dem man formt, was einem frommt. Seine Informationen schlossen an die Frage von Chris an, er fragte, mehr rhetorisch, ob uns bewusst sei, dass Frida, also Anni-Frid Lyngstad, einen Deutschen zum Vater hätte, einen Besatzungssoldaten der deutschen Wehrmacht im norwegischen Narvik namens Alfred Haase. Sie sei ein nach dem Krieg stigmatisiertes, so genanntes *Tyskerbarn* gewesen. Ich fragte dann auch noch – ich kann es einfach nicht lassen –, was das für eine Rolle spielen würde, ob das was an ihrer Sangesleistung schmälere, aber das übergingen die beiden generös. Jonas erzählte seinerseits, dass Agnetha Fältskog mal verlobt mit einem Deutschen war, nämlich Dieter Zimmermann, mit dem sie 1968 in Berlin lebte, sogar ein paar deutsche Singles produzierte, an dieses lolitahafte France-Gall-Genre andockend (»Wie der nächste Autobus (so kommt die nächste Liebe)«), was Chris und mir nicht bekannt war. Aber der eigentliche Hammer sei, so Jonas, dass ebendieser Dieter Zimmermann kein geringerer, als – und nun ließ er eine kleine dramatische Pause im stickigen Raum stehen, auch weil die Zigarette in seinem Mundwinkel soeben erstarb und durch eine neue ersetzt werden musste – der Sohn von Alfred Haase sei. Uns stockte der Atem, wie alles auf traurige Art und Weise zusammenhing und einen weiteren, dunklen Schatten auf diese vermeintlich heile Welt von ABBA warf. Dass dieses bedrückende Wissen letztlich zwei Jahre später zur Auflösung des »Schweden-Vierers« (Dieter Thomas Heck) führen sollte, konnten wir zu dem Zeitpunkt natürlich nicht wissen, aber uns zusammenreimen. Jetzt fühlte ich mich mit Jonas und Chris wie in einer Geheimloge verbunden, wir wussten mehr als die anderen auf dieser Party und der Rest der Welt. Dann war der Dieter, mit dem mich Jonas vorhin anredete, wohl ein gedankenloser, vorausgaloppierender Versprecher, er hatte diese Geschichte vermutlich schon länger vorformuliert.

Als ich einwendete, dass der Nachname Zimmermann ja nicht direkt dem seines (angeblichen) Vaters (Haase) gleiche, antwortete Jonas schnippisch, dass es schon immer Leute gegeben habe, die sich aus den verschiedensten Gründen einen neuen Namen umhängten, »N'est-ce pas, Woody?« Ich schwieg betreten ertappt, Chris hingegen hatte das, wie ich zu sehen meinte, überhört, indem er demonstrativ wegschaute, als hätte ich mich oder Jonas mich gerade unsittlich entblößt.

Kurz danach stieß zu unserer konspirativen Kleingruppe noch die Frau mit dem Kornett, die sich als Cosey vorstellte, sie roch nach Bier und legte ihren Arm um meine schmalen Schultern. Interessanterweise trug sie jetzt das T-Shirt mit der Aufschrift »Tarantula Heart«. Wie geht sowas, gab es im Backstagebereich einen Trikottausch wie beim Fußball? Es wurde dann noch ein amüsanter Abend und eine noch attraktivere Nacht mit ihr und mir, aber das ist ein anderes Kapitel. Auch Throbbing Gristle lösten sich bald auf, so als sei das Konzert in der ehemaligen Hosenfabrik eine Art Vermächtnis ihres Wirkens, die Liveplatte sollte »Heathen Earth« benannt werden, und der Titel erfüllte mich und erfüllt mich noch mit klammheimlichem Stolz, habe ich doch Cosey in derselben Nacht, in ihrem kleinen quietschenden Spitalsbett, das sie wohl aus einem abgewickelten Krankenhaus entsorgt hatte, erzählt, ich käme aus der Lüneburger Heide (Lüneburg Heath), schwärmte von der Pracht der im September blühenden Erika, imaginierte eine heideüberwachsene Erde, auf der die Menschen durch Heidschnucken ersetzt werden. Sie hörte meinen Erzählungen aufmerksam zu und ich wunderte mich nicht im Geringsten, als ich ein paar Monate später die Platte von Cosey zugeschickt bekam, dass meine Heidephantasien auf irgendeine Art und Weise, sozusagen als Abschiedsgeschenk für einen harmonischen und, nunja, befriedigenden Abschluss des Abends, zur Titelfindung der Liveplatte beigetragen hatten.

MEIN FREUND HARVEY

»Nichts fasziniert mich mehr als die Erinnerung an etwas, was niemals stattfand.« Das sagte Harvey oft – und angesichts alles Kommenden fast schon visionär entspannt.

Aber ich muss zunächst etwas zurückgehen. Als alles begann, also Ende 1963, arbeitete ich für die kleine Versicherungsgesellschaft *State Mutual Life Assurance Cos. of America* in Worcester, Massachusetts. Meine Arbeit bestand vor allem darin, Betriebe in unterschiedliche Gefahrenklassen einzureihen. Das machte Kontrollbesuche notwendig und führte oft zu langwierigen Verhandlungen mit Unternehmen, die mit allen Mitteln versuchten, sich gegen unsere Klassifizierungen zu wehren, weil sie dadurch ihren Mitarbeitern höhere Gefahrenzulagen zahlen mussten. Um das Misstrauen uns gegenüber etwas zu entspannen – also zu signalisieren: Wir kommen nicht als Feinde, sondern wollen im Grunde nur das Beste für den Betrieb, mit uns seid ihr auf der sicheren Seite, denn jeder unfallbedingte Ausfall kostet euch am Ende mehr, als ein paar überschaubare Zulagen, die ihr auf eure Produkte von vornherein umlegen könnt –, kam ich auf die Idee, in den Betrieben etwas Positives, Entspannendes zu verteilen, irgendein kleines Geschenk. Und damit kam Harvey ins Spiel.

Harvey Ball hatte eine kleine Werbeagentur, *Harvey Ball Advertising*, er war Grafiker. Sie stellten Broschüren, Flugblätter, Schuhprospekte und solches Zeug her, er zeichnete gerne, illustrierte alles, was sie da zusammenklebten. Als ich ihn fragte, wie man für gute Stimmung in den Betrieben sorgen könne, und bat, irgendetwas Einfaches zu zeichnen, ein lustiges Tier vielleicht, eine lachende Fliege oder sowas, skizzierte er mir in Sekundenschnelle das denkbar Suggestivste, das Frohsinn erzeugt, zwei längliche Punkte und einen nach oben gebogenen Strich, Augen und Mund, auf die Nase verzichtete er ganz, weil er selbst einen gewaltigen Zinken hatte, der im Winter mitunter blau anlief und dadurch zusätzlich die Funktion eines Thermometers bekam. Das karge Gesichtsrudiment auf gelbem Grund, das musste reichen, er nannte es Smiley Face.

Genaugenommen hatte er die Idee, aber das sollte ich für mich behalten, von Ludwig Wittgenstein. Harvey war ein Fan des österreichischen Philosophen, der bereits 1938 bedauerte, dass er kein guter Zeichner sei, denn wenn, könne er mit vier einfachen Strichen (den vierten für die Nase) unzählige Gesichtsausdrücke hervorbringen, wodurch flexiblere und facettenreichere Beschreibungen als nur durch Adjektive möglich seien, »wenn ich von einem Stück von Schubert sage, dass es melancholisch ist, ordne ich ihm gleichsam ein Gesicht zu (und drücke dabei Billigung oder Missbilligung aus). Ich könnte stattdessen auch Gesten oder Tanzschritte verwenden. Wenn es uns darum geht, Nuancen deutlich zu machen, verwenden wir übrigens tatsächlich Gesten oder einen Gesichtsausdruck.« Und in einer seiner Schriften versuchte Wittgenstein sich dennoch, trotz seines unzureichenden zeichnerischen Talents, an diesem Gesicht, als »der Kurzschluss zwischen Sprachelementen und visuellen Reizen.«

Harvey wunderte nur, dass Wittgenstein nicht auf die Nase verzichten mochte, weil mimisch gesehen so ein Kolben, nunja, ebenso beredt wie ein Hydrant ist. Unnötig zu erwähnen, dass Harvey, wie Wittgenstein auch, ein regelrechter Tanzmuffel war, der eher mit einem Koffer getanzt hätte als mit einer schönen Frau, und schon gar nicht eine etwaige Liebe zu Schubert auf

diese Art zum Ausdruck gebracht hätte. Tanz mal das Forellen-
quintett, ohne dich zu blamieren oder gar den Fischallergiker zu
simulieren, um nicht tanzen zu müssen. Ich vermute sogar, dass
er sein Muffeltum nur spielte, weil er in Wirklichkeit Angst vorm
Tanzen hatte, dass er befürchtete, unkontrolliert am Takt vorbei
zu tanzen. Das machte ihn auch ein bisschen zum distinktiven
Dandy, der lächelt statt tanzt, eingedenk Norman Mailers Novel-
le: »Harte Mufflons tanzen nicht«.

Mit dem Smileyface bedruckte Anstecker ließen wir in einer
limitierten Auflage von rund hundert Stück produzieren und
verteilten sie, aber bald schon wollten das auch andere Leute
haben. Das Lächeln war ein undogmatisches, archaisches Statement, alles nicht so verkniffen zu sehen: Schenk der Welt ein
Lächeln, auch wenn alles in dir drin verwüstet, grau und leer ist,
dann bekommst du ein Lächeln zurück. So funktioniert wohl
Karma, wie es ein schlauer Mensch in unserer Agentur mal zu
erklären versuchte. Ich habe keine Ahnung, ob er damit richtig
lag, ich war noch niemals in Indien, einem Land, in dem Kühe
die gleichen Rechte wie Menschen haben. Wir mussten Tausende
von Buttons nachproduzieren, und bald schon gab es Nach-
ahmer, aber das war noch alles im überblickbaren Rahmen, be-
schränkte sich auf Worcester und eine bestimmte Bevölkerungs-
gruppe, offen, verspielt, mutig, anders, und, wie Harvey immer
sagte, sein Gesicht könne man sowieso immer erkennen, es sei
fälschungssicher. Er habe seine »Handschrift« hinterlassen, eine
Art Wasserzeichen: Die Augen sind schmale Ovale, eines etwas
größer als das andere, und der Mund ist nicht perfekt gebogen,
sondern etwas schief, verlegen grinsend, gar innerlich feixend
»wie diese eine Frau auf dem bekannten Gemälde in Paris, wie
heißt sie noch gleich?«, er meinte natürlich Mona Lisa.

Harvey Ball und ich hatten in Worcester eine Art Stammtisch, das heißt, wir trafen uns regelmäßig an Dienstagen im

»Rudi & Fernando's«, einer kleinen unspektakulären Kneipe im Esperantoviertel der Stadt. Natürlich gab es kein Esperantoviertel in Worcester, wir nannten es nur so, irgendeinem von uns, vermutlich George, ist das mal eingefallen, und seitdem nannten wir auf die Frage, wo denn dieses ominöse »Rudi & Fernando's« sei, wo wir uns immer dienstags die Zeit vertrieben, eben dieses Viertel so, als sprächen wir eine eigene Sprache und hätten eigene Regeln. Und die hatten wir ja auch, in unserer Dienstagsparallelwelt, Regeln, die uns definierten, die uns zu denen machten, wer wir waren – und wir waren eben nicht wie die anderen, weil wir es nicht sein wollten. Nenne unsere Gruppe einen Privatclub und du liegst nicht ganz falsch, »Loge zur Bekämpfung des widersprüchlichen Verhaltens«, so hat es Harvey mal genannt. Und in dieser Loge waren eben neben mir und Harvey Ball auch George Sperti und Eddy Goldfarb.

Mir ging es in dieser Zeit nicht gut, das lag einerseits an privaten Problemen mit Helga und den Kindern, aber auch die Sorgen in meinem Job zermürbten mich, die ständige Beschäftigung mit Unfällen und Verletzungen, was ist denn überhaupt ein abgetrennter Arm wert? Und Helga wusste nicht, was ich wusste, dass sie mir nämlich Kuckuckskinder untergeschoben hatte, dass deren angebliche Gelbsucht nichts anderes als ein unmissverständliches Indiz für ihren biologischen Vater war, unseren chinesischen Hausmeister Wong. Das setzte mir alles zu, drückte aufs Gemüt, ich war eigentlich ständig erschöpft, alleine gelassen, innerlich zerrupft, fühlte mich oft, auch und gerade in unserer Runde, wie einer, dessen Mund die ganze Zeit offenstand, aber der keinen einzigen Ton rauskriegte und sich einredete, ein offener Mund erspare die Antwort auf eine Frage, die ihm nie gestellt wurde, oder auf zu viele Fragen, bei denen man mit dem Ordnen nicht mehr nachkam, sodass man sich fühlte, als ersticke man an ihnen. Und natürlich hatte das bedingt auch mit unserer kleinen Gruppe zu tun, denn die Eloquenz, die vielen Ideen der anderen ersetzten meine Sprachlosigkeit, die ihnen vermutlich nicht mal auffiel. Am Ende hatte ich die Rolle des stummen Protokollanten übernommen, alles zu registrieren und die Situation zu analysieren. Es gibt kein anderes Leben in einem offenen Mund, also steh dazu und beobachte einfach, atme ein und atme aus und höre zu, sei zumindest anwesend in deiner Abwesenheit. Dass mir das nicht zum Vorwurf gemacht wurde, dafür war ich der Gruppe dankbar. Zusätzlich erinnerte mich das gelbe Gesicht Harveys auch immer frappant an meine Wechselbälger, die aber nie lächelten, worüber wiederum *ich* lächeln musste, nicht aus bitterem Hochmut, sondern als kleinem Wissensvorsprung Helga und Wong gegenüber, auch wenn mein Lächeln im Grunde nichts anderes als eine Narbe meiner wunden Seele war.

George Sperti war in unserem Club der Zweitstillste, sein Humor war trocken wie die Blattpflanze eines Toten, und so sah er auch aus. Er wohnte zeitlebens mit seiner Schwester Mildred zusammen und war Erfinder; er hat die erste praktische Technik zur Gefriertrocknung von Orangensaftkonzentrat erfunden. Eine weitere Erfindung war eine Ultraviolettlampe zur Bestrahlung von Milch, um ihr Vitamin D hinzuzufügen, ohne den Geschmack zu verändern, und eine auf Hefe und Haifischleberöl basierende Hämorrhoidensalbe. Diese drei nicht ganz unwichtigen Erfindungen machten ihn aber nicht hochnäsig, ganz im Gegenteil, er blieb bescheiden und spendete sogar den größten Teil des Geldes, das er aus nicht weniger als 127 Patenten erhielt, Universitäten und der katholischen Kirche. Es schien fast, als sei ihm seine Beschäftigung unangenehm, als müsse er Abbitte leisten für die ihm, wie er es empfand, geschenkte Fähigkeit, Dinge zu erfinden, die der Menschheit dienen. Auch hatte er beispielsweise kein Problem damit, mir ins »Rudi & Fernando's«

immer wieder eine Tube Sperti-Salbe mitzubringen, denn auch ich war einer mit so genannten rückwärtigen »blinden Adern«, wie es früher hieß, ein Hämorrhoidalleidender, ein Gebrechen, das tabuisiert wurde. Hier an unserem Stammtisch war das ein Problem unbekannter Herkunft wie tausend andere, für das man sich nicht schämen sollte, wie Hammerzehen, Orientbeulen oder Grützbeutel. Für sich selbst nahm er stets ein Briefchen seines Orangensaftpulvers mit, das er seiner Fanta beigab, um die Limo zu »frisieren«, die ihm immer zu »farblos« war. Einmal berichtete er, dass er an der Entwicklung einer Bestrahlungslampe arbeite, die eine neutrale Flüssigkeit wie etwa Wasser mit der Süße von Süßkartoffeln anzureichern in der Lage ist, um daraus eine Limonade zu gewinnen, seine Kartoffellimonadenkanone, wie er sie nannte, sein Patent Nr 128. Als wir ihn ungläubig ansahen – wir trauten ihm das zu –, grinste er nur schief wie Harveys Smiley, er hatte uns reingelegt, das war der Humor von George.

Eddy Goldfarb war da anders, er war die Frohnatur in unserer Runde. Auch er erfand Dinge, entwickelte, bastelte und baute um, wie ein Kind, allerdings, und das unterschied ihn von seinem beruflichen Antagonisten Sperti, völlig nutzlose Dinge. Eddy hieß eigentlich Adolph, aber während des Zweiten Weltkriegs war gerade für Menschen mosaischen Glaubens wie Eddy, dieser qua Geburt mitgegebene Vorname etwas, nunja, démodé geworden, also hieß er für sich und uns alle nur noch Eddy. Seine ersten drei Erfindungen entwickelte er noch in seiner Zeit bei der Navy, wo er seinen Dienst im U-Boot USS Batfish versah. Batfish ist ein kurios aussehender Armflosser – auf Deutsch ist das die Seefledermaus – und seine drei Erfindungen aus dieser unterseeischen Zeit könnten durchaus von diesem seltsamen Fisch beeinflusst gewesen sein. Sie machten ihn in Fachkreisen – nicht für das einfache Kind von der Straße, das ja davon ausgeht, dass man nichts erfinden müsse, weil alles sowieso schon immer da war und ist – schlagartig berühmt. Da war zum einen der »Merry Go Sip«-Becher, ein Trinkgefäß für trinkfaule Kinder, auf dessen Deckel sich, wenn man aus einem fixen Halm trank, eine Art Karussell mit Entchen, Kätzchen und Häschen in Bewegung setzte, um den Kleinen eine Trinkmotivation zu verschaffen; dann das »Busy Biddy«-Huhn, ein kleines, gelbes Plastikhuhn, das fünf Eier (Murmeln) legte und mit den Flügeln flattern konnte, wenn man auf seinen roten Kamm drückte; aber seine weitaus erfolgreichste Erfindung war das »Yakity Yak«-Gebiss, mechanische Zähne, die, nachdem sie hinten aufgezogen wurden, aufeinander klappern, nichts weiter, nur mit den Zähnen klappern, vor Angst oder Kälte oder um jemanden zu erschrecken oder zu beißen. Die pure Idiotie, die Frohsinn erzeugt, so schlicht und einfach wie Harveys Smileyface – schenk dir eine Antwort, grinse und klappere nur, die Welt wird dich verstehen.

Eddy war übrigens der erste Amerikaner, der den I.D.I.O.T. (International Designer and Inventor of Toys), den Preis der britischen Spielwarenindustrie, erhielt.

Auch war Eddy kein Angeber, er war bescheiden, hörte zu, und sah unsere dienstäglichen Zusammenkünfte als Ideenwerkstatt, ein Zukunftslabor, als Inspiration, etwas weiterzuentwickeln oder gar neu zu erfinden. An manchen Abenden wurde aber auch nur zweckfrei geblödelt oder aktuelle Befindlichkeiten und allgemeine Zustände erörtert, Bier getrunken und Fanta frisiert.

Und da kam das Smiley Face von Harvey wieder ins Spiel, das zweitbekannteste Lächeln der Welt. Wir fanden sein gelbes Grinsegesicht natürlich alle gut, und konzise, präziser ließ sich wohl Frohsinn und Freude nicht ausdrücken. Wir trugen alle das Smiley Face als Pin an den Revers unserer Jacketts, eine Art Clubabzeichen. Das ärgerliche war nur, wie wir im Laufe der Jahre feststellten, dass Harvey mit lediglich 45 Dollar für seinen Entwurf abgespeist worden war, wie er kleinlaut immer wieder gestand – das war im Übrigen nicht mein Preis, das hat unsere Buchhaltung ihm gezahlt und dadurch alle Rechte abgegolten. Sie hatte einerseits nur die Zeit von 10 Minuten, in der das Motiv entstanden ist, bewertet und andererseits natürlich nicht in die Zukunft blicken können, wie dieses Gesicht in der Folge die Welt erobern sollte. Und ein weiteres Versäumnis von Harvey oder uns war, das Gesicht nicht urheberrechtlich schützen zu lassen. Wir lebten und taten alles im Moment, wir dachten nicht an eine bestimmte Zukunft, die Zukunft schien uns grau und weit entfernt und nicht gelb mit einem Gesicht, das Emotionen darstellt, wie es Wittgenstein vorschwebte.

George und Eddy waren da geschickter. Sie meldeten ihre Erfindungen gleich als Patente an, und dann konnten Anwälte der Firmen, in denen ihr Zeug produziert wurde, den Markt auf Produktpiraterie hin beobachten, gegebenenfalls tätig werden und beginnen abzukassieren.

Als dann aber Anfang der Siebziger Jahre die Brüder Bernard und Murray Spain, Inhaber zweier Hallmark-Kartengeschäfte, feststellten, wie beliebt Herveys Gesicht war, adaptierten sie es mit dem Slogan »Have a Happy Day«, konnten das urheberrechtlich schützen lassen und begannen, ihre Produkte im großen Stil zu vermarkten. Bis zum Ende des Jahres verkauften sie 50 Millionen dieser gelben Meinungsknöpfe und zahllose andere Produkte – Karten, Aufnäher, Bälle. Es war eine regelrecht kapitalistische Schnickschnack-Schwemme an kataleptischem Frohsinn, die über das Land schwappte, eine gute Laune, die allerdings durch diese Masse inflationär wurde. Aber das war den Spain-Brüdern egal, die auch nicht müde wurden, diese Ikone für sich in Anspruch zu nehmen, während Harvey dem geschäftigen Treiben säuerlich zusehen musste und immer wieder bitter anmerkte: »Ich kann nur ein Steak auf einmal essen und nur ein Auto auf einmal fahren.«

Die Spain-Brüder hatten dann auch noch die Chuzpe, die Walmart-Kette zu verklagen, die auf die blauen, sackartigen Kittel ihrer Angestellten ein modifiziertes Smileygesicht druckte, und sie einigten sich nach einer jahrelang andauernden und sehr teuren Prozesslawine außergerichtlich dahingehend, dass Walmart auf das Gesicht verzichtete. Vielleicht war das von den Spains ja noch nicht mal Chuzpe, sondern ein Stellvertreterkrieg aus Schuld und Buße Harvey gegenüber.

Noch unverschämter kam es allerdings durch die Franzosen, genauer gesagt, Franklin Loufrani. Als Journalist entwarf er 1971 ein Smiley-Gesicht für die Zeitung »France-Soir«, obwohl sein »Entwurf« eine dreiste Kopie des Originals von Harvey war, inklusive der kleinen Irritationen, dem einen etwas größeren Auge, dem leicht schiefen Grinsen. Das Bild des Smileys wurde mit dem Slogan »Prenez Le Temps Sourire« (Nimm dir Zeit zum Lächeln) versehen, um den Lesern zu zeigen, welche Geschichten gute Nachrichten enthielten, inmitten eines Infomeers aus Katastrophen. Noch vor Beginn der Kampagne, im Oktober 1971, ließ Loufrani sein Smiley-Gesicht beim französischen Markenamt registrieren und hat damit ein regelrechtes Imperium aufgebaut, ein globales Monopol geschaffen, basierend auf der schlichten Idee Harveys. Heute erwirtschaftet die von Loufrani gegründete *Smiley Company* mehr als 130 Millionen Dollar pro Jahr und gehört zu den 100 größten Lizenzgebern der Welt. Loufrani argumentierte in einem Antwortschreiben auf die schriftlich gestellte Frage unseres Stammtischs, ob er sich denn nicht schäme für seine feindliche Übernahme der Idee eines anderen, dass das Design des Smileys so einfach sei, dass es niemandem zugeschrieben werden könne, als Beweis fügte er dem Brief ein Foto bei, das eine französische Höhlenmalerei aus dem Jahr 2500 v. Christus zeigte. »Es ist einfach ein gelbes Feld mit drei Zeichen drauf. Es könnte nicht einfacher sein. Und in diesem Sinne ist es leer wie ein leerer Eimer. Es ist bereit, mit Bedeutung befüllt zu werden. Es gehört jedem, weil es niemandem gehört. Wenn man es in ein Kinderzimmer stellt, passt es gut hinein, wenn man es aber auf die Gasmaske eines Soldaten klebt, wird es zu etwas ganz anderem. Die Perspektive wird zur Projektion, das Gesicht bleibt aber das gleiche, universell und frei von Ideologien.« Loufrani vorzuwerfen, dass er der Ideologie der Profitmaximierung gefolgt sei, ersparten wir uns, soll er an seinem Geld ersticken, bis er gelb wird.

An einem Abend entwickelten wir zu viert den »Quick Shooter Hat«, den Eddy später produzieren sollte, im Inneren eines Cowboyhuts befindet sich eine durch eine Feder zurückgespannte Schreckschusspistole, die, sobald man den Hut abnimmt, ausfährt und abgeschossen wird. Damit wollten wir Loufrani in Frankreich einen »freundschaftlichen« Besuch abstatten, mit den Worten »Il est temps de sourire, araignée de pain mal baisée!« (Zeit zu Lächeln, schlechtgefickte Brotspinne!).

Aber diese Aktion blieb nur eine schöne Idee und Frankreich war, da waren wir uns im »Rudi & Fernando's« einig, für uns als Reiseziel gestorben. Aber unser kleiner Triumph war, dass wir es schafften, den Wirt davon zu überzeugen, die Escargots de Bourgogne von der überschaubaren Speisekarte zu nehmen.

SCHÖNES MÄDCHEN
AUS ARCADIA

Er stand von mir in der Schlange. Mir fiel sofort seine Jeansjacke auf, über deren gesamten Rücken nach Art eines Motorradclubs ein Logo gestickt war, offenbar selbstgemacht, also nichts Industrielles. Da rankten sich um ein unbeholfenes Porträt – eher ein Schattenriss – von Ingeborg Bachmann die Worte »Murmansk Motorslug«. Ich versuchte, einen Zusammenhang zwischen diesen drei Informationen herzustellen – vielleicht ein Rätsel? Eine literaturaffine Mofa-Gang aus der eisfreien Hafenstadt am Polarkreis, der Partnerstadt von Klagenfurt? Max Frisch kam nur bis Montauk, Bachmann bis nach Murmansk? Vielleicht der Hinweis auf ein verschollenes und wieder aufgetauchtes Stück von Fassbinder (»Die Stadt, die Bachmann und die Schnecke«)? Und dann überlegte ich, wie ich es schaffen könnte, diese Frage nicht weiter auf meinem eigenen metaphysischen Rücken mit mir herumzuschleppen, mit all dem anderen überflüssigen Plunder, Wissensfetzen, Bildern, Nichterlebnissen, die man so tagtäglich aufsaugt, wenn man wachen Auges durchs Leben geht. Es müsste einen Filter geben oder eine geistige Tablette, die man einsetzt bei solchen Fällen: Ja, ist irgendwie interessant, aber bringt mich nicht weiter, Bild kann gehen – und zehn Minuten später weiß man schon nichts mehr davon. In der Regel funktioniert das ja auch, man trägt das so lange mit sich, bis ein stärkeres Bild das alte verdrängt. Ich hatte das kürzlich mal mit einem dreibeinigen Hund, sieht man ja nicht ganz so unselten, ich dachte, gut, abgehakt, weitergehen, gibt hier nicht mehr viel zu sehen, aber dann sah ich kurz drauf einen *zweibeinigen* Hund, das heißt, er hatte nur noch Vorderbeine, aber der Besitzer konnte sich wohl keines dieser kleinen Wägelchen mit Rädern leisten, auf denen in der Regel der hintere Teil des Hundes geschnallt wird, sondern er hielt ihn an einer Art Griff hinten hoch, und ich dachte: Wie praktisch, ersetzt die Hundeleine und eine Handtasche obendrein, was aber, wenn dem Hund das rechte Vorderbein und das linke Hinterbein fehlen, fällt der jetzt nach links oder nach rechts? Und schon war der erste Hund, der mit den drei Beinen, weg, über alle Berge gehumpelt. Hätte noch gefehlt, dass sich das alles gegenüber einer Agip-Tankstelle abgespielt hätte, deren Logo bekanntlich der Hund mit den sechs Beinen ist, und dann kommt der Quizmaster und fragt die 100.000-Dollar-Frage, nämlich was das Tier symbolisieren soll?

Und ehe ich irgendjemandem ungefragt die Antwort aufschwatzen konnte, stand ich schon am Schalter, und der Auslöser des Assoziationskettensägenmassakers, der Mann mit der seltsam bestickten Jeansjacke, war eingecheckt. Wenn ich Glück hätte, würde ich neben ihm sitzen. Wie viele Plätze hat so ein Flugzeug eigentlich? 150? Eine 1-zu-150-Chance, dass ich neben ihm sitze, hier auf dem TWA-Flug 847, von Athen nach Rom. Ich könnte dann versuchen, mir die Frage nach der »Murmansk Motorslug« zu verkneifen, aus Rache, weil ich niemandem erklären konnte, was es nun mit dem sechsbeinigen Hund auf sich hat, dass das nämlich die beiden Beine des Fahrers und die vier Räder eines Autos sein sollen.

Ich war in Griechenland, weil ich jemanden suchte, und zwar, jetzt bitte kurz durchatmen: Iggy The Eskimo. Ich sage das immer voll bewusst, also ihren Namen mit der begleitenden Warnung, denn natürlich weiß ich, dass »Eskimo« heutzutage nicht mehr geht, und wer an Iggy denkt, denkt an James Osterberg alias Iggy Pop. Aber die Iggy, die ich meine, war früher da, und sie hieß eigentlich Evelyn. Als sie ein Kind war, konnte die kleine Tochter ihrer Nachbarin Evelyn nicht aussprechen und nannte sie immer Iggy. Ab da nannte sie jeder Iggy. Und der Spitzname »The Eskimo« war ein Scherz. Das hat sie mal einem dummen Fotografen vom »NME« erzählt, als er sie im Cromwellian fotografierte und mit rassistischem Unterton fragte, woher sie käme. Sie erklärte schnippisch, sie sei ein Eskimo. Das blieb dann bedauerlicherweise an ihr haften, weil der Fotograf die Aufnahme mit ihr so veröffentlichte und untertitelte: »Iggy The Eskimo – she's dancing the night away until the snow melts«.

Iggys Vater war ein britischer Armeeoffizier, der an der Seite von Louis Mountbatten diente und 1947 an der offiziellen Übergabezeremonie Großbritanniens an den ersten Premierminister von Indien, Jawaharial Nehru, teilnahm. Während eines Urlaubs ist er in ein abgelegenes Dorf im Himalaya gereist, wo er die Frau traf, die ihre Mutter werden sollte. Iggy wurde in Pakistan geboren und besuchte Armeeschulen in Indien und Aden, bevor die Familie nach England zog. Sie ist an der Küste aufgewachsen – »She's faster than most and she lives on the coast«, das ist Iggy, die Marc Bolan in »Hot Love« besingt –, ging auf das Admiral Sir Cloudesley Shovell College, eine anthroposophische Kunstakademie in Wolverhampton, wurde Mod in Brighton und war dabei, als die Rocker die Mods vermöbelten. Dabei wurde ihr, aus Versehen, ausgerechnet von einem Mod ein Zahn ausgeschlagen, aber eigentlich machte sie dieser kleine Kollateralschaden sogar ein bisschen stolz. Sie liebte Soul-Musik, liebte aber auch den Bombast der Righteous Brothers, und sie tanzte gern, war ein so genanntes Oomph-Girl. Oomph-Girls mussten eigentlich nichts Besonderes können, sie mussten nur dekorativ herumstehen – damit kann man berühmt werden, und Iggy wurde es, ihr exotisches Aussehen war dabei nicht ganz undienlich. Richtig bekannt wurde sie als Freundin des wahnsinnigen Syd Barrett,

Gründer von Pink Floyd. Man sieht sie nackt auf seiner ersten Soloplatte »The Madcap Laughs«, katzengleich gestreckt wie eine dieser Lolitas auf den Bildern von Balthus. Der Boden ist, wie könnte es anders sein, orange/lila gestreift, auf ihm hockt im Vordergrund Syd und stiert weggetreten und durchgespült mit Lysergsäure in die Linse.

Als Syd sie eines Tages fragte, ob sie traurig sei, ob es ihr nicht gut ginge – sie war wie üblich nackt, ihre Unbekleidetheit strahlte wohl eine Mischung aus Verletzlichkeit und Einsamkeit aus – und sie als Antwort nur mit den knochigen Schultern zuckte, holte er die Farbe, die noch vom Fußbodenstreichen übriggeblieben war und malte ihr zwei große Augen auf die Brüste, an denen zwei Tränen herunterliefen. Auf ihren Bauchnabel malte er einen nach unten weisenden Pfeil und als er mit leicht irrem Blick sagte: »Da könnte Leben drin sein, da drin könnte Emily spielen«, wachte sie sozusagen auf, denn das wollte sie auf gar keinen Fall, zumal sie kurz vorher Polanskis »Rosemarys Baby« gesehen hatte, in dem Mia Farrow ein Kind vom Satan empfängt.

Also geriet sie in Panik, schrubbte es ab und nahm Reißaus. Sie verschwand für viele, sehr viele Jahre, wie auch Syd verschwand, der als paranoides Drogenwrack mit einem kleinen Hund und einer Hausmaus in einem kleinen Haus in Cambridge lebte und sich statt von Drogen nun von Dosenbohnen und Würstchen ernährte. Iggy ging es inzwischen langsam auf die Nerven, dass sie bisher eigentlich immer nur Beiwerk gewesen war, eine Trophäe, mit der sich die Männer schmücken konnten, die das offenbar nötig hatten. Das konnte doch nicht ihr Lebensinhalt sein, sie bewunderte Marianne Faithful und Nico, die es irgendwie schafften, sich von dieser problematischen Musenrolle zu emanzipieren. Raus kamen sie dennoch nie wirklich, Marianne schon eher, Nico ging fürchterlich unter. Und vielleicht ahnte sie, dass man aus dem Kreislauf »einmal Muse immer Muse« nur schwer rauskommt, weil die Gesellschaft, damals zumindest, einfach noch nicht bereit für solche Imagewechsel war, deshalb beschloss sie, radikal mit *diesem* Leben Schluss zu machen, weshalb sie nach Griechenland zog, auf die Insel Samothraki. Sie meinte einmal, die Insel erinnere sie an ihre alte Heimat Pakistan, der Hindukusch unterm Tsatsikihimmel. Der Ortswechsel als ein Versuch, das einfache Leben zu leben, das ihr inzwischen abhandengekommen war, weil sie es irgendwann mal freiwillig weggegeben hatte.

Und dort besuchte ich sie. Ich hatte vor, eine Biografie über sie zu schreiben, ihre Zeit im Swinging London der Sechziger Jahre, all die ausgeflippten Leute, im Grunde ultrakonformistisch in ihrem verbissen ausgestellten Distinktivismus, die *groovy* Clubs, die *abgespaceten* Läden, Twiggy natürlich – die mit ihr für die anderen immer das Spiel von besten Freundinnen spielte, Iggy & Twiggy, dabei konnten sie einander nicht ausstehen –, das »Granny Takes A Trip« in der Kings Road, die Mode, Lurex-Glockenhüte und der Schiwago-Look, die Bands mit den entsetzlichen Namen, Ultimate Spinach in the Mesmerizing Eye, The Üdü Wüdü Youth, Krzysztof Klenczon Orkustra. Alleine von den Namen der Bands wurde einem schon schlecht wie von einem Fufu mit Maniok, und im London Zoo stand ein Zebra namens »The Duke of Burlington« und war für die *Youthquaker* nichts weiter als ein fellgewordener LSD-Trip. Gilbert O'Sullivan war noch mit George Passmore zusammen, bevor der mit einem anderen Gilbert zur Singenden Skulptur wurde, und während sie als Gilbert & George fortan »Underneath the Arches« sangen, antwortete O'Sullivan verbittert mit seinem »Underneath the Blanket Go« und wurde von Iggy getröstet, in welcher Form auch immer, oft sah man die beiden Wange an Wange einen El Debke im »Polygon Tarzan« tanzen. Natürlich kannte sie Jimi Hendrix, er wohnte in dem Haus, in dem auch Georg Friedrich Händel einst lebte, 25 Brook Street in Mayfair, auch dort ging Iggy aus und ein, »aber nur wegen Händel«, wie sie augenzwinkernd ergänzte. Und auf der prachtvollen Debütsingle »Disturbance« von The Move hört man sie sogar am Ende »on fleek« schreien, weil sie offenbar gerade von jemandem aufgegessen wird. Das war das letzte Lebenszeichen Iggys in diesem *magic motley monstermash.*

Ich hatte sehr viel Material über sie und ihre Zeit als Oomph-Girl gesammelt, zwei Wochen war ich auf der Insel und habe sie nahezu täglich interviewt, am Morgen gingen wir gemeinsam schwimmen, nackt natürlich, einmal umschlangen die Tentakel einer Qualle meinen linken und ihren rechten Oberarm, das verband uns buchstäblich ein bisschen, meine Narbe ist heute noch sichtbar. Dann ein paar Stunden sprechen, die Jahre rekapitulieren, während ihr Mann Georgios Xylouris uns fetttriefende Moussaka zubereitete, eine saure, grüne Suppe aus gehackten Innereien kochte und Sprotten auf einem rostigen Grill über brennenden Autoreifen briet. Das Aroma wird dadurch, das war mir neu, ganz besonders exquisit, dazu Retsina mit dem Schlüsselkind, wie ich es immer nannte (auf dem Etikett der Flasche trinkt ein Kleinkind Retsina und schließt sich mit einem Schlüssel den Bauch auf), dann noch ein paar Stunden Gespräche, ein bisschen Yoga zum Abschluss und um runter- und wieder in die Gegenwart zurückzukommen, und dann feierten wir in den Abend und bis tief in die Nacht hinein. Georgios machte Musik mit seiner Bouzouki, ein paar anderen Musikern und einem Sänger, der sich Barry Blue nannte (»Dancin'on a Saturday Night«), herrliche Zeit, und das, was ich da von einer Zeitzeugin zusammengesammelt hatte, das würde ein prachtvolles Sittengemälde der Sechziger Jahre ergeben, hoffte ich zumindest. Arbeitstitel: »I Know Where Iggy The Eskimo Lives«. In seiner gefühlten Wahrheit – falsche Inuit aus Pakistan in Griechenland – passten die Teile, wie ich fand, alle ganz wunderbar zusammen, so wie die klagenfurter Motorschnecke von Murmansk sicher auch irgendwie in sich stimmig war oder zumindest von jemandem stimmig auf einen Rücken gestickt wurde.

Aber nun ging ich durch den Check-in am Flughafen in Athen und suchte mir meinen Platz (25 E). Natürlich saß ich nicht neben dem Typ mit der bestickten Jeansjacke, sondern auf einem Mittelsitz, eingequetscht wie Moussaka zwischen zwei dicken, öligen Griechen, denen aus jeder Pore süßlicher Anisoduft dampfte, ich bekam Ouzogusto.

Am 14. Juni 1985 um 10 Uhr vormittags startete die Maschine. In dem Moment nachdem die Anschnallzeichen erloschen waren und ich noch überlegte, ob ich mir tatsächlich einen Frühstücksouzo genehmigen sollte – und in mir schon sprechgerecht dieser Satz rotierte, ich weiß nicht, von wem der ist, klingt nach Harry Rowohlt: »Ich trink Ouzo, was machst du so?«; das hätte ich dann der Flugbegleiterin sagen können, die Deutsche war, das war mir bereits beim Betreten des Flugzeugs aufgefallen –, meldete sich aus dem Cockpit die Stimme des Kapitäns, dass wir wegen technischer Probleme eine Kursänderung vornehmen müssten, wir uns aber keine Sorgen machen sollten.

Dann kam nichts mehr, außer einer allgemeinen Unruhe bei den Passagieren. Die Flugbegleiter waren nicht zu sehen, nur weiter vorne hörte man ziemlich laute Diskussionen und Geschrei; auf den Ouzo, den ich jetzt wirklich hätte brauchen können, würde ich dann wohl etwas länger verzichten müssen.

Nach etwa einer halben Stunde meldete sich erneut jemand, es war nicht der Kapitän, sondern ein anderer Mann, der mit barscher, und wie ich mir einbildete, unrasierter Stimme und ganz schlechtem Englisch durchgab, dass die Maschine jetzt unter Kontrolle einer »Organization for the oppressed of the world« sei. Ich verstand zunächst statt oppressed *depressed*, und dachte: Das klingt nach einem vernünftigen Anliegen, auch wenn Depressive sich wohl kaum aufraffen würden, ein Flugzeug zu entführen, aber in ihrem Namen ist das doch ein ganz gutes Statement gegen den aggressiven und falschen Frohsinn allüberall. Ich sah fragend meine dicken Sitznachbarn an. Erst jetzt fiel mir ihre Ähnlichkeit auf, sie waren Brüder, und der eine sprach aus, was der andere wohl ebenfalls dachte, dass das, was da eben durchgegeben wurde, tatsächlich wie depressed klänge. Und der Bruder ergänzte, dass er glaube, dass oppressed gemeint ist, wer auch immer als *unterdrückt* gemeint sein soll, Pygmäen, Dicke, Frauen? Ich wollte noch Eskimos ergänzen, ließ es aber, weil wieder eine Durchsage kam, dass wir in Kürze in Beirut landen würden. Ich wusste nicht, ob das eine gute oder beunruhigende Nachricht war; gut, weil wir nicht abgestürzt oder anderweitig tot waren und dann vielleicht alle freikamen, und ich sowieso schon immer mal nach Beirut wollte, oder schlecht, weil noch mehr von den Gangstern an Bord kommen und uns hier reihenweise abknallen würden. Diese Fragen, die Ungewissheit spürte man auch sehr stark bei den Passagieren, einige wimmerten, andere saßen schockstarr in ihren Sitzen. Ein alter Mann ein paar Reihen vor uns nässte sich ein, ich bekam das nur deswegen mit, weil seine Frau neben ihm fürchterlich zu zetern und auf ihn einzuteufeln begann, ihn als Bedwetter (Bettnässer) beschimpfte (auch wenn Planewetter wohl treffender gewesen wäre) und ankündigte, wenn sie hier rauskämen, ihm eine »verdammte Klingelhose« zu kaufen. Eine tönende Windel, womit man inkontinente Kinder trocken zu kriegen versucht, sozusagen als Gegenstück zur Klingel von Pawlows Hund, dem beim Gebimmel der »Zahn tropft«, soll die Klingelhose den Träger darauf hinweisen, dass etwas Unschickliches passiert ist.

Ich hatte Mitleid mit dem alten Mann, mir war hundeelend zumute, ich hätte Alkohol gebraucht und angenehmere Sitznachbarn. Die beiden sprachen kaum Englisch und quatschten die ganze Zeit miteinander, als sei ich nicht vorhanden, sie sprachen quasi durch mich durch, wie durch ein Fliegengitter. Ich merkte immer mehr, dass die beiden nicht nur Brüder waren, sondern sogar Zwillinge. Komisch eigentlich, dass die sich nicht zusammensetzten, aber vielleicht waren sie leicht erregbar, temperamentvoll, zänkisch und brauchen immer einen Abstand zueinander, sonst würden sie sich gegenseitig an die Gurgel gehen. Sie unterhielten sich die meiste Zeit über einen gewissen Rolando, soviel bekam ich mit. Einmal fragte ich einen von ihnen, wer denn dieser Rolando sei, und er lachte laut, wobei er schnob wie ein Ross und seine Zähne bleckte, die eigenartigerweise ganz blau waren. Es ginge, erklärte er, um die *Rolando Fissur*, das sei der Name der Zentralfurche, die den Frontal- und den Parietallappen der Großhirnrinde voneinander trennt. Das sei erstmalig im sechzehnten Jahrhundert von einem italienischen Neuroanatom namens Luigi Rolando beschrieben worden, was aber eigentlich nicht stimme, ein Franzose namens Félix Vicq d'Azyr sei der Erste gewesen. Aber kein Mensch mochte in der damaligen Zeit Franzosen, und seinen Namen konnte sowieso keiner aussprechen, und Rolando, das rollt einfach geschmeidiger von den Lippen. Ich fragte den einen der beiden, weil sie sich so gut auskannten, ob sie etwa Gehirnchirurgen wären, und der andere antwortete im Namen beider: »Nein, wir sind Brüder.«

Ich verzichtete drauf, ihnen von Iggy The Eskimo zu erzählen, auch weil ich nicht wusste, wen von ihnen ich ansprechen sollte. Das ist wie bei einem Schielenden, man weiß nie in welches Auge man schauen soll, welches das *richtige* Auge ist, und bei den Passagieren hier in unserer Zwangsgemeinschaft interessierte sich auch niemand groß für die anderen, eher, wie es hier weitergehen würde. Für jeden war es wohl auch die erste Entführung, eine makabre Premiere, und das Wichtigste im Moment war einfach die essentielle Frage: Sterbe ich, oder darf ich weiterleben? Ich dachte: Wenn ich die Kraft hätte, das alles hier zu stoppen und dafür auf etwas verzichten müsste, was das wohl wäre? Die Biografie über Iggy? Oder einen kleinen Finger? Ich entschied mich für den kleinen Finger, aber damit würden sich die Geiselgangster vermutlich nicht abfinden wollen, was würde er ihnen auch nützen, den Depressiven der Welt? Ich könnte ihnen sagen, ich wäre einer von ihnen, ich wäre in der Félix-Vicq-d'Azyr-Gerechtigkeitsliga, wir könnten uns zusammentun, das ganze hier stoppen und etwas anderes planen, den Eiffelturm in die Luft sprengen oder sowas, aber das sind alles hypothetische Angebote eines überforderten Gehirns, so wird es allen anderen Passagieren auch gehen, wer weiß, was sich der Inkontinente da vorne vorgestellt hat, Übersprungshandlung für den Wunsch in Rom im Trevispringbrunnen zu baden vielleicht, wie die Dralle in dem einen Film von Fellini.

In Beirut wurden 19 Passagiere freigelassen, 17 ältere Frauen und zwei Kinder – im Austausch für die Betankung des Flugzeugs. Eigentlich ein komischer Deal, man kennt das ja von Restaurants, das Angebot, Teller zu waschen, wenn man mal die Rechnung nicht zahlen kann, oder Mitgiftdeals in manchen Kulturen, meine Tochter gegen 20 Kamele – aber Benzin gegen Greisinnen und Kinder? Kennt man natürlich nicht, wenn man selbst wenig Erfahrungen in dieser Branche hat. Das mit der Bezahlung in Naturalien gab der Entführer durch, nachdem die Maschine wieder abgehoben war, durch, und dass man jetzt auf dem Weg nach Algier in Algerien wäre. Na toll, da wollte ich eigentlich noch nie hin. Von Algier hatten wir dann eigentlich auch nichts, man blieb dort fünf Stunden auf dem Rollfeld stehen, weitere 20 Personen wurden freigelassen. Das war insofern gut, weil dann mehr Platz frei wurde und ich die Flugbegleiterin fragen konnte, ob ich mich umsetzen könnte, eine Frage, die sie wiederum den Entführern weitergab. Das ging dann auch, nur die beiden dicken Griechen schauten böse, vielleicht brauchten sie mich als Puffer, ich war sozusagen ihre Rolando Fissur. Dann hob das Flugzeug in der Nacht zum Samstag ab und flog abermals zurück nach Beirut, ich kam mir vor wie in einem Linienbus. Leider stieg dort ein Dutzend bewaffneter Männer zu. Wir Passagiere bekamen noch mehr Angst, weil die Typen sich an den Alkoholvorräten schadlos hielten und wichtigtuerisch wie Cowboys mit ihren Knarren durch die Reihen patrouillierten, einer jonglierte sogar mit Eierhandgranaten, und wieder flog man nach Algier zurück, wo nochmals 60 Passagiere freigelassen wurden. Eine Logik oder Taktik war nicht erkennbar und auch nicht herauszubekommen: Sollte man jetzt so lange hin- und herfliegen, bis keiner mehr übrig war und selbst die Entführer irgendwann nach Hause gehen und Feierabend machen konnten?

Aber sie sprachen nicht mit uns, wurden ruppig oder lachten einen aus, wenn man mal das absurde, in ihrem Glauben vermutlich nichtexistierende Bedürfnis verspürte, aufs Klo zu wollen, sie zwangen Kinder, Schnaps zu trinken, die dann natürlich sofort kotzen mussten, und steckten Frauen Piaster in die Haare – immerhin höflicher als sie an irgendwelchen Körperteilen zu betatschen. Es herrschten schlimme hygienische Zustände, es war heiß und stickig, es stank, es gab kaum zu essen und wenig zu trinken, zumindest durfte man dann und wann mal aufstehen, ein paar Dehnungsübungen machen und ein bisschen herumgehen. Dabei fiel mir auf, dass vorne in der ersten Klasse gesungen wurde, und zwar das immergleiche Lied, es war »Schönes Mädchen aus Arcadia«, und beim genaueren Hinsehen sah ich auch den Grund dafür, dort saß nämlich, ich traute meinen Augen nicht, kein geringerer als Demis Roussos, der Sänger des Liedes. Neben ihm einer der grimmig aussehenden Luftpiraten, offenbar Fan des Barden, der ihn nun mit vorgehaltener Waffe als eine menschliche Jukebox missbrauchte.

Jetzt war ich eifersüchtig, denn *ich* war doch sein Fan, nicht der unrasierte Bösewicht, *ich* hätte dort sitzen sollen, aber ließe sich mit Entführern um ein Upgrade feilschen? Wohl kaum. Ließe sich durch meine Kenntnis um das roussos'sche Œuvre meine Position in der Geiselhierarchie verbessern? Bezweifelte ich. Ich mochte eines seiner Lieder ganz besonders, noch von seiner damaligen Band Aphrodite's Child, das ich immer parat hatte, wenn mal etwas nicht schnell genug ging, mir mal wieder jemand im Weg stand und mich jemand mit seiner schieren und rücksichtslosen Anwesenheit belästigte: »You always stand in my way / I want you to go away / Make my face become one / I want you to cut it down / Get away / I can't stand you«. Geh weg, geh aus meinem Gesicht und lass mir meines da. Der dicke Demis Roussos, der aber inzwischen gar nicht mehr so dick war, hatte sogar kürzlich einen Diätratgeber geschrieben, »Abnehmen durch Essen«, so hieß das Buch. Wir flogen inzwischen wieder mal zurück nach Beirut, und Demis kam mir in dieser Flug-endlosschleife wie ein wahrgewordener Übersprungsgedanke vor, es wird wirklich, was Wirklichkeit werden kann, so als opti-mistisch-positivistisches Murphy-Gesetz. Kurz dachte ich, auch weil wir hier kulinarisch, nunja, kurzgehalten wurden, einen zweiten Teil seines Diätbuchs zu verfassen, gleich nach meiner Iggy-Bio, »Die Kuckucksdiät«: den anderen alles wegfressen, und wenn niemand mehr da ist, kann ich bestimmen, was dick oder dünn ist, dann bin ich der Maßstab und ich bestimme die Regeln. Aber das sind so flüchtige Gedanken, wenn man Hunger und Durst hat und gleichzeitig Angst um sein Leben.

Jetzt aber sang er wieder und wieder »Schönes Mädchen aus Arcadia«, das Lied, das ihm der Vater von Vicky Leandros ge-schrieben hatte. Jetzt nervte es schon ein bisschen sehr und ich überlegte, aus Trotz doch nicht mehr Fan von Roussos sein zu wollen. Aber als ich sah, dass der Gangster weinte wie ein kleines Kind, dachte ich: Vielleicht ist das eine Zermürbungstaktik von Demis, sie auf diese Art zum Aufgeben zu zwingen, Kraft des Schlagers, akustische Kriegsführung der subtilen Art. Dann wurde auch langsam klar – man tuschelte diese Information wie bei Stille Post einfach von Sitzreihe zu Sitzreihe weiter –, warum gerade dieses Lied so oft kam: Der eine der Entführer war nämlich nicht nur Fan von Roussos, sondern sprach auch Deutsch. Er hatte Maschinenbau in Heidelberg studiert und offenbar eine Schwäche für die Sprache, was aber die anderen so entsetzlich fanden, dass sie Roussos in Beirut irgendwann in der Nacht genervt aus dem Flugzeug schmissen, während wir noch stundenlang im ungelüfteten Ungewissen gehalten wurden und weiter ausharren mussten. Irgendwann wurde sogar ein Passagier erschossen, und zwar nur deswegen, weil er die vorzeitige und, wie er fand, ungerechte Bevorzugung Roussos durch den Rauswurf zu kritisieren wagte. Er wurde ausgerechnet von dem Entführer erschossen, für den der Grieche das Lied sang. Und der, der erschossen wurde, war ich.

DIE FRAU, DIE DEN NIL
VERKAUFT HAT

In der Schauspielschule, die ich eine Zeitlang in Stockholm besuchte und leider ohne Diplom vorzeitig abbrach, habe ich mal eine Waschmaschine gespielt, die immer menschlicher wird. Das heißt: Wie legt man den Charakter so einer Maschine an, indem man das etwa mit der »Gespenstersonate« von Strindberg kombiniert, der Text wird gewaschen, man schleudert ihn, meine imaginäre Maschine war verwirrt, mit spontanen, rumpelnden Aggressionsschüben, am Ende wird der Text wie durch ein Flusensieb gefiltert und läuft gleichsam in Erschöpfung aus.

Meine beste Freundin in jener Zeit war Uschi Digard. Sie war genauso wie meine Waschmaschine, die musste sie nicht mal spielen, sie war impulsiv, gebremst voranstrebend, zielstrebig ziellos, also paradox, launisch würde man vielleicht despektierlich sagen, oder noch schlimmer: hysterisch. Man hätte sie eine Wäschespinne spielen lassen sollen, aber dafür war sie zu rastlos. Ich mochte sie trotzdem, oder sagen wir, gerade deswegen. Sie war eben nicht konform wie die anderen, die kleinmütig und willfährig sich den Institutionen ergaben, in ihnen in kompletter Mimikry aufgingen, bis nichts mehr von ihnen übrig blieb; ein Charakterzug, wie er unseren schwedischen Landsleuten eben eigen ist. Sie hingegen »machte einfach ihr Ding« (»Jag gör min grej«, das ließ sie sich sogar auf ihre beiden Hände tätowieren), und als sie im Unterricht aufgefordert wurde, die Nofretete zu spielen, verweigerte sie sich der Prüfung einfach, indem sie eine

Marketenderin spielte, die den Nil zu verkaufen vorgab, während ich für sie als ihre Assistentin auf einem eiernden Plattenspieler den »Egyptian Shumba« spielte:

Last night I dreamed I sold the Nile
Dancin' with you Egyptian style
Way down in Egypt land
The mummies took our hand

Seitdem waren Uschi und ich in unserem Kurs die Außenseiter, ja, an der Hand von Mumien, allerdings mit geraunter Anerkennung: Da kommen die Waschmaschine und die Frau, die den Nil verkauft. Wir waren auch äußerlich auffällig, schminkten uns grell wie die exaltierte Marchesa Luisa Casati. Diese Harpyie von einer Frau war von Man Ray 1922 so treffend verwackelt fotografiert worden, als brumme die Marchesa vor inneren kosmischen Winden, oder es arbeitete in ihrem Getriebe, weil sie zu viel Surströmming gegessen hatte, eine ihrer Leibspeisen, die sie mit ihrer Boa Constrictor stets schwesterlich teilte. Das projizierten wir einfach auf die Marchesa, sie war so eine Art Role Model für uns, so wollten wir sein, um unserer stickigen, verdrucksten Puppenstube namens Bullerbü zu entkommen.

Ich hatte mit Uschi auch eine kleine Affäre, nichts Besonderes, etwas Unschuldiges, Tastendes. Küssen im nächtlichen Humlegården hinter dem Marabukäfig, bis wir wunde Lippen hatten, dann im Bett ungeschickte Erkundungen des Kontinents der Liebe, was auch immer das sein soll, weiß nicht mal, ob es bis zum »Äußersten« kam. Uschi war einfach meine Freundin. Ich bewunderte sie, und sie mich, zusammen waren wir unsterblich, so bildeten wir es uns ein. Wir hätten die weiblichen Abbot & Costello aus Östermalm werden können, bis sie sagte, sie würde nach Amerika gehen, dort seien die Möglichkeiten für

Jungschauspieler einfach mannigfaltiger als in unserem außer Kontrolle geratenen Sozialgolem namens Schweden, mit einem Dorftrottel als König. Selbst Ingmar Bergman war keine Option, mit seinem sabbernden Altmännerpsychoquatsch. Der Tag, als Uschi ihre – unsere – ungelüftete Heimat und letztlich mich verließ, war eine Zäsur. Es würde nie wieder so sein, wie wir es für uns simuliert hatten: ein Zustand der überheblichen Unschuld, dass zwei Frauen, die keine definierten – oder wie Uschi immer meinte: »diplomierten« – Lesben waren oder sind, sich zusammen eine kleine exklusive Loge der weiblichen Stärke, dem Vorsprung des imaginären Wissens gebaut hatten. Wir nannten uns »Vixen Gun Club«, Flintenweiber evozierend, Mitglieder nicht willkommen, schon gar nicht Männer. Aber das war am Tag ihrer Auswanderung zu Ende, wir würden unsere Rollen in der Gesellschaft, in welcher auch immer, neu konstituieren müssen. Ich weiß nicht, ob ich das »bessere« Los zog, indem ich in Schweden blieb und eine kleine Pension auf der Schäreninsel Utö aufmachte, mit elf Zimmern, oder sie, die ihre zweifelhafte Karriere bei oder mit Russ Meyer startete. War diese Karriere nicht eher ein Rückschritt oder Holzweg, weil sie sich nur noch über ihre beredten Brüste definierte? Was war denn dann noch von meiner Komplizin übriggeblieben, die mal sehr überzeugend den Nil zu verkaufen vermochte? Viel später, als ich Filmstills von ihr genauer betrachtete, fiel mir auf, dass ihre blaugeäderten Brüste frappant dem Nildelta bei Alexandria glichen.

Ich bekam in den ersten Jahren noch viel Post von ihr, in einem Brief fragte sie beispielsweise: »Wo warst du, als Mao starb?« Das wusste ich natürlich sehr genau, ich war im Bett mit ihr, als sie mir zuflüsterte, dass wir jetzt Mao umgebracht hätten, das sei nun der Zugangscode unserer Liebe. Später wurde sie prosaischer: »Weißt du, ich wäre dir ja gern der Freund, den du dringend brauchst; hätten wir uns anders getroffen, hätte das vielleicht geklappt, aber ich glaube, das geht nicht, wir wären ja doch wieder schnell ein ineinander verheddertes Liebespaar. Weil du eben nicht meine Marchesa bist. Und ich nicht deine Boa bin.« Sie erzählte, dass sie für jeden Film einen anderen Namen bekam, als sei das eine Art der permanenten Verpuppung, bis sie dann irgendwann zum Raubinsekt werden könnte, als das sie sich vielleicht zu sehen hoffte. So eine Art Marlene Dietmar, ein weiteres Vorbild von uns, das sich ebenfalls verpuppen musste, um sich für eine Gesellschaft zu emanzipieren, in der nicht die Männer sie zum Frühstück verspeisten, sondern sie die Männer. Nur wenigen ist bekannt, dass Marlene Dietrich ursprünglich mit Nachnamen Dietmar hieß und ihr damaliger Freund Joseph von Sternberg sie immer damit frotzelte, dass man aus ihrem Namen eine endlose Kette bauen könne: Marlene Dietmarlenedietmarlenedietmarlene Dietmar. Und diese Kette darf man niemals unterbrechen, sonst driften Dietmar und Marlene auseinander und erkennen einander vielleicht nicht mal mehr im Spiegel wieder. Es gab viele Jahre später sogar mal eine schottische Band diesen Namens, »The Marlene Dietmar Chain«, zwei Brüder, die es mit der geschwisterlichen Verkettung allerdings nicht so streng sahen und nichts ausließen, um diese Kette zu sprengen. Marlene wählte genervt von von Sternbergs Sticheleien irgendwann den Nachnamen Dietrich als Pseudonym, so wurde sie ja dann auch bekannt. Übelmeinende behaupten, ihr Alternativname sei das Werkzeug, um verschlossene Türen (nach oben) zu öffnen, aber wir wollten Marlene Dietmar sein, niemand sollte uns anfassen und trennen können, wir wollten diese Kette bleiben. Aber das ist lange her, und es sah so aus, als hätte inzwischen ein Glied geschwächelt.

Sie gab sich also andere Namen, ich glaube aber eher, dass ihre Agenten oder Regisseure sie ihr gaben, im Grunde bekam sie, warum auch immer, für jeden zweiten Film eine neue

Identität, und bei dieser batallionsstarken Liste muss man wirklich tief Luft holen: Clarissa, Debbie, Ushi Devon, Julia Digaid, Uschi Digaid, Ushi Digant, Ursula Digardowski, Uschi »Soul« Digard, Ushie Plushie, Alicia Digart, Uma Digart, Uschi Dansk, Ushi Digert, Uschi Digger, Beatrice Dunn, Gina, Sheila Gramer, Ilsa Grabowski, Cynthia Jones, Karin, Petra von Kant, Astrid Lillimor, Linda Lolli, Lola Lollorosso, Marie Marceau, Marni, Mindy, Mookie, Olga, Inge Pinson, Ronnie Roundheels, Roberta Roback, Sherrie, Heidi Bush, Heide Sohl, Heidi Sohler, U. Heidi Sohler, Edie Swenson, Joanie Ulrich, Elke Vann Houten, Elke Vonn, Mikaela »Mikaela« Mikaela, Jobi Winston-Tong, Ingrid Young, Hedda Sjörnborst und für mich der irisierendste, weil er wie der Klang einer delligen Tuba tönt: Helga Solms. Eine erschöpfte Liste verzweifelter Selbstfindungsanläufe. Wer soll da noch durchsteigen, wie soll sie sich wo in welchem Namen wiederfinden, in diesem schamhaardichten Gestrüpp der rastlosen Versuche? Wer wurde sie? Auch ihre bekannteste Rolle, die in »Ilsa, She Wolf of the SS«, war nur ein scheinemanzipatorischer Karriereschritt, den sie bei Ingmar Bergman in *der* Form auch hätte haben können.

Ihre Briefe aus ihrer neuen Heimat wurden immer kürzer und seltener, aber auch seltsamer. Sie behauptete, nicht mehr in Los Angeles zu leben, sondern in einer Stadt namens Kandor – ich hatte davon noch nie etwas gehört, auch auf den Globen war Kandor nicht zu finden. Sie schrieb, dass Los Angeles eine so hohe Manganstaubbelastung gehabt hätte und der Kakodylsäuregehalt im Trinkwasser so grenzwertig gewesen sei, dass die Stadt einfach eines schönen Tages explodierte, aber sämtliche Einwohner von einem Typen namens Brainiac vorher gefangen genommen, durch einen Schrumpfstrahl verkleinert und in eine Glasglocke transformiert wurden. Nachdem sie, Uschi, die sich nun immer häufiger, auch mir gegenüber, Helga Solms nannte, jedoch Brainiac besiegt und die Glasglocke in ihren Besitz gebracht hätte, verfrachtete sie die Stadt samt ihren Einwohnern in ihr arktisches Versteck, ihre, wie sie sie nannte, Festung der Einsamkeit, und verbrächte dort seit vielen Jahren mit dem Versuch, sie wieder auf normale Größe zu bringen. In Kandor würden verlorene Erinnerungen unter Glas aufbewahrt, Uschi konnte sich immer wieder dorthin zurückziehen, um eine Welt unter Glas zu erleben, die sie zurückgelassen hatte. Kandor war die Schneekugel ihrer vergorenen Erinnerungen an ihre unerfüllten Wünsche und Träume, vielleicht für ein besseres Schweden, eines frostigen, aber unschuldigen Landes, dem sie nicht hätte entfliehen müssen, weil es immer in ihr blieb, wie ihr nie zu stillender Appetit nach Surströmming, dem eingedosten, verfaulten Fisch, der außerhalb unserer Heimat vollkommen unbekannt ist und wenn, gar als Waffe gilt.

Kandor war die klingende Stimme einer verlorenen Welt, einer unerreichbaren Vergangenheit. Ein Synonym für die Schuld der Überlebenden, einfach überlebt zu haben. Sowas schrieb sie mir, ich wusste nicht: Ist das Poesie, oder sind das bereits Hilfeschreie einer Verirrten aus einer interstellaren Subraumverzerrung, hinter einer – von ihr auch immer wieder in ihren Notaten erwähnten – geheimnisvollen »grünen Tür« (aus einem dieser Schmuddelfilme, in dem sie ebenfalls 1972 eine kleine Rolle bekam, »Behind the Green Door« von Sidney Lumet)? Und wer ist überhaupt dieser Brainiac?

Mir wurde ganz schwummrig bei ihren Briefen, jetzt war sie vermutlich verloren, für sich und mich und ihre vagen Wünsche für ihre Rolle, die sie für sich in der Gesellschaft finden wollte, und selbst für ihre Vergangenheit. Mir tat sie leid und ich tat mir leid, dass ich mir wegen ihr leidtat, weil ich eine Freundin verloren hatte, die sich offenbar bereits vor geraumer Zeit selbst verloren hatte. Bis ich eines Tages eine Anzeige in der »LA Times«

entdeckte, die Zeitung, die ich neben den »Dagens Nyheter«
für meine kleine Pension abonniert hatte. Es ging um einen
Verkehrsunfall, bei dem ein Schauspieler mit dem unwahr-
scheinlichen Namen Dirk Rambo zu Tode gekommen war. Die
Anzeige war so verzweifelt hilflos, wie beredt ratlos, wenn es so
ein Paradoxon gibt. (»Where is this girl? Investigators say there
is only one probable witness who can tell them how the accident
occurred. This unidentified young woman can ease the prob-
lems for those closely concerned by telling the facts as she knows
them by calling collect 357-1950, will the real mystery girl please
come forward«). Man sah auf einem Foto in der Suchanzeige
lediglich die Haare eines vermeintlich weiblichen Hinterkopfes
und ich wusste sofort, wer dort gesucht wurde, weil ich diesen
Kopf, diese Kopfform kannte, ja in Liebe und Nähe verbunden
war, seit der Nacht, in der Mao starb: Es war Uschi Digard, »meine« Uschi, meine erste und letzte intime Begegnung als Frau mit
einer Frau, das vergisst man nicht. Aber ich rief nicht an, ich
meldete nichts, ich wusste, sie war in Sicherheit, sie war nicht
mehr in einem Gurkenglas namens Kandor gefangen, sie lebte,
auch wenn offenbar jemand anderer für sie sterben musste.

Dirk Rambo, das unglückliche Todesopfer, war mir komplett
egal, zumal man, wie er als Leiche für Glück und Unglück wenig empfänglich ist, aber ich überlegte zwei Jahre später, nach
meiner geschlechtsangleichenden Transition, diesen nun frei
gewordenen Namen anzunehmen, warum eigentlich nicht, da
ist doch Schwung drin.

Aber vielleicht doch ein bisschen zu viel »Schwung«. Ich entschied mich deshalb anders, nämlich für Holger Solms.

GOOD MORNING, LUXEMBOURG

Ich war noch niemals in Luxemburg. Der Satz ist nicht von mir, aber der Inhalt könnte es sein. Der Satz stammt von Udo Jürgens, mit dem ich im Frühstücksraum des Hotels La Gorge du Chien sitze. Er sagt diesen Satz immer wieder und lächelt ihn in sich hinein, er spricht ihn irgendwie melodiös summend, als sei er eine Zeile aus einem Lied oder der Refrain. Es ist der 4. Mai 1966, und morgen findet zum zehnten Mal der Grand Prix Eurovision de la Chanson européenne statt.

Udo isst ein Rührei, das er sich mit ordentlich Kresse bestreut, die er von einem Beet am Frühstücksbuffet mit einer Nagelschere abschnippelt, dazu Toast, und er trinkt Kamillentee, den er stark mit Kunsthonig der Marke Wibine süßt. Das sei gut für seine Kehle, sagt er und lacht, weil das Hotel unverständlicherweise auf Deutsch Hundekehle heißt. Er muss seine Gurgel schonen, er hat morgen Abend einen großen, sogar einen sehr großen Auftritt. Ich assoziiere sein Summen mit künstlichen Bienen, denn zwischen jedem, von Kunsthonig eskortierten Schluck Tee, probierte er ein bisschen von diesem skizzenhaften »Ich war noch niemals in Luxemburg« aus. Mir kommt es vor, als sei das letzte Wort vielleicht eine Silbe zu lang, es holpert irgendwie. Ich sage es ihm, er aber schüttelt den Kopf, man könne das schon machen, indem man das *in* sozusagen verschleppt und gleich in *Luxemburg* übergehen lässt, oder *Luxemburg* dehnt und auf die übliche Pause zwischen dem ersten und zweiten Teil des Refrains verzichtet, dann passe das auf seine kleine

Melodie. Die zweite Zeile hatte er noch nicht, er singt da einfach Platzhalterworte wie Honigersatz, Salz und Tee, und alles, was er sonst noch auf dem Tisch findet. Er erzählt, dass das unter Textkomponisten gar nicht so unüblich sei, Nahrungsmittel als Platzhalter zu verwenden, Paul McCartneys »Yesterday« hieß als Arbeitstitel »Scrambled Eggs« und Ralf Bendix hätte seinen »Babysitter Boogie« in der Demoversion immer als »Tilsiter Tango« gesungen, echt wahr. Aber weil Udo das mit einem Schmunzeln begleitet, bezweifle ich es, ich glaube er will seine Nervosität wegwitzeln. Ist ja nicht nichts, was da morgen passieren wird, das ist die größte Bühne, die maximal größte Reichweite, die es gibt, und dann auch noch in diesem winzigen Land.

Letztes Jahr gewann in Italien beim Eurovision Songcontest France Gall, sie hatte für Luxemburg gesungen. Weil es in Frankreich so viele großartige Kandidaten gab, war man dann eben ins talenteärmere kleine Nachbarland ausgewichen, das war ja gängige Praxis, sogar Belgien lieferte Legionäre wie Solange Berry 1958 (»Solange Solange singt, singt solange Solange niemand was vor«, das war in den Fünfziger Jahren im deutschsprachigen Teil Belgiens ein Minimutmachmotto) und Griechenland 1963 Nana Mouskouri. Luxemburg nimmt sie alle in Sangesasyl, und einen Sieger gab es auch schon aus Frankreich, das war Jean-Claude Pascal 1961, den Udo schnippisch »Old Segelohr« nennt, vielleicht weil er selbst ziemliche Löffel hat.

France Gall hatte »Poupée de cire, poupée de son« von Serge Gainsbourg gesungen, der Text war und ist zweideutig konnotiert. France erkannte die unter dem harmlosen Titel lauernde Schlüpfrigkeit des Titels aber nicht und trug ihn in ihrer munter unschuldigen Art vor, was ins frivole Kalkül Gainsburgs einer singenden Lolita wunderbar passte.

Vielleicht muss man dazu die Zeile »La chaleur des garçons« (Die Hitze der Jungs), eine relativ deutliche Umschreibung der männlichen Notgeilheit, kennen und umzudeuten wissen. Vor dieser Hitze fürchtet sich die »Poupée de cire« (Wachspuppe), weil sie geschmolzen, d.h. entjungfert wird, aber schon gerne wie die »Poupée de son« (Sprechpuppe/Singpuppe) wäre, wie die Mädchen, die bereits sexuelle Erfahrungen gemacht haben. Umgangssprachlich bedeutet das auch eine Frau, die beim Sex laut stöhnt (Stöhnpuppe/Schreipuppe). France Gall hat sich kurz nach ihrem Sieg geweigert, das »dumme Lied«, wie sie es bezeichnete, jemals wieder zu singen oder auch nur darüber zu sprechen, also sich konsequenterweise als das genaue Gegenteil dessen erwiesen, was sie da unterschwellig mit dem Lied repräsentierte. Serge hat sich natürlich das Fäustchen gerieben, weil seine infam subliminale Saat durch ihre späte Erkenntnis sogar noch ein weiteres Mal aufgegangen ist.

Aber jetzt sitze ich ja hier in Luxemburg im Hotel Hundegurgel mit Udo. Er vergöttert Gainsbourg, der ja auch nicht gerade mit kleinen Ohren gesegnet ist, und bezeichnet France Gall als »süßen Käfer«, und er soll morgen Abend Österreich beim Songcontest vertreten. Ich lese ihm, damit er einerseits seine Stimmbänder schont und um ihn andererseits irgendwie aufzuheitern oder vielleicht abzulenken, das vor, was ich gestern im Tourismusbüro bekommen habe: das deutschsprachige Kapitel einer kleinen, selbstironischen Broschüre des Fremdenverkehrsverbandes in den zwölf Sprachen der Wettbewerbsteilnehmer. Darin steht etwa zu lesen, dass, rückwärts geschrieben, das Land wie ein mexikanischer Grottenolm (Grubmexul) heißt, ein Hinweis darauf, dass Luxemburg einst zu einem aztekischen Riesenreich gehörte, oder dass unterm Land gigantische Won-Ton-Suppenfabriken sind, die durch ein riesiges Pipelinenetz den ganzen Globus mit diesen Suppen versorgen, und Die Echternacher Springprozession eine religiöse Prozession ist, die jedes Jahr am Dienstag nach Pfingsten im Bezirk Echternach stattfindet. Die Teilnehmer hopsen zu Polkamelodien in Reihen durch die Straßen des ganzen Landes in ein kleines Dorf namens Nospelt, um dort eine der nur an diesem Tag erhältlichen Keramikpfeifen in Vogelform, das *Péckvillchen*, zu bekommen (»E Péckvillchen ass eng aus Toun gebake Päif a Form vun engem Villchen«), ein kulturelles Erbe aus der Zeit der Azteken.

Aber Udo verzieht sein Gesicht nicht und ich bin jetzt auch nicht mehr sicher, ob ich das lustig finden soll, was mir gestern noch so Spaß gemacht hat, manchmal bin ich auch zu blöd, eine Tasse Kaffee umzukippen. Naja, bisschen mit der Brechstange sind die Witze schon, kann sein, dass man als Luxemburger so etwas komisch findet, ich kann das nicht beurteilen, ich war ja, wie gesagt, auch noch niemals hier, weiß nicht, wie die hier so, nunja, »ticken«. Eine Won-Ton-Suppe habe ich auch noch nie gegessen, aber vielleicht speichert Udo sie ab als Platzhalter, oder es ist bereits geschehen: »Ich war noch niemals in Luxemburg, schwamm noch niemals in Won Ton, sprang nie durch Echternach in Vogelform«.

Dass ich mit Udo in Luxemburg bin, liegt daran, dass wir beide vielleicht ein bisschen verwandt sind. Ein Onkel von ihm, Gert Bockelmann, lebte auf Gut Barendorf bei Lüneburg, auf dem meine Mutter Magd war. Seinem Onkel und meiner Mutter wurde ein Verhältnis nachgesagt, kann gut möglich sein, dass Onkel Gert mein Vater ist, denn ich bin unehelich zur Welt gekommen und Mutter konnte man ihr Geheimnis nicht entlocken. Immer wenn ich sie dezidiert danach fragte, lächelte sie weggetreten beseelt. Wie sollte ich das deuten? Wenn Udo bei seinem Onkel zu Besuch war, war er mir Spielkamerad, später schrieben wir uns regelmäßig Briefe, der Kontakt zwischen Klagenfurt und Lüneburg riss nicht ab. Weil bei seinem Onkel ein Fagott herumstand, selbstgebaut aus einem Ofenrohr, probierte er es aus, es ging, es gab Töne von sich und er brachte sich selbst das Spielen bei. Wir improvisierten kleine Sessions auf dem Rübenacker, in der Tradition der Everly Brothers (»Crying in the rain«), bis die Sonne unterging und die Kühe heimkehrten, ich spielte Gitarre, die ich mir ebenfalls selbst gebaut hatte, aus einer Holzkiste wie Bo Diddley.

Udo ist mit seinem Frühstück fertig, ich habe kaum was runterbekommen, so nervös bin ich, nur ein hartgekochtes Ei, das ich vor Nervosität im Ganzen schlucke, salzlos, und das mir jetzt im Hals steckengeblieben ist. Mir kommt es vor, als sei ich für ihn nervös, er ist die Ruhe selbst und er salzt scherzhaft meinen Kopf, meint »vielleicht rutschts jetzt«, als er mich würgen sieht, tränenblind. »Udo salzte nach«, dachte ich, als leicht abgewandelte erste Zeile aus »Die Vorzüge der Windhühner« von Günther Grass, den wir beide mochten, ein Bändchen, das vor gut 10 Jahren erschienen ist, Lyrik, durch die sich Udo immer wieder inspirieren ließ.

Wir werden abgeholt, ein Fahrer, der sich als Hans vorstellt, bringt uns zur Villa Louvigny, wo Lichtproben und zwei komplette Durchläufe stattfinden sollen, und morgen muss dann alles sitzen. Sein Lied heißt »Merci Cherie«, ich hatte ihm abgeraten sein geliebtes Fagott zu spielen, sich stattdessen an einen Flügel zu setzen und zu singen. Fagott und gleichzeitig Singen, das wäre zu sehr in eine Zirkusnummer für einen besoffenen Clown abgeglitten, reüssieren hätte man damit jedenfalls nicht können in witzresistenten Nationen wie der Schweiz, und generell im komplett humorlosen Skandinavien sowieso nicht.

Es gibt in dem Lied, von dem ich mehr als überzeugt bin, dass es zumindest unter die ersten sechs kommen kann – so wie in den Vorjahren, als er 1964 mit »Warum nur, warum« Sechster wurde und 1965 mit »Sag ihr, ich lass sie grüßen« Vierter – eine Stelle, die mich rätseln lässt und die auch er nicht schlüssig erklären kann. Er meint etwas hilflos, das sei eine so genannte

Geisternote, er hätte das komponiert, bzw. es hätte sich quasi selbst geschrieben, ja, er sänge es auch, aber hätte keine Ahnung wie die Note sich da immer einschleicht. Gestern am Abend sind wir noch durchs Örtchen geschlendert, durch die Unterführung Kinnekswiss-Glacis, dort sang er, weil die Akustik so gut war, »Merci Cherie« einmal fast komplett durch, also bis zu der fraglichen Stelle: »... schau nach vorn, nicht zurück, zwingen kann man kein Glück, denn kein Meer ist so wild wie die Liebe ...«, die Liebe auf dem -be lang gedehnt, und da ist sie plötzlich, die Geisternote. Was hört man da, hört man sie tief oder hoch? Wie singst du sie, Udo? Hoch oder tief? Er behauptet tief, aber ich höre sie hoch. Wenn er gesagt hätte, er sänge sie hoch, hätte ich sie vermutlich tief gehört. Gibt es sowas wie interpretationsdimensionales Hören? Metaphysisches Hören? Gut, es ist jetzt nicht direkt eine Geisternote, wie sie Johannes Brahms mal einem seiner Schüler so erklärt hat: »Wenn man vier Töne im richtigen Rhythmus spielt, hört man den fehlenden fünften.« Und als der immer noch nichts hörte, meinte der Meister: »Sie müssen nur auf die Noten achten, die sie *nicht* spielen«, worauf der Schüler resigniert seufzte: »Ach, das kann ich auch zuhause.«

Aber was hier auf der letzten Silbe von Udos Liebe passiert, sind zwei Töne, die auf unterschiedliche Art wahrgenommen werden können. Udo und ich nennen sie aus Ermangelung einer Bezeichnung und Hommage an diesen Ort in der Unterführung die Kinnekswiss-Note. Das klingt zumindest schillernder als das, was es vermutlich wirklich ist, ein Ton vom so genannten Taschenband, also von einem der über dem Kehlkopf liegenden »wahren« Stimmbänder, mit denen man sich üblicherweise räuspert oder die Luft anhält. Diese können ja auch Töne erzeugen, bei Pferden ist das Taschenband besonders kräftig ausgebildet, vielleicht hat Udo etwas von einem Pferd und wiehert gleichsam diese Note.

Später habe ich das dann sogar der Dudenredaktion geschickt, das Wort samt seiner Erklärung, und seitdem steht das in dem kollektiven Nachschlagewerk. Es ist gewissermaßen amtlich, ich bin der Erfinder eines Wortes, wenn ich sonst schon nichts kann, nicht mal eine Tasse Kaffee umkippen.

Insgeheim hoffe ich natürlich, dass Udo siegen wird, denn ein viertes Mal wird er ja wohl nicht antreten, das meinte er vorhin auch beim Rührei. Er könnte sich höchstens noch vorstellen, für jemand anderen, vielleicht für Gott (er meint Karel, den und dessen goldene Stimme er über alle Maßen schätzt) etwas zu schreiben, und weil der aus der nicht am Wettbewerb teilnehmenden CSSR ist, vielleicht als Legionär für das Fürstentum Seborga, ein Kondominat, das in erster Linie von Mimosen und Ginster lebt. Also wenn es diesmal nicht klappen sollte, dann nur noch als passiver Teilnehmer, als Strippenzieher. Ich stelle mir den Siegerstrauß als ein flamboyantes Gebinde aus Mimosen und Ginster vor und sehe vielleicht deshalb, dass Udo zwischen den Zähnen ein anderes Gewächs, ein Kresseblättchen hat. Ich weise ihn drauf hin, er entfernt es, man sollte im Vorfeld ausschließen, dass er wegen sowas irgendwie unvorteilhaft um einen Sieg gebracht wird, gibt ja solche Fälle. Richard Nixon hat gegen John F Kennedy bewiesenermaßen verloren, weil er sich, hirsutistisch herausgefordert, also mit starkem Bartwuchs ausgestattet, vor der TV-Konfrontation am Abend nicht nochmal kurzrasiert hat, und dann aussah wie ein transnistrischer Raubmörder.

Hans bringt uns zum Veranstaltungsort, die Sicherheitsvorkehrungen sind lax, Hans stempelt uns einen Übergabeschein ab, den er im Hotel für uns mitbekommen hat. Damit kommen wir in den Saal, ich komme als Udos persönlicher Assistent mit rein. Die Orchestermusiker sind bereits da und im Backstagebereich begrüßen sich die einzelnen Teilnehmer mal herzlich,

mal reservierter. Udo ist beliebt, alle Frauen bekommen Wangen-
küsse, eine lange Umarmung mit Margot Eskens, der deutschen
Sängerin, deren »Die Zeiger der Uhr« mich jedes Mal, wenn ich
es höre, zu Tränen rührt, aber ich bin generell recht nahe am
Bilgewasser gebaut. Udo und Margot kennen sich offenbar etwas
besser, denn als sie in seinen Armen liegt und kaum hörbar
»Ach Udo« seufzt, zwinkert er mir zu, der Glückspilz. Domenico
Modugno hingegen, der Italiener, ist spröde, ja, offen feindselig
gegen die anderen Teilnehmer. Er ist der einzige, so erfahre ich,
der Extrawünsche beim Catering angemeldet hat, er verlangte
ein riesengroßes Nougat-Ei, in das er immer wieder beherzt
beißt. Kein Mensch erzählt ihm, dass sein Mund schokoladever-
schmiert ist, so sieht es zumindest aus, bis wir merken, es ist gar
kein Nougat, es ist sein brauner Schnurrbart.

Die Durchgänge verlaufen pannenreich, mal ist das Orchester
viel zu laut, mal kommt deshalb der Gesang zu spät und dann
sind die Anschlüsse viel zu langsam. Modugno kommt ja mit seinen eigenen Musikern, ihm ist das Orchester zu opulent wie er in
seinem haarsträubenden Englisch erklärt, es würde seinen Titel
»Dio, come ti amo« zerstören, weil es ihn nicht verstünde – alle
lachen. Als Pausenfüller spielt eine alberne Dixielandcombo mit
Banjo und Waschbrett namens Les Haricots Rouges (Die roten
Bohnen), die behaupten, mal Vorgruppe der Beatles gewesen
zu sein. Niemand mag sie, das lässt unterdessen die Teilnehmer mehr zusammenrücken, natürlich außer den blasierten
Modugno. Die ganze Atmosphäre hat etwas von einem ausge-
lassenen Schulskikurs, und Udo, ganz euphorisch inspiriert,
meint zu Margot und mir, dass sich die Gruppe, die er »Klasse
von 66« nennt, wenn das hier alles vorbei ist, doch im Alter noch
mal treffen könnte – unausgesprochen freilich ohne den italienischen Terroraffen –, am selben Ort, mit dem gleichen Programm,
vielleicht wenn wir, um es symmetrisch zu machen, alle 66 Jahre

alt sind. Margot lacht, sagt: »Genau, mit 66 Jahren ist noch lang noch nicht Schluss.«

Am Ende der Generalprobe, die bis weit nach Mitternacht dauert, gehen ein paar von uns ins Restaurant »Um Dierfgen«, sie haben dort Kniddelen mat Schleeken (mit Schnecken gefüllte Knödel). Die Sänger sind erschöpft, aber eher nicht von den Auftritten, sondern von der zermürbenden Warterei und dem infantilen Generve Modugnos. Wir lachen viel, die Knödel sind gut, die Schnecken wie Radiergummis. Tereza Kesovija, die für Monaco singt – auf ausdrücklichen Wunsch von Fürstin Gracia Patricia –, aber eigentlich Jugoslawin ist, schläft am Tisch ein, ich flirte mit Michèle Torr, einer weiteren Legionärin Luxemburgs, ihr »Ce soir je t'attendais« ist eine effiziente Droge genuinsten Glücks und ich nehme ihren Titel persönlich (Heute Abend hab ich auf dich gewartet).

Ich glaube, ich könnte mich in sie verlieben, sie fasst mich auffallend oft am Arm und ich male ihr mit einem abgebrannten Streichholz einen Schönheitsfleck auf ihre linke untere Wange, weil das ihrem molkefalben Antlitz eine besondere, kecke Note gibt. Meine Loyalität zu Udo weicht etwas, aber das kann an der Übermüdung und der Sauerstoffarmut hier im Schneckenladen liegen. Ich wünsche mir jetzt ein bisschen, dass sie morgen gewinnen möge, flüstere ihr das auch zu, sie haucht mit ihrem zauberhaften Akzent auf Deutsch: »C'est lieb von dir, Texé.« Den Schönheitsfleck erneuert sie bis heute täglich, meine kleine Marke, die ich hinterlassen habe, mein, nein, unser Souvenir, das mich und sie immer an diesen ganz exklusiven Abend in einer luxemburger Nacht im Mai des Jahres 1966 bindet.

Um halb drei schwanken wir ins Hotel zurück, auf den engen Gassen singen wir noch alle ausgelassen Dickie Rocks »Come back to stay«, was ein bisschen an die »Unchained Melody« der Righteous Brothers erinnert. Wir lieben Dickie, unglaublich lustiges Kerlchen aus Irland, er ist komplett besoffen, kann kaum noch gehen, der Wirt hätte ihm nicht mit den begleitenden Worten »Halbblau ist rausgeschmissenes Geld« die Flasche mit dem Schlehenschnaps hinstellen sollen. Udo und Margot stützen ihn, wir alle können sein Lied besser als er selbst in diesem Moment, aber er lacht, ich glaube, der Kontrast zu Modugno könnte nicht größer sein. Mir fällt auf, wie gigantisch Dickies Ohren sind, beinahe größer als sein Kopf, wie zwei Henkel. Also wirklich, er hat die größten Ohren, die ich in meinem ganzen Leben gesehen habe, Rhabarberblattdimensionen, er könnte sich, wenn er grinste, etwas von einem Ohr ins andere flüstern. Als ich die bei mir untergehakte Michèle darauf hinweise, raunt sie: »Man sagt, in sein linkes Ohr hätte mal ein läufiger Wallach gebissen, pikanterweise wohl als Teil eines Liebesspiels.« Ich frage Michèle, ob sie noch mit in mein Zimmer käme, aber sie lehnt ab, sie müsse fit für morgen sein, vielleicht vermutet sie, dass ich als Freund Udos sie in der Nacht zu schwächen beabsichtige; und wir haben ja, rede ich mir ein, immer noch den Fleck auf ihrer Wange, an transzendenter Intimität kann man jemandem möglicherweise kaum näher kommen.

Waschlappig schleppen sich alle am nächsten Morgen im Frühstücksraum des Hotels aus dem Weg, der Einzige, der munter ist, ist Domenico Modugno, weswegen wir ihn umso mehr hassen. Italiener können ja auch nichts trinken, da sind sie wie Kinder, sie vertragen nichts, es fehlt ihnen das geeignete Enzym, Alkohol aufzuspalten, weswegen sie in erster Linie Lambrusco konsumieren, mild alkoholisierte Limonade. Diesbezüglich sind die Italiener die Chinesen Europas, die ein ähnliches Problem mit Molkereiprodukten haben, bei einem schön gereiften Limburger würden sie erbrechen und mit Buttermilch könnte man sie ermorden. Ich hoffe insgeheim, Modudgno möge sich an der Kresse schadlos halten, dass ein Kresseblättchen zwischen den

Zähnen ihn unvorteilhaft erscheinen lasse nachher, aber er isst nur Mortadella, die er sich auf fingerdick mit Margarine bestrichenem Sandkuchen legt. Naja, Italiener halt, so sind sie eben. Vielleicht noch eine Cocktailkirsche obendrauf?

Diesmal werden alle Teilnehmer geschlossen mit einem Bus in die Villa Louvigny gebracht, ein prachtvolles Anwesen, von Raketenwacholder umstanden, aus denen die Kiebitze schreien. Auch diesen Bus fährt Hans, wir kommen aber ohne Kontrollen in den Saal, Soundcheck, kein Durchlauf, wie alle erhofft haben. Dann war das also gestern die Generalprobe, aber ich glaube, heute wären auch alle zu erschöpft, alles zweimal zu machen, also Augen zu und durch.

Josiane Shen, Moderatorin bei Télé Luxembourg, führt durch den Abend, sie sorgt für Lacher, weil sie bei der Punktevergabe am Ende Großbritannien mit »Good night, London« begrüßt und sich, als sie ihren Fehler bemerkte, korrigiert, nachdem die britische Außenstelle meinte: »Good morning, Luxembourg«. Der neben mir sitzende Domenico Modugno bekam den Witz gar nicht mit und fragt panisch, was denn so lustig sei, »Cosa è successo, perché ridono?« (Was ist passiert, warum lachen sie?) Ich sage, sie hätten einen Witz über Nougat-Eier gemacht, er sieht mich an wie ein perplexes Thermometerhuhn.

Und um es kurz und schmerzlos zu machen: Der Abend verläuft ansonsten reibungslos, die Norwegerin Åsa Klevelund tritt nicht wie vorgeschrieben in Abendgarderobe auf, sondern im Schlafanzug, der Spanier Raphael liefert die leidenschaftlichste Performance mit »Yo soy aquél«. Er hat mehr Pathos als Dickie Ohren, sie quillt diesem kleinen, sympathischen Spanier aus jedem Knopfloch, diese komplett abgezirkelte Theatralik, jede Geste ist mit essentieller *Bedeutung* aufgeladen, perfekt einstudiert. Er öffnet die Augen, schaut von unten nach oben, uns an, dann wieder kokett an uns vorbei, Blicke wie Handbohrer, hebt eine Augenbraue, schaut resigniert, und dann geht es erst *richtig* los, er spielt einen kleinen Jungen, den man beim Griff in die Keksdose erwischt hatte, und dann den jungen Soldaten, der zum Deserteur wird. Er verarscht sich selbst, und dann ist er wieder todtraurig, er ist Kätzchen, und dann pure WUT. Allen Zuschauern stockt der Atem und gerinnt das Blut, sowas hat man noch nicht gesehen, das ist Stummfilm und Stierkampf in einem. Trotzdem wird Udo Sieger, mit großem Abstand zum restlichen Teilnehmerfeld, von Deutschland bekommt er allerdings keinen einzigen Punkt, weshalb er sich auf Französisch mit »Merci Jury« bedankt. Ich schäme mich für mein Heimatland, für die Lüneburger Heide, werde aber gleichzeitig auch kämpferisch, auch im Namen Udos: Euch haben wir es gezeigt, und wir hätten das auch mit einem Ofenrohr und einer Holzkiste als Gitarre geschafft, ihr Idioten. Margot und Michèle teilen sich punktegleich den zehnten Platz und werden danach enge Freundinnen, der Plan, irgendwann mal gemeinsam als M&Ms, süß wie die bekannten Schokolinsen sind sie ja, beim Songcontest anzutreten, also Legionärinnen für eine Mikronation, blieb allerdings unrealisiert. Dickie wird guter Vierter, aber der eigentliche Triumph, von hinten zumindest, ist, dass Domenico Modugno nicht bloß Letzter wird, sondern von niemandem einen mickrigen Punkt bekommt. Er braucht dafür nicht mal Kresse zwischen den Zähnen oder einen nougatverschmierten Schnabel. Er muss mit null Punkten heimfahren, auch wenn man ja bekanntlich Nichts nicht bekommen kann.

BÄR UND MÖWE

Nun, am Ende meines Lebens, in dem nicht mehr viel kommt, außer den gleichförmigen Wellen in der trüben Pfütze der Leidenschaftslosigkeit und mich kaum noch etwas mit Freude erfüllt, sehe ich wieder häufiger »King of Queens«, alte Folgen meiner Lieblingscomedyserie. Es gibt nur wenig vergleichbar Komisches, brillant Gebautes in diesem Genre.

»King of Queens« thront auf einem überschaubaren personellen Fundament, bestehend aus Douglas Heffernan, seiner Frau Carrie und ihrem Vater Arthur, der bei ihnen im Keller eines kleinen Hauses im New Yorker Stadtteil Queens lebt. Doug fährt Pakete aus, ist dick und macht im Grunde alles falsch, Carrie arbeitet als Sekretärin einer Anwaltskanzlei in Manhattan und ist mit allem unzufrieden. Sie heißt eigentlich Simone, aber ihr Vater hat ihren ursprünglichen Namen, als sie noch ein kleines Kind war, bei einem Pokerspiel gegen einen seiner Freunde eingesetzt und verloren. Und Arthur selbst behauptet, dass die Comicserie Peanuts nach seinem Vorbild gezeichnet und der Name Snoopy aus seinem Nachnamen (Spooner) abstrahiert wurde. Ein dauergereizter Nörgler, der aber ein ebenso wenig interessantes Profil hat wie Bart bei den Simpsons, er ist eine Art farbloser Kitt in der Handlung. Die für mich schillerndste Figur indes ist ein U-Bahn-ticketverkäufer namens Spence Olchin, ein Albaner. Er ist redlich bemüht, irgendwo dazugehören zu wollen, rutscht aber an allem ab, insbesondere an den Anforderungen des Lebens. Gut, mit Sätzen wie »A mund të bëheni lezbike përmes telefonit?« (Kann man lesbisch werden übers Telefon?) wird man kaum in einer Gesellschaft reüssieren, zu der man gehören möchte.

Genau das ist es, festkleben an den Randfiguren, ohne eindeutig sagen zu können: Klebe ich an ihnen oder sie an mir? So Zeug, das man zu distinktivem Wissensvorsprung umkonnotieren kann, die Trumpfkarte ziehen, obwohl nicht mal Karten, sondern vielleicht Malefiz mit ganz neuen Regeln gespielt wird. Aber dieses, nunja, Wissen ist kein Vorsprung, sondern ein Holzweg ins Nichts, außer man entwickelt daraus eine eigene, meinetwegen pataphysische Parteizentrale. Etwas an sich schon Überflüssiges so kompliziert zu erzählen, dass der Aufwand in keinem Verhältnis zum dürren Mehrwert an Erkenntnis mit missionarischen Zinsen steht.

Was ich zum Beispiel diesbezüglich durch meine ereignislosen Tage mit mir herumschleppe – obwohl man das ja nicht mal schleppen muss, sondern auf der Nasenspitze balancieren könnte – ist, auch zu wissen, dass Doug Heffernans Schwester in der Serie Ricky Lake ist, bekannt aus dem John-Waters-Film »Hairspray« (wo sie Tracy Turnblad heißt), während ihr Filmvater Wilbur Turnblad von Jerry Stiller gespielt wird, der in »King of Queens« der Vater (Arthur Spooner) von Carrie Heffernan, Dougs Frau, ist. Das ist der inzestuöse Wissensschlenker in den sicheren Wahnsinn, aber WENN dann jemand mal folgen und verstehen kann, ist es eine Art Lottogewinn einer verkniffenen Auskennerloge.

Bei einer begleitenden Recherche zur Serie ist mir aufgefallen, dass man auf den bestimmten Artikel im Originaltitel, also das The, in den meisten Ländern verzichtet. Es gibt leichte Abweichungen im Lettischen, wo die Serie »Nujorkas karalis« heißt, Doug also gleichmal größer zum »König von New York« ausgerufen wird, während er im Französischen »Un Gars du Queens« entthront wird zum »Kerl aus Queens«. Komplizierter wird es im

Polnischen, da heißt die Sitcom »Diabli Nadali«, was übersetzt soviel bedeutet wie »Vom Teufel geschickt«, eine Redewendung, die man verwendet, wenn etwas Unerwartetes und Ungewolltes passiert. Kennen wir ja auch als »Dich schickt der Teufel«, auch wenn man sich fragt, wer in Polen damit gemeint ist, Doug oder Carrie? Auch im Ungarischen wird vom Original abgewichen, dort kennt man die Serie als »Férjek Gyöngye« und übersetzt sich als »Die Perle der Ehemänner«. Das soll wohl ebenso ironisch sein, wie einen Paketzusteller zum König zu machen.

Aber die Übersetzung, die mir anthropologisch – nicht inhaltlich – am meisten einleuchtet, ist die Finnische, dort heißt die Serie »Kellarin Kunkku«, »Der Kellerkönig«. Offenbar ist der im Keller brütende Arthur in Finnland der Star, mit dem man sich am ehesten identifizieren kann. Und immer wenn ich an dieses kleine, relativ unwichtige Geheimwissen denke, das allenfalls zu einem Smalltalkthema auf sauerstoffarmen Partys taugt, kommen die Erinnerungen an längst vergangene Zeiten wieder hoch, als etwas für mich nicht ganz Unerhebliches passierte, was aber genauso unsichtbar ist und immer war, wie ein König im Keller. Und diese Erinnerung ist eine an Finnland.

1952 arbeitete ich in Finnland als Übersetzer und Lehrer für Deutsch und hatte auch deshalb viel zu tun, weil im gleichen Jahr die Olympischen Sommerspiele in Helsinki stattfanden. Mannschaften aus Westdeutschland und dem Saarland traten separat an, dafür die DDR nicht. Ich betreute die deutsche Delegation, bot kleinere Ausflüge auf die der Stadt vorgelagerten Inseln an, nach Uunisaari und Pihlajasaari, ich gab kulturelle Tipps, leitete kleine Stadtführungen und ging mit ihnen in die eine oder andere gemütliche Keskiolutbaari, also in eine der zahlreichen Dünnbierbars, die sie so nie gefunden hätten. Unter die von mir betreuten Kleingruppen mischte sich auch dann und wann ein gewisser Carlo Pedersoli, ein Italiener, der perfekt Deutsch sprach, erst später wurde er unter dem Pseudonym Bud Spencer als Schauspieler bekannt, er vertrat sein Land beim 100-Meter-Freistilschwimmen, wurde allerdings nur Zwölfter. Wir nahmen ihn gerne zu unseren Ausflügen mit, weil er ein an allem interessierter Kosmopolit und nicht aufdringlicher Charmeur war, der, wie er erzählte, auch eine Leidenschaft für Musik hätte, singen und selbst komponieren würde und sogar ein paar Lieder für die von mir verehrte Rita Pavone komponierte. In einer Bar namens »Juttutupa« spielte an einem Abend eine kleine Band und Pedersoli brachte sie dazu, »24.000 Baci« (24.000 Küsse) zu spielen, zu dem er zu unser aller Freude in einem schnell von einem der Bandmitglieder übersetzen lautmalerischen Finnisch sang: »Kaksikymmentäneljätuhatta suukkoa«. Die finnischen Gäste jubelten: Ein attraktiver, echter Olympionike singt einen italienischen Rock'n'Roll in einer Sprache, die Finnisch sein soll, aber genauso gut Albanisch sein könnte. Der Lonkero floss in Strömen, ein brandneuer Grapefruit-Gin-Longdrink, der extra für diese Spiele erfunden wurde, um die internationalen Gäste mit ein bisschen kulinarischer Weltläufigkeit zu empfangen, statt den schalen Dünnbieren der Marken Koff und Karhu, für die man sich ein wenig genierte.

Diese kleinen Programme machten mir viel Spaß, auch weil ich merkte, dass den deutschen Sportlern nicht nur alles sehr fremd und exotisch vorkam, sondern auch, weil sie so kurz nach Ende des Zweiten Weltkriegs endlich wieder durchzuatmen genossen, in einer befreiten Welt. Dass Deutschland keine einzige Goldmedaille mit nach Hause nahm, mag für viele andere Teilnehmer eine Genugtuung bedeutet haben, für die deutschen Athleten hatte es auch ein bisschen von Demut, überhaupt wieder teilnehmen zu dürfen. Man landete im Medaillenspiegel am Ende auf Platz 28, noch hinter Jamaika und Luxemburg, Hitler hätte geschäumt vor Wut.

Nun war ich nicht die ganze Zeit mit den Sportlern unterwegs, sie mussten sich ja auch für ihre Wettkämpfe schonen und sich regenerieren. Ich besuchte das prachtvolle Stadion, dessen 72,71 Meter hoher Turm exakt der Siegweite des finnischen Speerwurf-Olympiasiegers von 1932, Matti Järvinen, entspricht, sah die Hürdenläufe der Frauen und den Stabhochsprung der Männer, alleine der Anmut beider Disziplinen wegen. Und natürlich sah ich Emil Zatopeks Goldläufe über 5.000 Meter, 10.000 Meter und den Marathon. Er aß, wie bekannt wurde, vor Wettkämpfen rohe Zwiebeln und Knoblauch und trank Gewürzgurkenwasser und Bier, das war der Treibstoff für die tschechische Lokomotive, die wohl jeden beeindruckte und nicht wenige überlegen ließ, es auch mal mit Emils Doping zu versuchen.

Wenn ich kein Abendprogramm mit den Sportlern hatte, ließ ich meinen Tag auch gerne in der Illansuuribaari, der Abendanbruch-Bar ausklingen oder im »Tuikku-Pub«, dem Schluck-Pub, wo das kulinarische Angebot ausschließlich aus Butterbroten bestand, deren Verzehr verpflichtend war, damit die Leute nicht ausschließlich soffen und den armen Magen ein bisschen mit Fett und Kohlehydraten salbten – das nannte sich sogar Butterbrotzwang (Voileipäpakko). So lernte ich in meinem vierjährigen Aufenthalt in der Stadt die Eigentümlichkeit der Bewohner und ihre Gebräuche kennen. Jemanden in solchen Etablissements allerdings kennenlernen zu wollen, ist nicht ganz einfach, weil Finnen in der Regel einsilbig, zum Teil gar ganz verschlossen sind. Man schweigt lieber in sein dünnes Bier, als die Libido sprechen zu lassen, außer man kann tanzen, nämlich den in Finnland über alle Maßen populären Tango. Wenn sie den nicht hätten, wären die Finnen vermutlich längst ausgestorben. Ich kann leider nicht tanzen, also brauchte ich mein Flirtbesteck beim Ausgehen gar nicht erst mitzunehmen und beließ es dabei, mich auf die schlichte Essenz meiner Anwesenheit zu konzentrieren, bis ich zum ununterscheidbaren Inventar mutiert war, wie das hier von den meisten Gästen intendiert ist.

Das exotischste Lokal schien mir indes das »Keskikierre«, gar nicht mal so sehr der muffigen Einrichtung und den stets zugezogenen, schweren Vorhängen wegen – Motto: Die Lichter der Nacht müssen draußen bleiben –, sondern wegen ihrer Klientel. »Keskikierre« heißt übersetzt Zentralgewinde, ganz ohne die Bar als Suffix im Namen, und das Lokal war insofern interessant, weil hier, wie soll man das sagen, ein etwas anderer Wind wehte als in anderen Gaststuben, ein anderes Balzverhalten augenscheinlich wurde. Zwar gab es Männer und auch Frauen, aber die interessierten sich jeweils nur für die eigene »Abordnung«. Meines Wissens das einzige Lokal für Homosexuelle in der Stadt, wiewohl natürlich versteckt, weil Gleichgeschlechtlichkeit zu jener Zeit noch unter Strafe stand. Alles war schwummrig, es gab einen plüschig dunklen Vorhang, der den kleinen Raum teilte und die Geschlechter trennte. Wenn mal eine Razzia stattfand, schlüpfte man schnell auf die andere Seite des Vorhangs und konnte sich kurzfristig als heterosexuelles Paar ausgeben. Ich hab aber nie eine Razzia miterlebt, ich mochte nur die kuriose Situation der Bar mit den zwei Abteilungen, und hier traf ich, auch wenn ich diese Begegnungen nicht sehr intensiv vertiefte, Touko Laaksonen auf der einen Seite des Gobelins und auf der anderen Seite Tove Jansson. Tove war sechs Jahre älter als Touko, aber war ja auch eine längere Zeit mit einem Mann zusammen, bis sie sich endgültig für Frauen entschied, also ein bisschen eine späte Blüte. Touko zog mit 19 nach Helsinki und für ihn kamen nur Männer infrage, »richtige Männer«, ohne den Alibiumweg über eine Kompromissfrau. Er besuchte in Helsinki das Kunstkolleg und studierte Werbegrafik, er war ein begnadeter Zeichner. Auch Tove zeichnete, und auch sie arbeitete, um Geld zu verdienen, kurz in einer Werbeagentur. Eigentlich wollte sie

Künstlerin werden, während Touko davon träumte, von seinen homoerotischen Zeichnungen leben zu können. Männer in Leder und Uniformen waren einerseits seine Leidenschaft und andererseits verkaufte er sie auch, wenn auch unter großem Risiko. Er mied die damalige Homosexuellenszene, da sie fast nur aus effeminierten Männern bestand, jenem Typus Homosexueller, der ihm fremd war und mit dem er sich nicht identifizieren konnte – aber diese Gruppe traute sich eigenartigerweise auch gar nicht ins Zentralgewinde. Die harten Schwulen und die Lesben vertrugen sich augenscheinlich besser, die Fronten waren vielleicht klarer definiert. Unter den »tuntigen« Schwulen vermutete man auch Spitzel und Verräter, man sah sie einfach nicht gerne im Lokal, ihr Habitus erschien manchen zu aufgesetzt. Tove und Touko hatten sich außerhalb des Lokals ein paarmal auf Weihnachtsfeiern ihrer Werbeagenturen getroffen und trafen sich hier immer wieder. Dass beide zeichneten, war kein großes Thema, hier im Zentralgewinde waren sie einfach sie selbst, auf ihren Seiten des Gobelins. Es gab eine einzige kleine Zeichnung von beiden, die hing eine zeitlang über der Schank, man sah auf ihr einen muskulösen Schwulen in Polizeiuniform von Touko, der einem nilpferdartigen Wesen von Tove die Hand reicht, einem Proto-Mumin. Der Troll sagt zu dem Mann (oder war es andersrum?): »Eikö kukaan kertonut sinulle, että uteliaisuus voi tappaa kissat, kun taas virtahepoille se on elämän eliksiiri?« (Hat Ihnen niemand erzählt, dass Neugier Katzen umbringen kann, während es für Nilpferde ein Lebenselixier ist?) Die Zeichnung verschwand dann irgendwann, das ist schade, ich hätte sie gerne für mich gehabt, als Erinnerung an diesen schönen, versteckten Ort und die Begegnung mit diesen beiden flirrenden Menschen, ein Zeugnis von historischer Wichtigkeit, wie sich später herausstellen sollte. Touko verließ dann bald Finnland, zunächst nach Berlin, dann weiter nach Los Angeles und nannte sich fortan Tom of Finland. Tove sah man auch nur noch selten, sie zog mit ihrer Lebensgefährtin Tuulikki Pietilä auf die Schäreninsel Klovharu im Archipel südlich vor Porvoo und zeichnete ihre Mumins, die ihr Bruder für sie weltweit vertrieb. Am Ende druckten etwa 3.000 Zeitungen überall auf der Welt ihre drolligen Strips. Touko und Tove wurden in der Folge die bekanntesten zeichnenden Botschafter Finnlands. Nie verabschiedete sich ein Aufbruch sinnlicher und stolzer, als flögen sie von hier aus zu Ruhm und Ehre, aber blieben ihrer Heimat doch treu, vor allem hier im Zentralgewinde, wo alles begann. Man ruft ihnen nach: Habt es gut in euren Leben, vergesst uns nicht. Als die Olympischen Spiele in der Stadt waren, waren die beiden Zeichner schon fort, aber ich besuchte den Ort dennoch immer wieder. Der Geist der beiden kauerte noch irgendwo in einer Ecke des Lokals, dem Leben zugewandt und zugleich scheu wie das Snorkfräulein.

Einmal bekam ich einen eigenartigen Anruf in meine kleine Wohnung im Stadtteil Tölöö, das nationale Komitee der deutschen Olympioniken fragte mich, weil man mich wohl als geeignet für diesen Job hielt, ob ich ein Treffen eines deutschen Sportartikelherstellers mit einem finnischen Sportartikelhersteller »moderieren« (so formulierte man das Jobprofil) könne. Ich sagte zu, denn ich stand ja einerseits unter Vertrag mit dem NOK, andererseits schien es, weil offenbar werblich, als sei das ein Sonderjob, den ich extra vergüten konnte. Ich schlug natürlich, was sonst, eine Dünnbierbar vor, ich hielt das für einen neutralen Boden, nämlich die »Mutteribaari«, die Schraubenmutterbar im Stadtteil Lauttasaari, ein, wie könnte es anders sein, mutterförmiges Lokal, in das sich die Gäste gleichsam schrauben konnten. Es sollte ein deutscher Sportartikelproduzent kommen, ein Mann namens Adolf Dassler von der Firma Dassler Schuhe und jemand von der finnischen Firma Karhu. Die Initiative ging von Dassler aus, ich kannte ihn natürlich nicht persönlich, von seiner Schuhproduktion hatte ich gehört, sie produzierten irgendwo in Franken. Karhu war in Finnland sehr bekannt, hatte fast ein Monopol auf Sportsachen und ihre Schuhe trugen an den Seiten drei Streifen.

Ich erwartete meine zwei Gesandten um 16 Uhr, ich trug aber weder deutsche noch finnische Sportschuhe, sondern ungarische Tisza Cipö, aber nicht nur um eine gewisse Neutralität bei dem kommenden Treffen zu wahren, sondern weil mich das elegante Design so ansprach. Ich musste eine Zeitlang warten, beide verspäteten sich. Na, so eilig schienen sie es wohl nicht zu haben, ging wohl um nichts Großes, vielleicht eine kleine Kooperation, mir war es egal, ich wurde stundenweise bezahlt und hatte einen schmalen Reclamband mit einem Stück von Henrik Ibsen bei mir, nämlich »Die Wildente«. Ich liebte Ibsen und insbesondere »Die Wildente«, vor allem knusprig gebraten, wie ich immer scherzhaft ergänze, wissend, dass der Scherz gar keiner ist, ich stelle mich immer gerne etwas einfältiger als ich sowieso schon bin.

Interessanterweise hatte jemand in der Jukebox das Lied »Reissumies ja kissa« (Der Wanderer und das Kätzchen) von Tapio Rautavaara gedrückt, als die beiden Herren das Lokal betraten. Tapio, das weiß ich zufällig, war bei den letzten Olympischen Spielen in London Goldmedaillengewinner im Speerwerfen und sollte Tarzan spielen, nachdem der bisherige Tarzan und ehemalige olympische Schwimmer Johnny Weissmüller genug von Lianen und Lendenschurz hatte. Wieder mal eine kleine ausbaufähige Reihe, nämlich was Tarzan gelernt hat: Schwimmen, Speerwerfen, was noch? Tischtennis vielleicht?

Adolf Dassler hatte ein sehr eigenartiges, verdruckst und gleichzeitig selbstbewusstes Auftreten, ein bisschen wie ferngelenkt. Ich weiß nicht, ob es das Deutsche ist, das er da vor sich hertrug, oder war es die fragile Idee in seinem Gepäck, die er mitbrachte, oder vielleicht war es auch nur der Kontrast zum Finnen, einem Mann, der ungeschickt zusammengebaut aussah wie ein Truthahn und sich auch so bewegte, mit einem Gesicht wie ein Wok. Im engen Eingangsbereich des Lokals blieben beide fast stecken, was dem Ganzen eine slapstickhafte Note gab und vom Lied aus der Jukebox vortrefflich begleitet wurde: Der besungene Wandersmann im Lied betritt in einer frostkalten Nacht durch eine enge Tür eine Hütte, die von einem schwarzen Kätzchen versperrt wird.

Man stellte einander vor, ich übersetzte, der Finne war der Produktentwickler bei Karhu, er stellte sich als Mäntylä vor, sein Bruder als Karhus Chefdesigner hätte auch das Logo mit den drei Streifen erfunden, damit sollten die drei olympischen Disziplinen, auf die sich Karhu spezialisiert hatte, symbolisiert werden: Diskus, Speer und Ski Alpin. Ich musste Dassler zunächst aufklären, dass einerseits Karhu Bär heißt, das Logo von Karhu war vor den drei Streifen auch ein Bär auf Langlaufskiern, und dass das Bier gleichen Namens nichts mit den Sportartikeln zu tun hat, also eine Parallele zu den Dopingsubstanzen Emil Zatopeks rein zufällig ist. Später erweiterte Karhu seine Produktpalette auch um andere Sportarten, speziell auf Laufschuhe und wurde so ein Trademark für Langstreckenläufer und insbesondere den Volksheld Pavo Nurmi.

Dassler hingegen leitete mit seinem Bruder Rudolf die Firma Dassler Schuhe in Herzogenaurach bei Nürnberg und ihr Logo war eine nasse Möwe mit einem Schuh im Schnabel, das sollte eine Leichtigkeit symbolisieren, die diesen Schuhen innewohnt, sah aber nur unendlich traurig aus. Leider zerstritten sich die Brüder dermaßen, dass der ehrgeizige Rudolf in der Folge, wie bekannt, Puma gründete und sein dynamisches Logo mit der springenden Großkatze schnell zur Hand war, während sich der Tüftler und wenig geschäftstüchtige Adolf unzufrieden mit dem feuchten Vogel abfinden musste, auch wenn er den Namen seiner Firma bereits hatte, das aus seinem Namen gebaute Akronym ergab sich von selbst.

Und nun aber saßen wir bei unserem Treffen in der Schraubenmutter, Dassler sah bei den Spielen die Erfolge der finnischen Teilnehmer, sah die Leichtathleten und sah die drei Streifen, aber auch – das hörte man im Laufe des Abends immer wieder aus seinen Schwärmereien heraus – hatte ihn offenbar Kaisa Parviainen verzaubert, die finnische Speerwerferin mit der Brille, blonden Zöpfen und am kratzigen Trainingsanzug der weiße Kragen, die vielleicht süßeste Teilnehmerin der gesamten Spiele. Und so kam eins zum anderen: Wie wäre es, wenn er seine Produkte, insbesondere seine Schuhe, mit einem ebenso modernen wie ästhetischen Logo schmücken könnte? Karhu einfach zu kopieren, oder nur zwei oder gar vier Streifen zu verwenden, das sah für ihn zu sehr nach Kompromiss bzw. nach Diebstahl aus, und nun kam die Idee auf, ob es möglich wäre, Karhu diese drei Streifen einfach abzukaufen? Ob sowas besser funktioniert, wenn man keine Anwälte dabei hat, nur von Mann zu Mann, unkompliziert bei einem Bier, per Handschlag, so wie früher Geschäfte gemacht und Kühe verkauft wurden? Das war also der Grund, warum wir hier in der Schraubenmutter saßen. All das übersetze ich Mäntylä, und weil er bei seinen drei Streifen auch nicht die Begehrlichkeit sah, die Dassler in ihnen sah, der sich zusätzlich auch mit seiner Vision wohltuend zurückhielt, dass bloß keine feindliche Übernahme, keine Gier zu erkennen gewesen wäre, konnte der Finne sich mit der Idee schnell anfreunden, zumal Mäntyläs Bruder ein sehr produktiver Designer war, dem sicher schnell Ersatz einfallen würde. Die heikle Frage war nun allerdings, was sowas kosten würde, eine solche Transaktion machte man ja nun auch nicht alle Tage. Ein zweites Bier musste her. Ich fragte Mäntylä für Dassler, dem ich anmerkte, wie unangenehm solche pekuniären Topoi für ihn waren, was man denn für sowas investieren müsste. Mäntylä schrieb nach einer längeren Schweigezeit eine Zahl auf einen Bierdeckel, nämlich 10.000, gemeint waren finnische Markka, die ich für Dassler schnell in Deutsche Mark umrechnete. Damals waren das ungefähr 12.000 Mark, was nach heutigem Kaufkraftverlust 1.600 Euro entspricht. Dassler schaute indigniert wie ein Ibis, so als würde ihn der stille Mäntylä frotzeln. War das Angebot ernst gemeint? Ich übersetze und Mäntylä schüttelte den Kopf, das war klar, der Preis war zu niedrig angesetzt, Dassler wurde dezent ungeduldig, und für einen Franken unerwartet norddeutsch nachdrücklich: »Jetzt mal Butter bei die Fische«, was ich tatsächlich wortwörtlich übertrug (Nyt voita kala), weil mir die diesbezügliche Redewendung im Finnischen nicht geläufig war. Mäntylä überging dies lächelnd, mit dem, was er für ein Pokerface hielt, und erhöhte den Preis, indem er noch zusätzlich zwei Flaschen Whiskey verlangte. Dassler nickte etwas ratlos, die Schweigepausen wurden länger, und als Mäntylä mal kurz auf dem Klo verschwand, fragte der Deutsche immer noch ungläubig, ob man das so besiegeln könne, ob damit das letzte Wort gesprochen sei? Ich, der ich das Wesen der Finnen inzwischen ein bisschen besser kannte, sagte: Ja, darauf könne man sich verlassen, Finnen seien zwar verrückt, aber nicht gefährlich, also keine Schlitzohren. Wir besiegelten den Deal mit einem provisorischen Übernahmevertrag auf einer Serviette, den die beiden, ich als Zeuge und zusätzlich die Wirtin Bertina, unterfertigten. Indem Mäntylä drei Streifen seines linken Schuhs abtrennte und Dassler überreichte, der inzwischen die zwei Flaschen von Bertina gekauft hatte, war das Geschäft auch symbolisch besiegelt. Die Ablösesumme würde bei einem morgigen Treffen irgendwo mit einem richtigen Notar übergeben werden.

Es wurde dann noch ein schöner Abend, man sprach viel über die Spiele, auffallend häufig wurde auch Kaisa Parviainen zum Gegenstand der Plaudereien, zu der Mäntylä kaum was beitragen konnte. Ich hätte es können, ließ es aber bleiben, denn ich kannte sie, hatte sie schon früher ein paarmal gesehen, sie war eine der Gästinnen im koedukativen Zentralgewinde, auf der einen Seite des Gobelins.

Wie Mäntylä dem Vorstand von Karhu seinen, nunja, rustikalen Deal erklärte, wurde nicht bekannt, aber man fand schnell Ersatz, nähte ein M auf den Seiten der Schuhe, die Firma behauptete von da an, das M stünde für Mestari, das finnische Wort für Meister, ich vermute aber, dass die Mäntylä-Brüder mit ihrer Initiale eher eine kleine Marke hinterlassen wollten.

Ich blieb noch ein weiteres Jahr in Helsinki, eine Frau lernte ich nicht kennen, dafür Tango zu tanzen, ein schönes, aber im Rest der Welt relativ nutzloses Mitbringsel. Dafür waren meine zwei anderen Souvenirs umso kostbarer, mit denen ich das Land verließ: ephemerer Zeuge davon gewesen zu sein, wie sich Tove und Touko kennenlernten und wie die Möwe zum Bär wurde.

EIN TROPFEN
GEHT AN LAND

Ich feiere schon lange kein Weihnachten mehr, ich wüsste niemanden, mit dem ich es feiern könnte oder sollte. Meine Eltern sind tot, Kinder habe ich keine, Freunde will ich nicht, vor allem wollen sie mich nicht, was ich verstehen kann, ich habe auch keine Ahnung, warum man mich als Freund haben wollte und was es da groß zu feiern gibt. Weihnachten ist ein guter Grund, in Gegenden zu fahren, wo dieses Datum keine Rolle spielt, und dort ohne Ablenkung Dinge zu machen, die mit Weihnachten nichts zu tun haben. Und ich meine damit nicht, Ostereier zu bemalen.

Meine vielleicht bemerkenswerteste Weihnachtsvermeidung war 1984. Ich wohnte damals in Hamburg, war gerade 23 geworden und flog am 23. Dezember nach Südkorea. Dort wollte ich mindestens bis Neujahr bleiben, damit der Silvesterspuk auch gleich in der Fremde abgehakt werden kann. In meiner Ahnungslosigkeit dachte ich, den Koreanern ist Weihnachten egal, Lametta und Strohsterne ihnen schnuppe, und naiverweise dachte ich das auch vom Jahreswechsel. Und so buchte ich einen so genannten Gabelflug, also von Hamburg nach Seoul und zurück nach Wien, denn Mitte Januar wollte ich gleich ein neues Leben beginnen. Ich hatte dort einen Job in der Firma eines Freundes, naja, sagen wir Bekannten aus Jugendtagen. Roback hieß er, seinen Vornamen habe ich vergessen, er war einfach für alle immer nur Roback, ein Name wie ein Gegenstand. Er hatte die Firma – naja, keine Firma, ein Institut – gerade erst gegründet, es sollte eine Art Schule der Humorlosigkeit werden, ein Antisozialgeräusche-Institut, so wollte er es nennen, und ich sollte sein erster Mitarbeiter werden.

Auf dem Flug nach Seoul fiel mir etwas auf, 11.000 Meter über Sibirien, etwas über mich: Alles, was ich bisher gemacht hatte in den 23 Jahren, hatte sich eigentlich gar nicht verändert, alles war schon immer so gewesen und würde immer so bleiben. Meine Ängste als Kind waren genau die gleichen, die ich mit 23 hatte, Sorgen, Sehnsüchte, Möbel, Essen, alles gleich essenziell. Es war gar keine Zeit vergangen, gerade mal oberflächlicher Fortschritt sichtbar, nur ich hatte mich verändert. Man lernt nichts, die Grundbedürfnisse sind und bleiben dieselben, das, was um mich ist, war schon immer so. Ich weiß nicht, wie ich darauf gekommen war, vielleicht weil sich das Flugzeug ja auch scheinbar nicht bewegte, es stand still, und bewegte sich doch rasend schnell, und zwar gegen die Erddrehung, ich wurde also auch noch irgendwie jünger, für einen Moment. Ich flog der Sonne entgegen, ich reiste an meinen Anfang, in meine Jugend, bildete ich mir ein, vielleicht kam mir deshalb diese »Erkenntnis« in diesem paradoxen Moment: Stillstand in der Bewegung an den Anfang der Existenz und so nahe am Ende der Existenz, weil so eine dicke Eisenröhre mit so vielen schrecklichen Leuten in sich eingequetscht sich ja eigentlich gar nicht in der Luft halten kann und durch irgendeine Gnade von wem auch immer oben in der Luft gehalten wird. Ich dachte an Roback, genau, Roback sorgt dafür, dass ich hier nicht abstürze, kurzfristig jünger werde, Weihnachten verpasse und in Wien, nunja, mit ihm das Institut der Humorlosigkeit gründen werde. Und nie mehr zurück nach Hamburg müsste. Denn das wollte ich, deswegen der Gabelflug. Hamburg ist vielleicht die lustigste Stadt im gesamten deutschsprachigen Raum, der Hamburger an sich ist ja, was Humor angeht, eine so genannte Frohnatur. Für Wien hatte ich diesbezüglich ein ganz gutes Gefühl, denn die allgemeinen Vorurteile gingen von einer bleiernen Humorlosigkeit aus. Dieses dauernde Schielen nach Deutschland, die schlechten Kopien von Fips-Asmussen-Witzen etwa durch Georg Kreisler und André Heller, da steckte etwas Unaufgelöstes zwischen den beiden Nationen, die »die gleiche Sprache sprechen, aber sich dennoch nicht verstehen«, wie das Karl Kraus mal postuliert hat. Vielleicht könnte ich mich ja in Korea zurüsten, auf welche Art auch immer, ich sprach kein Koreanisch, aber die Sprache klang in meinen Ohren irgendwie grundbeleidigt, eingedickt und *uneigentlich* wie entkoffeinierter Soßenbinder. Die Sprachlernkassetten lieh ich mir in der Bibliothek Hühnerposten am Arno-Schmidt-Platz aus, wo ich damals wohnte und Gelegenheitslibrettist für den Jungmusiker Andreas Dorau war, der die Bibliothek ebenfalls häufig frequentierte. Ich schrieb ihm zum Abschied noch einen letzten Text, ein kleines Gedicht, das zwar nicht beleidigte, aber von einer gewissen melancholischen Erschöpfung getragen war, mit einem schwachen Wunsch nach einem Neuanfang graugefärbt. Andreas fiel auch sehr schnell eine Melodie dazu ein, die hatte ich ständig im Ohr und plante, sie auch mit nach Fernost zu nehmen, vielleicht fände sich dort jemand, mit dem ich eine koreanische Version davon basteln könnte, statt einen Strohstern.

Die ganze Welt im Auge
Ich wisch sie weg wie Sand
Es löst sich eine Träne
Ein Tropfen geht an Land

Der Koreaner versteht keinen Spaß (mein Vorurteil, allein vom Sound der Sprache und von meinem vorausgaloppierenden Wunsch) und das hatte Roback vor, den Leuten beizubringen: keinen Spaß zu verstehen. Einfach ist das nicht, und ich dachte nach und dachte weiter, 11.000 Meter über Sibirien, und fiel in einen steinernen Schlaf. Ich träumte, weil ich so dick bin, davon, eine Wespe zu sein, meinen Bauchumfang nicht mit einer Hand, sondern mit einer Pinzette ummessen zu können. Ich hatte, analog zu Models, ein Idealmaß: Brust, Taille, Hüfte maßen bei mir in Zentimetern 60-1-60. Ich redete mir das immer vor: Ich muss mir dieses Maß unbedingt merken, wenn mich mal jemand auf der Straße anspricht, man muss diese Zahl stets parat haben, wie eine Telefonnummer, eine Sozialversicherungsnummer. So hatte ich dieses 60-1-60 auf meinen Lippen, als wir im rumpelnden Sinkflug auf Seoul niedersausten, und ich wusste, kurzfristig durch den Traum orientierungslos geworden, nicht wer und wo ich bin. Nur diese drei Maßeinheiten kamen wie aus einer sprichwörtlichen Pistole geschossen, ich klammerte mich an den Zahlen fest, an dieser Formel, 60-1-60 – das ist doch ein Taxiruf, das Wespentaxi, ich sterbe jetzt gleich, das Flugzeug bohrt sich in koreanischen Boden und ich habe das geniale Image eines Taxiunternehmens erfunden, gelb-schwarz-gestreifte Flotte, ruf 60-1-60, bsssss, das Image, das mit allem Übrigen in mir, um mich und mit mir in diesem Moment auch schon wieder vergessen ist.

Das Flugzeug war gelandet und zu meiner Überraschung war ich nicht gestorben. Den Wespentaxitraum habe ich nicht weiter verfolgt, denn ich war jetzt in Korea. Der Beweis dafür war irgendwo da draußen: koreanische Menschen, koreanische Bäume, koreanische Insekten, Hunde, Häuser, Menschen in Häusern, Hunde in Kochtöpfen, Insekten auf der Flucht. Soviele Tage nach meiner Geburt und soundsoviele Tage vor meinem neuen Leben, dem Neuanfang in Wien, und ich war gar nicht jünger geworden, sondern älter. Ich hatte einfach falsch gedacht, wenn ich nämlich andersrum, also gen Westen nach Korea geflogen wäre, in die entgegengesetzte Richtung, wäre ich jünger geworden. Ich bin am 23. Dezember losgeflogen und Weihnachten angekommen, wegen eines Denkfehlers den zähen Augenblick des Übergangs zum lästigen Tag einfach verpasst. Trotzdem oder gerade deshalb fühlte ich mich gut, vielleicht reifer, bildete ich mir ein. Ich plante, mich von einem Taxi in die Stadt bringen zu lassen, in ein bestimmtes Hotel. Roback hatte mir etwas empfohlen, er hatte bereits immer mal wieder in Korea zu tun. Er importierte koreanische Essstäbchen, solche aus Metall. Das funktionierte nur nicht so recht, den Leuten sahen sie zu sehr nach Strickna-deln aus, sie konnten sich auch gar keine anderen Stäbchen als solche aus Holz vorstellen. Das eigenartige war, dass mir, in dem Moment, als ich ins Taxi stieg, einfiel, wie Roback mit Vornamen hieß, Andreas nämlich. Warum jetzt, warum hier? Vielleicht weil mich das mit den Stäbchen damals so beeindruckte und ich ja auch mitbekam, wie er darunter litt, dass die Leute seine Idee nicht annahmen. Ich selbst aß selten, nein, nie asiatisch. Die Kü-che war noch ganz fremd, und wenn, aß man noch mit Besteck. Ein diesbezügliches distinktives Authentizitätsgebaren war wohl noch nicht so verbreitet, die Leute aßen einfach Sushi mit Messer und Gabel. Ich erinnere mich an einen Tagebucheintrag von mir aus der Zeit: »Ich bin der ungarische Stabhochspringer, der zum ersten Mal mit Essstäbchen essen soll und sie hält wie sein Sportgerät und denkt, ach, wäre ich doch als Kind beim Mika-do geschickter gewesen, oder hätte zumindest stricken gelernt, dann könnte ich auch gleich einen Pullover essen.« Warum der Stabhochspringer Ungar sein muss, ist ebenso rätselhaft, wie die Tatsache, dass mir hier in Seoul der Vorname Robacks einfällt, vielleicht öffnet eine globale Kontextverschiebung Räume der verstellten Erinnerung. Andreas Roback hatte eine Topffrisur, die mich immer an die Frisuren der Comicfiguren »Die Pichel-steiner« erinnerte, von, keine Ahnung, wer das gezeichnet hat, ich vermute ein Belgier – alles kam aus Belgien, was irgendwie gut war. Ich habe das geliebt in meiner Jugend, das war eine Steinzeitfamilie aus dem Schachtelhalmwald und kam unregelmäßig als Gastbeitrag in »Fix & Foxi« vor. Das war meine einzige Lektüre in jungen Jahren, ich war selbst für Karl May nicht zu gebrauchen, und für Hermann Hesse schon gar nicht, auch wenn meine Mutter nicht müde wurde, mir die Pichelsteiner aus- und »Das Glasperlenspiel« einzureden.

Ich war jetzt also in Seoul. Seltsam war, dass jeglicher Weihnachtsschnickschnack fehlte, keine Spuren einer stillen, einer Heiligen Nacht im Flughafengebäude, es fühlte sich an, als würde etwas fehlen, ich wollte nichts vermissen und vermisste es dennoch. Am Ausgang wartete jemand mit einem sehr großen Schild, ein kleiner Mann, der hinter dem Schild fast ganz verschwand. Auf ihm stand:

GEWÜNSCHT:
Schaukal!

Kein Mensch wusste, dass ich nach Korea fliege, niemandem außer Roback hatte ich davon erzählt. Ich hatte mal vor langer Zeit unter diesem Namen, Schaukal, genauer gesagt, Richard von Schaukal, kleinere Aufsätze und Aphorismen für Periodika mit geringer Auflage geschrieben, über Fragen des elitären Lebensstils, das Dandytum als Ideologie, Außenseiter der Gesellschaft, die der Dandy hasst und sich gleichzeitig nach ihr sehnt, um am Ende an sich selbst zu verbrennen. Ein einziges, längst vergriffenes Buch gibt's von mir, ein Sammelband mit Glossen und Essays, »Der Mathematiker und das Kümmelkorn«, niemand kennt es, keiner kann es mehr kennen, weil es niemand gekauft hat, und der Verlag zu allem Überfluss, kaum als das Buch erschienen war, in Konkurs ging.

Was wusste man hier in Seoul davon, dass ich mich gelegentlich anders nannte, wie kam man hier auf die Idee, mich als Pseudonym abzuholen, wieso begegnete mir hier in weiter Ferne einer meiner abgelegten Namen aus entfernter Vergangenheit? Was wusste man von meinen Texten? Ich war nicht mal sicher, ob Roback von meiner geheimen Autorenexistenz wusste. Noch dazu hatte der Koreaner mit dem Schild eine Pichelsteiner-Frisur. Was war das hier? Eine Falle? Von Roback inszeniert, hatte man mich verleumdet, ihm mein Pseudonym verraten? Andererseits, vielleicht würde sich etwas aus dieser unerwarteten Situation entwickeln, etwas, was mich Weihnachten leichter ignorieren ließ. So ging ich frank auf den Mann zu und sagte frei heraus: »Sie holen mich ab?« Der Mann nickte, auch wenn er mich wohl kaum verstehen konnte. Er ahnte, was ich frage und im Umdrehen deutete er mit seiner Schulter an, dass ich ihm folgen möge, seine Schulter sprach für ihn mit mir. Es wunderte mich nicht, dass er zu einem der vor der Ankunftshalle wartenden Taxis ging, die alle wie Wespen schwarz-gelb gestreift waren. Nun war ich nicht ganz sicher: War das jetzt noch der Traum von eben, oder waren das alles Zufälle, oder narrte mich der Jetlag, der die Gedanken träge macht und alles eine Wunschwelt werden ließ. Der Mann mit dem Schild sprach mit dem Taxifahrer und stempelte ein Formular, wohl eine Art Übergabeschein, den ihm der Fahrer hinhielt. Allerdings hatte er für seinen Stempel kein diesbezügliches Kissen, sondern hauchte ihn einfach an, dann verabschiedete er sich wortlos, aber per Handschlag, zunächst vom Fahrer, dann von mir. Nachdem er meine Hand geschüttelt hatte, leckte er seine ab und grinste säuerlich, so als hätte er schlechte Nahrung zu sich genommen. Bei der Abfahrt des Taxis sah ich durchs Rückfenster, dass sich der kleine Mann mit dem großen Schild wieder in der Ankunftshalle postierte, so als würde er auf einen weiteren Richard von Schaukal warten.

Ich nannte dem Fahrer das Hotel, das mir Andreas Roback genannt hatte, das wir dann auch nach etwa einer halben Stunde Fahrt erreichten. Ich hatte in Hamburg Mark in Won getauscht, hielt ihm ein paar Scheine entgegen, aber er lachte und wies das angebotene Geld gestenreich von sich. Ich deutete das so, dass da irgendwer, ein für all die Koinzidenzen Zuständiger, das alles bereits arrangiert hatte und sich irgendwann alles aufklären würde. Ich könnte mich später bedanken, oder fragen, was das alles soll. Viel Hoffnung hatte ich indes nicht und fühlte mich einfach wohl und wattiert im Nichtwissen, so einen gefühlten Tag vor Heiligabend, der eigentlich bereits angebrochen war, ohne dass ich es groß mitbekommen hätte.

Ich bekam den Schlüssel für das Zimmer 24 ausgehändigt, am Schlüssel hing ein klobiger Anhänger, ein Eiffelturm aus Messing. Dass die Zimmernummer mit dem Tag der Ankunft identisch war, wunderte mich weniger als der Schlüsselanhänger. Was hatte DAS nun wieder für eine Bedeutung? War das eine Fährte, ein zu lösendes Rätsel, das mir meine Lage als weiteres Puzzleteil, ein Bild der Erklärung anbieten würde? Aber jetzt war ich zu müde, um irgendwas verstehen zu wollen, wiewohl es 8 Uhr morgens war, schlief ich sogleich ein.

Als ich aufwachte, versuchte ich einen Traum, irgendwas in den noch nicht ganz wachen und verdrehten Zustand herüberzuretten, aber es war nichts da. Ich wusste einen Moment weder wo, noch wer ich war, der frühe Abend sandte ein schwaches Restlicht in mein Zimmer, unterstützt vom tückischen Zwielicht meiner wenigen Erinnerungen an den Flug und dem Desinteresse daran, woher ich kam, was hinter mir lag und der Neugier auf das Kommende. Als sich alles um mich herum langsam materialisiert hatte, das Zimmer mit den paar bescheidenen Möbeln, einem ausgetretenen Läufer, einem Kühlschrank der Marke Bauknecht, auf dem Nachttischchen ein schwarzes Buch mit einem Kreuz, vermutlich die Bibel, war ich dennoch nicht sicher, ob das wirklich ich war, der hier lag, denn die Kleider, die säuberlich zusammengefaltet auf einem niedrigen, dreibeinigen Schemel lagen, waren die einer Frau: eine blassgrüne Bluse und ein hellgrauer Faltenrock, und am Boden darunter standen hochhackige Schuhe, weiß mit roten Punkten. Ich stand auf, meine Unterhose hatte ich noch an, zumindest das – das war ein Teil von mir, den ich kannte und der mir vertraut war.

Und ich hatte eine prachtvolle Erektion, die die Unterhose wölbte, die ich aber nicht weiter beachtete. Ich hatte das oft, sie gehörte mir nicht, das habe ich über die Jahre akzeptiert, ihr sogar misstraut, dann sie kam noch aus dem Traum, aus dem, was dort stattgefunden haben mochte, was nicht mal erotisch sein muss. Ich stand auf und ging, nein, taumelte schlafbetäubt ins Bad, und als ich sah, was mir dort der Spiegel präsentierte – so muss man das wohl sagen –, entfuhr mir vor Schreck ein kleiner Schrei, gerade so laut, dass es für mich ein akustisches Ventil der Fassungslosigkeit war, denn ich hatte ja keine Zeugen, denen ich theatralisch etwas hätte vormachen müssen. Dass der Schrei in Dezenz italienisch war, kam wie die Erektion nicht von mir, sondern war offenbar auch unterbewusst gesteuert aus irgendwelchen inneren Schächten eines Phantasie-Italiens: »Maledetta primavera«, verdammter Frühling, ausgerechnet heute, Heiligabend, ein gutturaler Enttäuschungsächzer, Motto: »Bitte nicht DAS auch noch« – das bekannte Lied, gesungen von einer Mexikanerin namens Yuri, die heißt wie eine Japanerin, aber so tut, als sei sie Italienerin. Das Lied passte zu meinem verdrehten, inneren Zustand, weil nichts zusammenpasste, was vorher meistens zusammengepasst hatte, denn das was ich im Spiegel sah, war nicht das, was ich zu sehen wünschte.

Mein Gesicht war nicht das eines Menschen, sondern nichts anderes als eine große Schraube, die in einem Gewinde steckte, der wohl mal mein Hals war, das Gewinde wiederum ging über in eine große Drüse, oder wie man sich eine Drüse vorstellt, so ein rotes, nässendes und pulsierendes Etwas, ein Klumpen, der auf zwei Stricknadeln steckte, die Erektion war auch verschwunden, zumindest hatte ich, wer auch immer ich noch war oder sein sollte, noch meine Unterhose an, die blau-weiß gestreift war, das Einzige, an dem ich mich noch irgendwie festhalten konnte, an diesen zwei gestreiften Farben. Zumindest war sie nicht gelb-schwarz gestreift, aber letztlich wäre das auch schon egal, bzw. irritierte es mich sogar etwas, dass ich jetzt nicht auch noch untenrum wie die Wespe aus dem Flugzeugtraum war.

Es klopfte, eine Frauenstimme fragte etwas auf Koreanisch, vermutlich der Zimmerservice. Brauchte ich etwas, nein, sollte sie das Zimmer machen, Ordnung schaffen? Das einzige, was hier unordentlich war, war ich selbst, wie sollte ich ihr das verständlich machen? Konnte ich überhaupt sprechen, kann eine Schraube Töne von sich geben? Ich versuchte das Lied zu singen, das eben noch in mir war, »Maledetta Primavera«. Ich sah im Spiegel weder Mund noch sonst etwas, was einem Gesicht ähneln könnte, aber ich gab Töne von mir, konnte also kommunizieren, aber an Mimik war da augenscheinlich nichts vorhanden, nichts mehr. Vielleicht auch gut so, kann man mich also nicht mehr »lesen«. Ich ging zur Tür, öffnete sie mit einer Art Wurmfortsatz, der aus meinem Rumpf ragte. Am Gang stand das Zimmermädchen mit ihrem Servicewagen, aber auf ihm nicht die üblichen Putzsachen, Shampoofläschchen, Handtücher und Klorollen, sondern lauter Bibeln. Mein Aussehen irritierte sie offenbar überhaupt nicht, denn sie deutete mit dem Kopf und einer fragenden Mimik auf ihre Bücher: Ob ich eine ihrer Heiligen Schriften brauche? Ich war so perplex, dass ich nur ein »aniyo gwaenchanhseubnida« rausbrachte, das koreanische »Nein danke« – ein paar Worte hatte ich mir im Flugzeug angeeignet. Die Frau zuckte mit der Schulter, sagte etwas, das ich nicht verstand, und schob ihr Wägelchen zur nächsten Tür. Wenn ich besser Koreanisch gekonnt hätte, hätte ich sie gefragt, ob sie glaubt, dass ich die Bibel in meinem Zimmer ausgelesen hätte und ich eine frische bräuchte, oder was das alles soll, aber will das eine Drüse mit einem Schraubenkopf wissen, hat sie nicht eher andere Sorgen? Was, wenn ich tatsächlich eine frische Bibel gebraucht hätte, wie hätte sie sie mir gegeben, mit welchem Gesichtsausdruck? Aber das spielte auch keine Rolle mehr, es würde sich ja nichts an mir und meinem Zustand ändern. Ich überlegte, was ich tun sollte. Sollte ich mir die Frauenkleider anziehen und so auf die Straßen gehen, passten die mir denn überhaupt? Würden die Leute auf der Straße genauso desinteressiert reagieren, wie das Bibelmädchen von eben? Oder sollte ich mich noch mal ins Bett legen, versuchen einzuschlafen – vielleicht war das ja alles nur ein kafkaesker Traum (wie in der Erzählung »Die Brust« von, ich glaube Kobo Abe, in der sich ein Mann in ein Ohr verwandelt), und wenn ich aufwachte, war nichts? Schlaf als Problemlöser. Ich öffnete das Fenster, mein Zimmer befand sich im 19. Stock. Vielleicht sollte ich springen? Empfand ich Schmerz? Wäre das nicht eine Meldung wert? Drüse mit Schraubenkopf nimmt sich das Leben, Heiligabend in Seoul, er nannte sich Richard von Schaukal. Das ist doch schön schmissig, eine Nachricht, die vielleicht für 15 Minuten Aufmerksamkeit generieren könnte. Ich hätte meine 15 Minuten Ruhm, von denen Andy Warhol einst sprach, vielleicht aber auch nur für 15 Personen, die sich davon beeindrucken ließen, während 15 Millionen über mich drüberstiegen und vorbeizögen wie Schiffe in der Nacht. Oder sollte ich mich lieber betrinken, mich mit meinem Zustand durch Alkohol arrangieren, ihn begießen, als eine Art Neustart, der beginnt eben bereits hier und nicht wie geplant in Wien. Vielleicht wollte mir das mein Zustand sogar abnehmen, ich sollte Roback ein Fax schicken: Werde nicht nach Wien kommen, habs mir anders überlegt, andere Pläne, neues Glück, Dir indes viel Glück mit Deinem Institut. Und dann fiel mir ein, wie soll ich mich denn

überhaupt betrinken, wenn ich nicht mal einen Mund habe –
also eine Option entfiel schon mal.

Jetzt bekam ich Panik, so viele Fragen und noch mehr zu
treffende Entscheidungen, kann mir denn keiner helfen? Wie
komme ich hier raus? Durch die Tür oder durchs Fenster? Und
wenn ich den Mut hätte, aus dem Fenster zu springen, hätte ich
dann auch den Mut, durch die Tür zu gehen?

Plötzlich machte sich etwas an ebendieser Tür zu schaffen,
ich sah (womit eigentlich?), dass etwas unter ihr durchgescho-
ben wurde, es war ein Fax. Interessant, eben noch daran gedacht,
schon kommt eines, und dieses kam ausgerechnet von Roback,
ja, warum auch nicht. Er schrieb, es täte ihm leid, aber er würde
sein Institut nun doch nicht gründen wollen und etwas komplett
anderes machen. Was, schrieb er nicht. Er wünsche mir noch
alles Gute im weiteren Leben und frohe und erholsame Weih-
nachtsfeiertage. Ich musste innerlich lächeln, nicht nur, weil er
mir etwas Erholsames wünschte, sondern weil mir Roback nun
mit seinem Fax eine Entscheidung abgenommen hat. Muss ich
ihn nicht enttäuschen. Ich öffnete den Kühlschrank, um zu sehen, was es denn zu trinken gäbe; was ich gar nicht zu trinken
bräuchte, weil ich es eben nicht konnte. Im Kühlschrank lag
nichts weiter als ein menschlicher Kopf, und es war meiner, er
murmelte: »Fröhliche Weihnachten, Richard von Schaukal.«
Dann sang er das Lied von Andreas Dorau, auf Koreanisch:

Jeon segyeleul hannun-e
Molaecheoleom dakk-anae
Nunmul-i tteol-eojyeo
Han bang-ul-i haebyeon-eulo ganda

Ich zog mir die Frauenkleider an, sie passten wie angegossen,
ging zum Fenster, öffnete es und sprang.

ICH KÖNNTE OHNE DEINE LIEBE NICHT LEBEN

Mein erster Gedanke, als ich ihn sah, war: »Der wird nie berühmt, weil man sein Gesicht sofort vergisst, sobald man es gesehen hat.« Mein letzter: »An dir rutscht jedes Auge ab.« Aber dazwischen lagen etwa drei Jahre voller Zweifel, gewürfeltem Glück, literweise Tränen in einem Warteraum, den ich Liebe nannte. Jahre mit seinem Gesicht, das sich aus dem Nichts zusammensetzte und sich mit jedem weiteren Tag wegzugehen weigerte, und der Frage, ob wir frei davon sind, zu entscheiden, was wir aus dem machen, was uns passiert. Oder ist alles nur eine willkürliche Kette von Entscheidungen, die für uns getroffen werden? Ich sage jetzt nicht von einer höheren Macht, kosmischen Winden oder auch nur von dem, was wir am Vortag gegessen haben, sondern durch Entscheidungen des Unterbewusstseins, gesteuert von lebenserhaltenden Reflexen? Weil Ratio in der Theorie zwar ganz schön aussieht, aber in der Praxis letztlich nur ein Haus aus Papier ist, Löschpapier nämlich. Wir sind gerne schwach, Schwäche ist ein bequemes Bett, in dem sich gut verfaulen lässt, und Lügen sind aus Zuckerwatte und farbigen Metaphern gebaut. Wer ist schon stark, wer vernünftig? Wir werden schwach geboren und schwach sterben wir, warum sollten wir uns zwischen diesen zwei Punkten wesentlich anders verhalten, nur weil es dem einen oder anderen gelingt, stark auszusehen? Die paar Erfahrungen, die man im Laufe des Lebens sammelt, kollabieren doch sofort, sobald man nur mal kurz die Augen öffnet und die Gedanken aufhören zu knistern.

Der Philosoph Emanuel Swedenborg hat einmal gesagt: »Wir verletzen den anderen und meinen eigentlich uns selbst, den Teil, der mit uns und durch uns das ist, was wir niemals waren.« Das könnte die Conclusio dessen sein, was mir passiert ist, das wacklig Nervöse zwischen dem Anfang und dem Ende mit Tony Hatch.

Ich sah Tony auf einer Party von Phil Spector, und das war der Moment, in dem ich meine Augen für einen kurzen Moment schloss.

Tony Hatch war Komponist, er war häufiger im Brill Building in der 42. Straße in Lower Manhattan in New York City, in diesem vor Kreativität summenden Bienenstock. Ein nahezu autarkes Gebäude, »das Brill«, hier hatten unter einem Dach Labels, Talentscouts und Agenten ihre Büros. Hier gab es Studios, hier nahm man Demos auf und es wurden Testpressungen umgeschnitten. Und hier trafen sich Komponisten, tauschten Ideen aus, fanden sich, befruchteten einander. Man kaufte ein, empfahl sich gegenseitig Sänger, führte Auditions durch, machte Verträge und Pläne. Hier wurden Unbekannte groß gemacht und Illusionen zerstört. Es war ein Marktplatz, hier fand Musik statt, eine sich selbst befruchtende, hochtourige Hitturbine. Obwohl Phil nie Teil der Brill-Building-Leute war, war er mit ihnen assoziiert. Phil war zu autark, zu starrköpfig, er produzierte in seinem Studio in Los Angeles und bestellte regelmäßig Songs, Songideen im »Brill«, die er aufblies zu seinen bombastischen Miniopern, er war der Girl-Group-Architekt. Viele Leute dachten, er sauge den Geist des Brill Buildings ab – und letztlich tat er das ja auch, er kaschierte das nicht mal –, aber im »Brill« gab es noch genug Potenzial. Er band die besten von uns mit Knebelverträgen an sich – gut, sie verdienten nicht schlecht, aber Spector war schon ein ziemlicher Diktator, besessen von seiner Vision, aus einer Hundehütte (wie er die Kompositionen, die ihm angeboten wurden, beschrieb) eine Kathedrale zu bauen. Ich glaube, er war der Erste, der sich als Produzent in die Reihe der Komponisten stellte; er meinte – und das war uns allen neu – ganz im animistischen Sinn, das Studio solle gleichberechtigt neben der Musik und den Texten, den Komponisten und Interpreten stehen. Die ganze Arbeit und Fummelei könne man auch mal gefälligst honorieren, das (von ihm) beseelte Studio sei das wichtigste Instrument, und OHNE Studio (also ihn) könne auch der beste Song gnadenlos untergehen. Mich machte das sprachlos, das hätte sich George Martin bei den Beatles nicht zu behaupten erlaubt, da waren der Respekt und die Trennung der jeweiligen Aufgabenbereiche zu groß und selbstverständlich. Deswegen war mir als, nunja, stolzer Britin der seltsame Phil schon immer unheimlich, was für ein aufgeblasenes Ego. Egal, man konnte ihm ja auf Partys leicht aus dem Weg gehen und über ihn hinwegsehen, weil er so klein war. Das machte jeder, außer ein paar Saugnäpfen und Schmeißfliegen und augenscheinlichen Flittchen, weibliche wie männliche, denn kein Mensch bei Sinnen hielt sich gerne in seiner Nähe auf. Er hatte die Aura und Physiognomie eines Erdferkels und müffelte dabei wie ein alter Lappen, das lag irgendwie an dem Kleber seines Toupets, der sich mit seinem Schweiß zu einer unheiligen olfaktorischen Allianz vermählte. Ronnie hat ja später davon in aller Ausführlichkeit erzählt, wie er sie tage-, ja wochenlang einsperrte, und wenn er sie »wollte«, im Schlafzimmer alle Lichter aus sein mussten, da er nur im Dunkeln »konnte«. Ohne seine künstlichen Haarteile war er offenbar nicht vorhanden, obwohl die Dunkelheit seine Person auch verschwinden ließ. Er war eben ein Idiot, der in einer Parallelwelt lebte. Gott, wie erschütternd das alles für Ronnie gewesen sein musste, so jung wie sie war. Und dann ARBEITETE er da über ihr, ackerte sich einen ab, in ihrem gläsernen Bett. Ihr fragwürdiger Genuss dieser – ja, sagen wir einfach wie es war –

gewaltsamen Beiwohnung war, dass sie nur eine entsetzliche Scheme über sich wahrnahm und dieses miasmatische Odeur aus verpilztem Perückenklebstoff und saurem Glatzenschweiß, wie ranziger Hammeltalg, olfaktorisches Bulgarien sozusagen. Herrjeh, und man möchte sich diese grunzenden Geräusche von Phil, dem rolligen Erdferkel, dazu nicht vorstellen, mich schüttelts jetzt noch. Aber Ronnie war nicht auf der Party und man vermied, Phil nahezukommen. Es gingen einfach niederträchtige Schwingungen von ihm aus und jemandem mit einer verdächtigen Ausbeulung unterm Jackett, nunja, dem ging man lieber gleich aus dem Weg, denn wenn ihm was nicht passte, ballerte er auch schon mal in die Decke vor Wut, so erzählte man es sich nicht mal hinter vorgehaltener Hand.

Es spielte eine Westcoastband, Uwe and the Memphis Cutlets, die hatte wohl Phil einfliegen lassen. Während sie spielten, schaute er skeptisch, was sie liefern. Man merkte ihre Anspannung und sie vermasselten es. Haha, was für Loser, vor Nervosität klang alles total dilettantisch, und naja, ihre Eintagsfliegenhaftigkeit war geradezu fassbar. Das erkannte Phil, er unterdrückte seine Wut, aber jeder sah seine Abneigung und seine Enttäuschung, und er glotzte mal zur Abwechslung nicht den Mädchen in den Ausschnitt oder auf den Arsch, sondern in seinen Drink, einen Tomatensaft mit, vermutlich, Wodka, aus dem eine Stange Porree ragte. Ich kannte die Band gar nicht, sie waren ok, aber auch nichts, was man sich außer ihrem Minihit »Never My Love« – der auch noch von den Flying Addrisis stammt, zwei singenden Trapezbrüdern – groß hätte merken müssen. Viel ausbaufähiges Potenzial war bei den Memphis Cutlets also nicht erkennbar, relativ ratlose und wenig charismatische Gesichtswiesel, wie irgendwo hingestellt, von niemandem bestellt. Dann versuchten sie auch noch eine Version von »Zip-a-Dee-Doo-Dah« von Allie Wrubel, das war eine dermaßen peinliche Anbiederung, weil wir das ja alle bestens von Bob B. Soxx kannten, dass selbst Phil entsetzt ging. Ich kann erkennen, oder konnte erkennen, dass das, was die da ablieferten, ihr Todesurteil bedeutete, das sah ich direkt vor mir und war froh, nicht selbst drin zu stecken, und ich sah auch das Ende von Uwe, dem Sänger der Band vor mir, in der Gosse, an der Flasche. Dann aber sah ich IHN, den Mann mit dem schwachen Gesicht.

Er stand in einer Ecke und lächelte nach innen, in seiner Hand hielt er einen Gin Fizz mit Salzrand. Es sah aus, als würde ihn der Inhalt überfordern und das Randsalz grüblerisch machen, es ging ihm offenbar nur darum, dort zu stehen und das Glas zu halten, weil man das eben auf Partys so macht, und abzuwarten, dass man ihn abholt oder ihm etwas passiert, dass jemand auf ihn zugeht und etwas passieren lässt, und sei es nur, mit ihm einen Zimmervulkan zu zünden. Aber seine innere Lava war allenfalls lauwarmer Kakao und es sah eher so aus, als würde das Glas mehr oder weniger ihn halten.

Der Mann war Tony Hatch. Ich hätte ihn aus oben genannten Gründen nicht erkannt, wenn Phil nicht laut von ihm geredet hätte, als die Band zu spielen aufhörte: Das sei Tony Hatch, der hätte Potenzial, wenn er »sein Zeug« besser, weniger »dünn« produzieren würde. Ich kannte natürlich sein »Look For a Star«, das Garry Mills sang, aus dem Horrorfilm »Der rote Schatten«.

Ansprechen mochte ich Tony auf der Party nicht, dazu war ich zu schüchtern, und die große Stadt machte mich – ein einfaches Mädchen namens Yvonne Ann Burgess aus Newcastle-under-Lyme, Staffordshire – noch kleiner als ich ohnehin war. Außerdem war er verheiratet, ich wusste, dass Tony mit Petula Clark zusammen war. Petula war jemand, zu der wir alle aufschauten, das Mädchen, das wir alle sein wollten, Songs für sie zu schreiben, oder gar mit ihr, wie Tony, zusammen zu sein, war das Synonym für Glück, die *Serenade Of Love*.

Bevor das alles losging, hatte Tony ja schon ein bisschen für und mit Petula gearbeitet, bei »Sailor« – ihrem Nummer-Eins-Hit – assistierte er dem Produzenten Alan Freeman. Das war eine Coverversion des deutschen »Seemann« von Lolita, während Tony weitere Songs für andere schrieb und produzierte, Connie Francis, Pat Boone und insbesondere Matt Monro (»Biscuits for Victor«), Teenagerdramen, große Gefühle, auf zwei Minuten komprimiert, diese Abteilung. 1963 bat Freeman Hatch, Petula Clarks regulären Produzentenjob zu übernehmen. Tony produzierte in der Folge fünf Singles für Petula, von denen alle »floppten wie die Deutschen in Stalingrad« (Zitat Phil Spector).

Im Herbst 1964 besuchte Tony Hatch ein zweites Mal New York City und verbrachte dort drei Tage auf der Suche nach Material von Leuten aus dem Brill Building für die Künstler, die er produzierte, und speziell für Petula. Er erinnerte sich, dass er nach seiner Einkaufstour in der Hitfabrik den Broadway runterschlenderte und naiverweise dachte, das sei Downtown, wovon in New York alle immer sprachen, ganz einfach, weil man sowas wie Downtown in britischen Städten nicht kannte. Wo soll oben, wo unten etwa in Slough sein? Er blieb an der Ecke der 48. Straße an einer Ampel stehen und während er eine Kadenz der piepsenden Ampel hörte, vermischt mit den Feuerwehrsirenen und einem wiehernden Polizeipferd, hatte er die Melodie für »Downtown«.

Kurz drauf besuchte er Petula in Paris, die dort mit ihrem französischen Mann Claude lebte, der wie ein Seebarsch aussah, um ihr drei oder vier Songs zu präsentieren, die er im Brill Building für sie gesichert hatte. Sie war allerdings nicht sehr begeistert von dem Zeug und fragte ihn, ob er nicht selbst an etwas Neuem arbeite, aber außer dem Titel seiner New Yorker Idee hatte er nur ein oder zwei Zeilen geschrieben. Widerwillig spielte er ihr die skizzenhafte Melodie vor und fügte das Wort »Downtown« an den passenden Stellen ein. Petula, die das Fragment zum ersten Mal in ihrer Küche hörte, als sie eine Kanne Salbeitee kochte, rief Tony, noch während der Wasserkessel pfiff, zu: »Das ist es, das will ich haben. Das ist der Song, den ich aufnehmen will, er ist *groovy wie die Nacht*. Mach ihn fertig. Finde einen guten Text dafür. Finde ein tolles Arrangement und ich denke, wir werden zumindest einen Song haben, auf den wir stolz sein können, auch wenn er kein Hit wird.«

Der Rest ist Geschichte. Tony Hatch und Petula Clark galten von da an als die Henrik Ibsen und Hedda Gabler des Pop, Petula verließ den Seebarsch und zog zu Tony nach London. In einer Rezension von »Downtown« im »New Musical Express« hieß es spitzfindig: »Die Kernaussage des Songs ist: Wie verhält sich der künstlerische Egoist, der sensitive Dilettant mit überreichem Selbstbeobachtungsvermögen, mit wenig Willen und einem großen Heimweh nach Schönheit und Naivität, wie verhält sich dieser Mensch im Leben? Ich glaube, die Antwort ist sehr einfach: Eigentlich hat er zwischen den Menschen keinen rechten Platz und kann mit dem Leben nichts anfangen. Darum geht er manchmal sterben, oder er lebt weiter, einsam zwischen den Menschen, fährt nach Downtown ...«

Ich habe das alles natürlich verfolgt, man bekam das ja mit, den enormen Erfolg der beiden. Ich hingegen tingelte durch Pubs und schrieb Songs, die ich aber für mich behielt. Einerseits weil ich mich nicht traute, sie zu singen, es mangelte mir an gewachsenem Selbstbewusstsein, andererseits, nunja, vielleicht waren sie ja wirklich nicht gut, deshalb sang ich anderer Leute Songs. Etwa diese ackergaullahme Countryschnulze »Pick Up the Pieces«, die keiner hören wollte, niemand wollte diese Teile meines Selbst aufklauben und wieder in Form bringen – wenn ich das schon nicht konnte, schon gar nicht durchs Singen, wer dann? Und Countrymusik in England – man versucht es immer wieder, das hat aber noch nie geklappt, während die Amerikaner uns dafür auslachen, wenn sie es überhaupt mitkriegen.

Einmal kam allerdings kurz etwas Veränderung in mein Leben, von der ich glaubte, das könnte ein Neuanfang werden. Man lud mich nach Köln ein, eine Fernsehsendung des WDR lancierte eine kleine Serie namens »Der Spatz vom Wallraffplatz«. Sie wollten, dass ich nicht nur die Titelmelodie einsinge, sondern auch weitere kleinere Songschnipsel. Zum Teil stammten die Drehbücher von Heinrich Böll, die er allerdings unter Pseudonym schrieb. Es entwickelte sich zwischen mir und Heinrich eine kleine, zarte Bande. Ich weiß nicht, was er in mir sah, vielleicht spürte er meine Verlorenheit, wollte mich auffangen, vielleicht war es Mitleid, ich kann nicht sagen, ob es Liebe war. War ich vielleicht nur der verzagte Spatz aus der Sendung für ihn, flügellahm aus dem Nest gefallen? Es fühlte sich an wie Zuneigung, aus der etwas entstehen, eine Nähe, die flügge werden könnte, aber dann auch immer wieder, als wolle er sich nur um jemanden kümmern, als würde ihm das schon reichen, diese generöse Samariterhaltung, die ich in seinen müde gerauchten Zügen sah. Ein trauriges, einsames Gesicht wie eine zerknautschte Aktentasche, vergessen an einer Bushaltestelle in Porz. Natürlich gab es ein paar trockene Küsse und auch ein bisschen mehr, aber es blieb bei einer höflichen, respektvollen Affäre, beschränkt auf gelegentliche Treffen in schwummrigen Altbierstuben, Treffen, von denen kaum wer etwas mitbekam. Er befummelte mich unter dem Tisch, ich ließ es nicht ungern geschehen, weil es so ungeschickt, vielleicht gespielt pubertär war. Und weil es in diesen Kneipen wirklich sehr finster war, erkannte ich Heinrich oft auch gar nicht und unterhielt mich immer wieder eine Zeitlang mit einem Fremden, bis ich draufkam. Einmal saß ich mit ihm an einem Tisch und wurde wie üblich unterm Tisch befummelt, bis ich bemerkte, dass seine Hände die ganze Zeit auf dem Tisch lagen. Hatte Heinrich ein zweites Händepaar mitgebracht, oder lebten da Berufsfummler unter den dunklen Tischen? Irgendwann kam er dann auch gar nicht mehr, ich konnte ihn in den finsteren Lokalen nicht mehr finden, und das war dann auch schon egal. Ich merkte, Köln, Heinrich, das abgestandene Altbier und ich, das war nur ein Moment, den man nicht festhalten kann, vor allem nicht mit den Händen unterm Tisch.

Ich ging zurück nach England und setzte mein Leben da fort, wo ich es vor meinem Kölnintermezzo beendet hatte. Nur meinen Namen änderte ich in Jackie Trent, weil ich kurz nach Köln für eine kurze Zeit in Stoke-on-Trent lebte, in der Hoffnung, ein neuer Ort und ein neuer Name bedeuteten einen neuen Anfang. Aber irgendwas kam nicht in Gang, ich verrannte mich, ich wartete auf etwas, ohne zu wissen, auf was genau. Zumindest nicht darauf, als dritter Spatz in die Geschichte der Musik einzugehen, neben Edith Piaf und Mireille Mathieu (Paris und Avignon) – das blieb mir gottlob erspart.

Tony Hatch bekam in der Zwischenzeit auch Jobs beim britischen Fernsehen. Zunächst sollte er die Titelmelodie für die Serie »Crossroads« schreiben, die wahnsinnig beliebt wurde, und dann 1965 für »It's Dark Outside« das Lied »Where Are You Now (My Love)?« Da komme ich ins Spiel: Tony hatte die Melodie, ich den Text und meine Stimme, ich traf ihn durch Zufall in der BBC. Ich sang für den Sender immer wieder kleinere Jingles (»Music ... that's our middle Name ... Whoopeee!«), die meiste Zeit verbrachte ich dort allerdings, um, ja, vielleicht auf diesen Moment zu warten, dass mir jemand wie Tony vorgestellt wurde. Ich saß oft, um Wartezeiten zu überbrücken, in der Kantine, irgendwann stocherte ich appetitlos in einem Shiitake-Pörkölt, er setzte sich zu mir und wollte einen Witz machen, fragte, ob ich nach etwas suche, ich konnte ihm ja schlecht sagen, dass ich möglicherweise nach jemandem wie ihm im Pörkölt stochere und verkniff mir, von unserer Begegnung in New York zu erzählen, dass ich ihn schon mal auf einer Party gesehen hatte, den Mann, der er damals gewesen war, den Mann mit dem schwachen Gesicht, und Phil Spector uns beinahe bekannt gemacht hätte – er hätte uns ja genauso gut erschießen können, dann hätte er uns auf eine etwas andere Art vereint. Über »Where Are You Now (My Love)« kamen wir uns also näher, es wurde wie durch ein Wunder Nummer Eins in den britischen Charts, obwohl es gar nicht als Single geplant war, nur ein unscheinbarer Song in einer dummen Serie. Aber das Lied war so beliebt, dass die Leute überall nach der Single fragten, ob man die kaufen könne, und so wurde das dann in aller Schnelle gepresst. So begann auch unsere Affäre, in aller Schnelle. Aber genauso auch Tonys Doppelleben, er schrieb ja weiterhin Songs für Petula. Songs, die er als seine ausgab, ausgeben musste, aber in Wirklichkeit von uns beiden geschrieben waren, das durfte allerdings niemand wissen, um sie nicht eifersüchtig zu machen. Am schmerzhaftesten war natürlich »I Couldn't Live Without Your Love«, das ist mein Lied, mein Text, und alle dachten, Petula besingt ihre Liebe zu Tony. Ich dachte immer: Liebe ihn – durch mich. Und ich hasste mich gleichzeitig für diesen Gedanken. Das bin doch nicht ich, das will ich nicht sein, was lässt mich so denken?

Die Jahre mit Tony taten mir nicht gut, ich vertrocknete neben ihm wie eine Geranie im Keller, während er ihr unter anderem das in erster Linie von mir geschriebene »Don't Sleep in the Subway« zu Singen gab. Ich dachte, den besten Teil hatte ich mit ihm, weil sie ihn nicht mit ihm hat, bis ich dann merkte, dass es umgekehrt war. Ich gab ihm meine besten Teile und bekam nicht viel zurück. Ich gab soviel auf, ich merkte es mehr und mehr. Zunächst gab ich nur das Singen auf, Petula sang nun als ich, dann verlor ich mehr und mehr mich selbst. Ich dachte immer, wenn ich an Petula dachte: Ich könnte du sein, aber du niemals ich. Das war mein Mantra, um nicht komplett unterzugehen. Es war eine schöne Zeit, die keine schöne Zeit war, es zerriss uns, es zerriss mich, und es zerriss mich, wie es Tony zerriss. Und seine Küsse konnten mich auch nicht mehr füttern. Petula, die anfangs nur etwas ahnte, litt mehr und mehr unter der geistigen wie körperlichen Anwesenheit in Tonys Abwesenheit, während er, gerade als er durch mich ein Gesicht, einen Charakter bekam, beides genauso bald wieder verlor. Wenn er bei mir war, schwiegen wir aneinander vorbei, obwohl wir vieles taten, um von der gestohlenen Zeit zu zehren, gegen eine gnadenlos laut tickende Uhr, uns ablenkten, kniffelten und uns Aufgaben gaben, indem wir Songs schrieben, für »sie«. Wir vermieden es, ihren Namen zu erwähnen, wir lebten in unserer Parallelwelt, in der es keine Petula gab, wir simulierten ein Paar, das eigentlich kein Paar mehr war. Am Ende, nach etwa drei Jahren, merkte ich, dass wir wieder die Rollen gewechselt hatten, dass er wieder mehr bei Petula war und ich jetzt da draußen irgendwo, dass er zu ihr zurückmusste, um sich von ihr, wie er behauptete, trennen zu können. Das war aber auch der Punkt, an dem mir immer klarer wurde: Er wird das nicht tun, wird sich nicht ändern, weil er zu schwach für so einen Schritt ist, während die gerade gewonnenen Konturen seines Gesichts wieder verschwammen. Wieder zum nackten, ausdruckslosen Dutzendgesicht wurden, mit dem ich ihn zum ersten Mal sah, auf der Party mit dem Gin Fizz in seinen unpersönlichen Händen, die aussahen, als gehören sie nicht ihm, sondern wären zufällig an seinem Körper befestigt, wie er nur ohne sein Zutun da auf diese Party gestellt wurde, eine Art Pappaufsteller, an dem jedes Auge abrutscht.

Einmal meinte er, wenn er sich zwischen mir und Petula entscheiden müsste, würde er sich für die Musik entscheiden, das hat mich in seiner, vermutlich nicht mal so gedachten, Wucht und Kälte so erschreckt und irritiert, dass mir richtig körperlich übel wurde, denn wir definierten uns ja am Ende alle über die Musik, aber eben nur als Begleitgeräusch der Liebe. Von welcher Musik genau sprach er also? Was war es, was wir waren? Vielleicht ein Autounfall in Zeitlupe, bei dem das Radio eiert.

Er hat mich nie geliebt, er wollte immer nur in mich verliebt sein, und auf diesem Weg hat er Petula letztlich auch verloren, sie musste ihm die Trennung erst abnehmen, als er wieder zu ihr zurückkehrte. Das war der Moment, in dem Petula und ich sogar eins wurden: Indem wir ihn loswurden, bekamen wir unser Gesicht zurück, während er seines wieder verlor. Hier sind am Ende drei verlassene Gestalten übrig, das ist der Rest dieser kleinen Party, bald wird man nichts mehr davon wissen, wir werden uns woanders hin orientiert haben, werden woanders sein, weil wir es müssen, nur der eine Moment, der uns drei verbindet und zu dem gemacht hat, was wir einmal waren, wird bestehen bleiben, nur dieses eine Lied: »I Couldn't Live Without Your Love«. Und jeder kann in das Lied projizieren, was er oder sie will, es gehört uns nicht mehr, niemand wird sich mehr an uns erinnern. Wir haben niemals geliebt.

ARRIVEDERCI HANS

Ich war mal mit einer Freundin in Cornwall, Südwestengland. Sie sah aus wie Rita Pavone, die gleiche burschikose Art, kurze, rote Haare, Größe, Figur, Sommersprossen, eine Garçonne in Reinkultur. Auch sie war Italienerin, sie hieß anders, aber ich nannte sie Rita und sie hatte nichts dagegen, und sang für mich mit großer Freude »Arrivederci Hans«, wann immer ich danach verlangte. Rita und ich waren das Paar, um das ich uns beneidet hätte, wenn wir nicht wir gewesen wären.

»Arrivederci Hans, das war der letzte Tanz, das Licht geht aus im Lokal, drum küss mich nochmal, bevor ich nach Hause geh«. Diesen grandiosen Kracher, vermutlich das fröhlichste Abschiedslied, das es gibt, hatte ich bei Rita immer und immer im Ohr, als müsste ich mich permanent ins Gesicht boxen: Wach auf, so eine tolle Frau, und nichts bleibt für immer, banne die Verlustangst mit ihrem Lied in diesem Moment, versuche ihn so lange festzuhalten, wie du kannst.

Ich hatte bei einem Preisausschreiben ein Auto gewonnen, einen geisterweißen Vauxhall, genauer gesagt ein Viva HB SL90 Cabriolet. Eigentlich gewann ich das nicht wirklich, sondern nur eine vierzehntägige Benutzung, Rumgurken in Cornwall. Und im Grunde gewannen *wir* es, Rita fuhr, weil ich keinen Führerschein besitze. Das war ganz schön eigentlich, auch wenn es recht ungemütlich war, im Februar, weil das Verdeck des Cabrios nicht zuging. Erst am letzten Tag, als wir den Wagen nach zwei Wochen wieder abgeben mussten, entdeckte ich zufälligerweise den Schließknopf – ich der Nullchecker Numero Uno, der weniger Ahnung von Autos hat als ein Auto von Tomatensalat im Œuvre Marcel Prousts. Weil das alles so ungemütlich war, haben wir uns ununterbrochen und hitzig gestritten, vielleicht um ein wenig Wärme zu erzeugen. Aber wir haben uns auch immer wieder versöhnt, das ging recht schnell, nachtragend zu sein, das brachte uns nichts, dafür hatten wir keine Zeit, aber dafür wieder mal einen Grund für Sex. Einmal trieben wir es auf einem kleinen Steinmäuerchen im Dartmoor, mitten im dichten Nebel. Sie saß auf dem Mäuerchen, machte sich untenrum halb frei, ein Hosenbein hatte sie ausgezogen, plötzlich tauchten aus dem Nebel diese wilden Ponys auf, die dort überall rumlaufen, und schauten interessiert zu. Das war seltsam schön, es hatte etwas von einem Märchen, war aber auch irritierend, und ich dachte währenddessen abgelenkt an eine Verflossene von mir. Die hatte einen weißen Kakadu, der, wie mir schien, die ganze Zeit, während wir einander beiwohnten, eifersüchtig zuschaute und in unserem Rhythmus trotzig mit dem Kopf vor- und zurückwiegte und dann bei ihrem geschrienen Orgasmus zum Gotterbarmen mitkrächzte. Das war so absurd, dass ich auf meinen Orgasmus verzichtete, ich dachte: Er kann meinen haben, wenn er sich schon so verausgabt.

Am Strand von St. Ives forderte Rita mich auf, ein Foto von ihr zu machen, und was machte sie? Schob ihren Pullover hoch, der übrigens auch noch meiner war, schob ihn hoch, hatte keinen BH drunter, und lachte übers ganze Gesicht. Eine freundliche, unschuldig kokette Geste, mir stolz ihre weißen, kleinen Brüste zu präsentieren: Schau her, das ist meins, aber gehört auch dir. Diese freundliche Geste hatte in ihrer reinen Unschuld nichts Schmuddeliges, ich war entzückt von uns. Das Foto habe ich mir immer wieder gerne angeschaut, es lag in meiner Schreibtischschublade. An trüben Tagen holte ich es raus, freute mich mit ihrer Freude und mochte meinen beigen Rollkragenpullover sogar noch ein bisschen mehr, den sie nach der Reise einfach behalten hat.

Wir hatten zwei getrennte Wohnungen, ich wohnte in einer ehemaligen Möbelfabrik mit funktionslosen Laufkatzen an der hohen Decke und Bullaugen als Fenster, sie hatte ihre Wohnung in einem Haus, in dessen Erdgeschoss eine ziemlich alte Frisörin ihren Laden hatte. Den Namen habe ich vergessen, wahrscheinlich weil er so unauffällig austauschbar wie »Salon Helga« war. Sie betrieb das mit ihrem, vom Aussehen nach auch nicht mehr ganz taufrischen Sohn, vielleicht so Ende 50, der aber nichts machte, immer nur in einer Ecke saß und rauchte und gegebenenfalls die Haare der Kundinnen zusammenkehrte. Wenn Rita neben ihrem Job als Zuschneiderin in einer Hemdenfabrik Zeit hatte, half sie dort ab und zu aus, denn manchmal war Frau Helga einfach überfordert, zu viele Kundinnen, und sie war auch nicht mehr die schnellste und effizienteste, sie redete lieber – es war einfach eine Sozialbörse bei ihr. Dann wurde es mitunter so eng im Salon, dass der Sohn weggeschickt werden musste, Besorgungen machen, Bier trinken im Park oder rauchen an einer Bushaltestelle. Rita half Helga aus Gefälligkeit, es machte ihr aber auch Spaß und sie ließ sich als Belohnung von Helga die Haare machen, was schnell zu erledigen war, weil sie diesen unkomplizierten Kurzhaarschnitt hatte.

Mal schlief Rita bei mir, mal ich bei ihr, eine Regelmäßigkeit gab es nicht, außer an Wochenenden, von Samstag auf Sonntag war ich bei ihr, am Sonntagvormittag fuhr sie stets mit der Straßenbahn zu ihrer Mutter und ließ sich bekochen. Ich verließ die Wohnung gewöhnlich vor ihr und fuhr mit dem Fahrrad in meine Wohnung. Das war unser regelmäßiges Ritual, dann rief man sich in den nächsten Tagen an, ob man vielleicht mal unter der Woche etwas gemeinsam machen könnte, und landete manchmal, aber nicht immer, am Abend dann in der Wohnung, die am nächsten der Kneipe / des Kinos / dem Konzert war. Eines Sonntagmorgens verließ ich wieder mal die Wohnung, Rita hatte sich nochmal umgedreht. Ich kam unten am Salon vorbei und hoffte, dass das, was ich da im Fenster sah, nicht das war, was es war. Aber es war es leider, an der nicht kleinen, verschmierten Pfütze Blutes unverkennbar, nämlich der abgetrennte Kopf von Helga. Der Sohn kauerte in seiner Ecke, rauchte und starrte wie eine gefoppte Wachtel ins Leere. Ein paar morgendliche Hundeausführer hatten bereits die Polizei gerufen, die aber noch nicht gekommen war. Ich fuhr schnell weg, ich fühlte mich irgendwie schuldig, warum auch immer, vielleicht, weil ich weder den Mann von seiner Tat abgehalten, noch erste Hilfe (bei was? Mund zu Mund-Beatmung?) geleistet hatte? Oder weil mein Unterbewusstsein der Frau selbst den Kopf abgeschnitten hätte haben können, ich weiß es wirklich nicht. Ich weiß auch nicht, warum ich mich bei allem immer gleich schuldig fühle, ich brauche nur einen Polizisten zu sehen, schon überlege ich, was ich ausgefressen habe.

Kein schönes Bild da in dem Schaufenster, was ich mit in den Tag nahm, zumal der Sohn seine Mutter, vor oder nach der Tat, wann auch immer, noch grell geschminkt und frisiert hatte, sie hatte einen Dutt wie Farah Diba.

Ich war zu der Zeit Konzertveranstalter, habe kleine unbekannte Bands betreut. Eine war darunter, The Flying Luttenbachers, mit denen ich mich ganz besonders verbunden fühlte, ich tourte ein paarmal mit ihnen. Sie machten fiesen, kubistischen Krach, Musik, mit der man Zähne ziehen kann, feigen, dreckig gemeinen Punk-Jazz, Chaos-To-Go, nach Gebrauch wegwerfen. Der Sänger hieß Weasel Walter, immer im Anzug mit Krawatte und weißgekacheltem Gesicht. Ich habe sie immer bei mir in der Wohnung schlafen lassen, weil sie so prekär unterwegs waren, kaum Gage bekamen und das ganze eher ein Verlustgeschäft war. Weasel schlief in meinem Bett, die anderen Musiker in den anderen Räumen, irgendwo, wo Platz war, während ich dann zu Rita umgezogen bin, und nachdem sie weitergetourt waren, konnte ich wieder in mein Bett. Sie hinterließen alles recht aufgeräumt, der Salat und die Destruktion auf der Bühne wurde im Privaten nicht fortgesetzt. Dann fiel mir aber irgendwann viel später auf, dass das Foto vom Strand in St. Ives fehlte, hatte es mir doch tatsächlich Weasel Walter aus der Schublade gestohlen, bei einem seiner früheren Aufenthalte in meiner Wohnung. Irgendwann zu Weihnachten gestand Rita, bereits ein bisschen beschwipst vom Süßkartoffellikör, den wir selbst ansetzten, dass, nunja, als die Flying Luttenbachers in der Zwischenzeit wieder mal in der Stadt gewesen waren – da war ich wohl gerade woanders, im Ausland oder so, möglicherweise mit meiner eigenen Band unterwegs –, Weasel Walter sie kontaktiert und zum Konzert eingeladen hätte, gefragt, ob sie auf die Gästeliste wolle. Das Ende war dann, kann man sich ja denken, dass er bei ihr und also mit ihr geschlafen hat. Mich empörte das auf eine seltsame Art: Klaut mir mein Foto mit der schönen Erinnerung, um mir am Ende auch noch Rita *in persona* zu nehmen, ich fühlte mich degradiert zum Selbstbedienungsladen. Na, vielen Dank, hätte noch gefehlt, dass er ihr auch noch den beigen Rollkragenpullover klaut, oder, noch schlimmer, sie ihm schenkt. Klar, er hat mir nicht die Erinnerung genommen, kann er ja gar nicht, er war ja nicht mit in Cornwall, sondern nur ein Foto, aber Erinnerungen verblassen, wenn es kein Foto mehr gibt. Nein, ich bin nicht nachtragend oder eifersüchtig, aber es veränderte etwas mit uns, diese Beichte ließ uns einerseits wie Komplizen näher zusammenrücken und gleichzeitig paradoxerweise voneinander entfernen. Die Liebe riss uns auseinander, wir tauschten die trügerische Sicherheit gegen eine schlecht fassliche, unzuverlässige Ruhe, taten so, als sparten wir uns für rare Momente der Liebe auf, deren wir uns immer wieder versichern mussten, so als spürten wir, dass wir selbst langsam verblassen. Aber wenn man dann irgendwann mal nicht weiß, wer man unkonzentriert im Moment ist, weil das Jetzt im Kontext von Gestern und Morgen irrelevant ist, im nackten Ritual der Existenz, oder man nicht weiß, ob man am Abend noch der ist, der man am Morgen war, aber der Abend nie kommt, dann schien es an der Zeit zu sein, sich nach einer Veränderung umzusehen. Oft lag sie in der Nacht wach und irrte im Dunkeln durch die Wohnung, und wenn ich dann selbst mal aufwachte, flüsterte sie zur Beruhigung: »Betrachte mich als einen Traum.« Und eines Morgens, nach so einer Nacht, war sie plötzlich verschwunden, ihre Seite des Bettes war unberührt, als hätte sie es früh verlassen, sei aufgestanden, ohne mich aufzuwecken, wäre gegangen und hätte das Bett »gemacht« oder als hätte ich sie mir als Schlafwandlerin nur eingebildet, gewünscht oder geträumt. Und alles, alle Missstimmigkeiten zwischen uns wären verschwunden, wir wären noch das Paar vom Anfang, Rita und Hans, das Licht bleibt an im Lokal, sie küsst mich nochmal und wird nie mehr nach Hause gehen.

Ich machte mich, und tue es immer noch, oft in Hotels quasi unsichtbar. Keine Ahnung warum – kokett so zu tun, als schäme man sich seiner Existenz oder nur ein distinktiver Tic, um sich von dem flegelhaften Teil der Gesellschaft abzugrenzen, der Hotelzimmer immer so verlässt, wie er es bei sich zuhause nie täte, oder aber deren Schuld sozusagen zu sühnen.

Ich versuche in Hotels immer, so vorsichtig wie ein Schatten in der Nacht zu sein. Ich will einen Eindruck hinterlassen, wie der Junge im Film »Shining«, der seine Fußstapfen im Schnee wieder zurückgeht und für seinen ihm nachstapfenden Vater so tut als sei er einfach weggeflogen. Die lebten ja auch in einem

Hotel, waren eingeschneit und der Vater will ihn umbringen und stirbt dann selbst im Schnee.

Ich benutze beispielsweise in Hotels zum Abtrocknen niemals die Handtücher, sondern immer nur die Badezimmerfußmatte, bediene mich natürlich nicht an der Minibar, wenn Müll anfällt, nehme ich ihn immer mit, und wenn ich gehe, mache ich das Bett möglichst akkurat, so wie ich es vorgefunden habe, damit das Stubenmädchen denkt, da war niemand im Zimmer. Die einzige Spur, die ich hinterlasse, ist, einen Zollstock unter dem Kissen zu deponieren – ich habe ja immer Zollstöcke bei mir, also nicht bei langen Reisen, nur bei Trips, ein bis zwei oder drei Nächte, drei Zollstöcke. Tja. Was denkt man, wenn man in einem augenscheinlich unbenutzten Zimmer einen Zollstock unterm Kissen findet? Vermisst da einer seinen Traum?

Das Zimmer verwüsten, ein Blutbad hinterlassen, den Fernseher aus dem Fenster schmeißen, am Spiegel mit Lippenstift eine Botschaft hinterlassen (»Danke für die Nacht, den Orgasmus kauf ich mir aber lieber woanders«), in der Wanne schwimmt ein Karpfen namens Jörg, und sich mit allen fünf Handtüchern gleichzeitig abtrocknen, das kann jeder, das wird geradezu erwartet. Einmal kam ich irgendwo sehr spät an. Ich hatte den ganzen Tag nichts gegessen und das Einzige, was in dem Ort noch aufhatte, war ein kleiner Laden mit keinem nennenswerten Lebensmittelangebot außer hartgekochten, gefärbten Ostereiern. Ich kaufte eine Schachtel mit sechs grünen Eiern, aß sie alle im Hotelzimmer, ohne alles, kein Salz, nichts, verließ das scheinbar unangetastete Zimmer am nächsten Morgen wie üblich, nahm auch die Eierpappe mit, verzichtete aber diesmal auf den Zollstock unterm Kissen und deponierte stattdessen dort den Haufen an grünen Eierschalen. Einen Traum von einem großen, grünen Huhn ließ ich im Zimmer, überließ ihn dem Reinigungspersonal zur Interpretation.

Und irgendwie erinnerte mich die abwesende Rita an mich. Kann es sein, dass sie sich einfach in Luft aufgelöst hatte, dass sie gar nicht bei mir gewesen war? Ich bekam plötzlich Zweifel, ob wir gestern überhaupt gemeinsam heimgekommen waren, in meine Kemenate in der Möbelfabrik. Ich ging zum Schreibtisch, frag mich nicht, warum, vielleicht wollte ich irgendwie in irgendeine reversible Vergangenheit zurück. Ich zog die Schublade auf, und was lag dort? Das Foto von St. Ives war es schon mal nicht, auch wenn ich immer wieder – und speziell jetzt vielleicht – insgeheim gehofft hatte, es könnte nochmal so sein wie in der Zeit, bevor Weasel Walter kam. Aber was hätte das Foto mir auch groß beweisen sollen? Dass eine Schublade eine Zeitmaschine sein kann? Schön wärs.

In der Schublade lag das übliche Zeug, Stifte, Gummiringe, Büroklammern, eine Schere, ein Locher, eine halb ausgequetschte Tube Uhu, Tesafilm, ein Radiergummi und eine Lupe, Muscheln aus Ostende, eine isländische 100-Kronen-Münze, die mit dem Seehasen auf der einen Seite, ein Meinungsknopf »Spießer, nein danke«, das Mundstück meiner Tuba, eine mexikanische Springbohne, aber auch ein paar Fotos. Passfotos von mir, die ich immer machte, wenn es mir ganz besonders schlecht ging, um mich daran aufzubauen, wenn es mir *noch* schlechter ging, und ein Streifen aus vier Bildern mit Rita und mir aus einem Fotomaten. Ich erinnerte mich sogar daran, wo wir das gemacht hatten, auf unserer kleinen Reise durch Cornwall, ich glaube in Truro. Sie saß auf meinem Schoß, und weil sie so klein war, 1 Meter 53, waren unsere Köpfe auf gleicher Höhe. Auf dem ersten Bild schauten wir sehr ernst nach vorne, ein nicht so ganz einfaches Vorhaben, weil wir gerne lachten. Auf dem zweiten schaute sie mich ernst an, eine Art Kontrollblick, ob ich unsere Vorhaben einhalte, oder als ob sie mich aus dem Konzept zu bringen versuchte – wer als erster lachte, hatte verloren. Das registrierte ich und musste auf dem dritten Bild tatsächlich lachen, sie blieb immer noch ernst, aber auf dem vierten Foto lachten wir beide, alle Ernsthaftigkeit war zusammengeschnurrt wie eine zu heiß gewaschene Synthetiksocke. Und als ich den Fotostreifen umdrehte, sah ich, dass dort etwas stand, was mir vorher gar nicht aufgefallen war, in ihrer Schrift: »Ich bin positiv enttäuscht.«

Worauf bezog sich das, wann hatte sie das geschrieben? Ich nahm die Lupe und betrachtete uns auf dem Streifen. Da fiel mir etwas Seltsames auf, als ich ihre Augen genauer sah, es spiegelte sich etwas darin, und das war ein Shadok. Wie kann das sein, ein Shadok hat uns ja nicht fotografiert, wir saßen ja in dieser Box, kann das sein, dass Shadoks die Filme entwickeln? Shadoks kennt kein Mensch mehr, das waren vogelähnliche Kreaturen mit Zähnen, aus einer kurzlebigen französischen Trickfilmserie, sie kommunizierten sehr eingeschränkt. Ihre Sprache bestand aus nur vier Silben, die unterschiedlich kombinierbar waren: GA, BU, ZO und MEU. Aber weil ihr Gehirn nur aus vier Zellen bestand, konnten sie, wenn sie ein neues, einsilbiges Wort lernen mussten (z.B. Goulp), sich nur an die vier zuletzt gehörten erinnern, und das wurde immer kombiniert mit den vier Stammsilben, sozusagen als Füllsel oder Klebstoff. Rita und ich bildeten uns eine Zeitlang ein, auch Shadoks zu sein und sprachen immer dann wie sie, wenn wir uns so heftig gestritten hatten, dass es nichts mehr zu sagen gab – immerhin gab es noch die Silben der Shadoks, gehäckselte Kommunikation, so wurde das genannt. Dann tauchten in den Filmen noch die Gibis auf, eine Mischung aus Hund und Amöbe, die ständig grinsten und alle Melonen trugen. Sie waren das Gegenteil der Shadoks, sie waren intelligent, eloquent, aber verletzlich und bewohnten einen zweidimensionalen Planeten, der wie ein Brett immer hin- und herwippte, während die Shadoks eine komische, amorphe Form bewohnten, die sich auch laufend veränderte. Ständig purzelten deshalb Shadoks und Gibis von ihren jeweiligen Planeten, weshalb sie gezwungen waren, ihre Planeten zu verlassen und auf die Erde zu kommen, eine Weile dort verweilten, bevor sie mit selbstgebauten Raketen wieder verschwanden. Die Gibis waren höflich, grüßten sich immer förmlich und bewahrten ihr Gehirn in ihren Melonen auf, und ihr Motto war: »Ich bin positiv enttäuscht.« Das sagten sie zu allem, auch wenn die Shadoks in ihrer Silbensprache brabbelten, und diesen Standardsatz der Gibis musste auch immer einer von uns sagen, sozusagen als kathartisches Schlussstatement, damit konnte man neu anfangen.

Ich rief Rita an, sie hob nicht ab, auch der Anrufbeantworter ging nicht an. Es war noch die Zeit der Faxe und so schrieb ich ihr eines. Ich konnte mich nicht mal mehr an unser letztes Treffen erinnern – seit der Weasel-Walter-Beichte lagen die Abstände oft ziemlich weit auseinander –, vielleicht hatten wir uns sogar zuletzt gestritten, deshalb schrieb ich nach Art der Shadoks: »Wo Bist Du Ga? Ich Ver Zo Meuss Dich. Meld Bu Dich, Hans.«

Es kam nichts zurück, weder Anruf noch Antwortfax. Ich vermisste sie, ohne sie wirklich zu vermissen, so wie man manchmal zu müde zum Schlafen ist, und das war ich in letzter Zeit oft. Ich entwickelte nachts Dinge, das heißt, ich versuchte etwas zu erfinden, das war mein Beruf. Tagsüber ging das offenbar nicht, da war ich zu abgelenkt, zu viele Reize und Rätsel, die von allen Seiten auf einen einprasselten, aber in der Stille der Nacht gabs nur mich und das, was da in meinem Kopf so herumschwamm. Ich hatte immer ein paar angedachte Ideen auf Halde, die mussten weiterverfolgt werden. So baute ich beispielsweise Prototypen für irgendwelche Sachen, Kinderspielzeug, Gimmicks, alltägliche Dinge, Laschen an Verpackungen, Sollbruchstellen, unauffälliges Zeug. Ich hatte z. B. die Idee für ein Loch – das klingt banal, war es aber eventuell gar nicht mal, so wie die eine Pfefferminzpastille mit dem Loch, das war einfach großartig, weil das Nichts, also das Loch plötzlich als Alleinstellungsmerkmal wichtiger als die Pastille selbst wurde. Mir war nämlich aufgefallen, dass die Spülmittelindustrie irgendwann das Konzentrat erfand, oder Unternehmen generell das Konzentrat in welcher Form (Sirup) auch immer erfanden, also bei Flüssigkeiten in kleineren Flaschen ein pseudoethischer Sparappell mitgeliefert wurde, an den sich natürlich niemand hielt, man zahlte mehr, aber verwendete, weil man bestimmte Dosen gewohnt war, die gleiche Menge an Flüssigkeit, weil deren Konzentration den Leuten egal oder zu abstrakt war. Dann hatte ich mal in einer Nacht diese eine Idee und baute dafür auch gleich einen Prototyp: Wenn nämlich das Loch, egal aus welcher Flasche, größer wäre, würden die Konsumenten am Ende noch *mehr* konsumieren. Natürlich ist das ein gewissenloser Beutelschneidertrick, aber wenn *ich* das nicht gemacht hätte, käme jemand anderer auf die Idee, und ich musste ja mit irgendwas Geld verdienen, also warum nicht mit einem Loch? Ich kannte professionelle Produktentwickler in Firmen, denen würde ich das neue Loch vielleicht anbieten können und versuchen, dafür ein gutes Honorar zu bekommen.

Ich trank in diesen Nächten ausschließlich Getreidekaffee und aß Spekulatius, das waren meine Aufputschmittel, dann lag ich noch etwa eine Stunde wach im Bett. Im Kopf knirschte es wie ein Motor mit Kolbenfresser, dann glitt ich in einen schlackeähnlichen Schlaf, bis zum Mittag. Ich wachte völlig orientierungslos und pseudoverkatert auf, schleppte mich entkernt durch den Tag, um mich in der Nacht wieder an diese Löcher oder Leerstellen, Laschen und Sollbruchstellen zu setzen. Irgendwann wachte ich wieder mal zerknüllt wie eine Staniolpapierkugel auf und konnte, was mir selten gelang, einen Traum in den Tag hinüberretten.

Ich hatte ein kleines Tier gefunden, ich nannte es Bilch, obwohl es ein kleiner Oktopus war, mit acht Ärmchen, halb feucht, blass wie ein Grottenolm, und einem menschlichen Gesicht. Ich musste es irgendwo aussetzen, es konnte nicht bei mir bleiben, es brauchte irgendein Feuchtbiotop. Ich steckte es unter meine Jacke, in meine feuchte Achsel, mit einem Stück Holz, an dem es hätte knabbern sollen und einem Glas Milch. Ich fand eine Stelle, wo sich wenig Menschen aufhielten, eine Art Gerümpelabstellplatz, dahinter, an einer Mauer war ein Loch. Dort setzte ich das Tier ab, es kroch gleich rein mit seinen acht Ärmchen. Ich konnte hineinsehen, weil es ein kleines Fenster hatte, es war wie eine kleine Wohnung, sie war über und über tapeziert mit Lady-Di-Postern, klein wie Briefmarken, aber für das Tier eben ausreichend groß, es aß die Bilder und lächelte. Diana schien ihm besser als das Holz zu schmecken, in dem Moment, als ich dem Tierchen sagen wollte, dass Prinzessin Diana an Rita Pavones zweiundfünfzigstem Geburtstag ums Leben kam, klingelte das Telefon. Ich hob ab, es war »meine« Rita. Ich war erleichtert, ich freute mich so sehr, das hätte ich dem kleinen Oktobilch auch noch erzählen wollen: Wer Rita ist und wie sehr ich auf diesen Anruf gewartet hatte, oder aber Rita den Traum erzählen, von dem Tier und der Prinzessin an der Wand, aber ich stammelte nur: »Rita, da bist du ja endlich. Bitte bleib bei mir. Geh nie wieder weg.« Und dann wachte ich auf. Ich war enttäuscht, ich hatte sie offenbar endgültig verloren, sie war weg, über alle Berge, wohl mit Weasel Walter durchgebrannt, aber in dem Moment dieser großen Leere und Einsamkeit, der mich benommen, enttäuscht und ausgeknockt auf meiner Bettkante sitzen ließ, meine innere Suppe inzwischen bereits mehr oder weniger lauwarm geworden und ohne Kerbel, quälte sich ächzend ein Fax aus meiner Maschine, auf ihm stand nur ein einziger Satz: »Ich bin positiv enttäuscht.«

DIVINE ERNA

An jenem Tag, als Rita beschloss, uns beide zu verlassen, ist Joy Fleming gestorben. Ich weiß gar nicht, warum ich mir das gemerkt habe, warum das überhaupt als eine weitere Kerbe im Kontext meiner emotionalen Niederlage wert war eingeritzt zu werden. Ich kenne die Tante kaum, weiß nur, dass sie sich für die Todesstrafe einsetzte, eigentlich Erna Raad hieß, 1975 beim Songcontest in Stockholm mit dem Kracher »Ein Lied kann eine Brücke sein« antrat und damit den siebzehnten, also drittletzten Platz belegte. Sie war bitter enttäuscht, noch auf dem Heimflug zeterte sie, hätten ihr die Verantwortlichen vom Hessischen Rundfunk nicht das flaschengrüne Sackkleid aufgezwungen und stattdessen »a schicke Hosnanzug« erlaubt, wäre alles besser gelaufen. Das Kleid des Unglücks hat sie später vor Wut zerschnitten und die Fetzen als Putzlappen benutzt. Nie hätte ihr Putzen und Wischen mehr Spaß gemacht, als mit diesen Lappen der Schande, sagte sie einmal. Manche kochen mit Liebe oder vor Wut, Erna hat mit Hass geputzt. Das ist alles, was ich von ihr weiß, aber ihr Lied mochte ich immer sehr und kann mich auch noch gut an ihren irren Auftritt erinnern. Eine schreiende Tonne aus Mannheim. Und dann alles auch noch angesichts der schreienden Ungerechtigkeit, dass der Sieger dieses Jahres eine mediokre Belanglosigkeit namens »Ding-a-dong« wurde, der Beitrag einer nationalen Zumutung namens Niederlande.

Am Tag, als ihr Tod bekannt wurde (man fand sie zusammengesackt auf der Fernsehcouch, die mit Tesafilm zusammengehaltene Fernbedienung noch in der Hand, es lief »Hör mal, wer da hämmert«), hatte ich am Abend einen DJ-Job, Platten aufzulegen, ein Genre namens Doo Wop, und zwar bei John Waters, dem Regisseur aus Baltimore. Ich mag ihn ganz gerne, in erster Linie, dass es ihn gibt, dass er er ist. Seine Bonmots haben eine zeitlose Gültigkeit (»Irony ruined everything«), während seine Bücher ein bisschen repetitiv vorhersehbar sind und die Filme sicher zu einer bestimmten Zeit ihre Berechtigung als Regulativ wider die repressive Moral jener Zeit hatten – dicke Transfrau wird von Hummer vergewaltigt und isst Pudelfäkalien, na, vielen Dank, dass man das jetzt nicht mehr braucht. »Cry Baby« ist und bleibt ein prachtvoller Gefängnisschwank, Johnny Depp sollte Waters ewig dankbar dafür sein, dass der Regisseur ihm vorher die Klumpfuß-Operation finanziert hat, auch »Hairspray« ist ein charmanter Tanzfilm, Rassenproblematik und Fatshaming-Thematik wird unterfüttert mit einnehmender Musik, du kriegst die volle Packung der Konflikte und als Bonus die musikalische Glasur – wer das nicht versteht, muss sofort zum Konditor. Daher, aus Filmen wie diesen, habe ich auch mein Interesse für Doo Wop, ein manisches Jagen nach raren und teuren Singles. Als geplant wurde, dass John Waters im Wiener Gartenbaukino seine pervers smarten Schnurren erzählen würde, lud mich der Kinobesitzer ein, vor und nach Waters Vortrag die Platten aufzulegen – also als Einlass- und Einstimmungsmusik –, weil er von meiner anachronistischen 45er-Sammlung wusste. Am Ende, als er jedem der Besucher jeden Quatsch (Bücher, Billetts und Brüste) geduldig signierte, stand ich direkt neben diesem elegant-sinistren Mann im maraschinokirschfarbenen Tuxedo und er nickte mir immer freundlich zu, wenn ihm ein Lied bekannt war, er es mochte oder er mir zustimmte, was für ein exquisites Genre das doch ist, dessen wir uns verpflichtet fühlen – so habe ich das Nicken interpretiert. Bei dem von Frank Zappa geschriebenen

»The Memories of El Monte« von den Penguins schickte er mir den pantomimischen Daumen der Anerkennung, bei »So Blue« von Lou Reed & The Jades erntete ich gar ein Paar große Augen wie die einer staunenden Kuh, wenn sie statt Gras einen blauen Pullover frisst, und bei The Viscaynes »Heavenly Angel« wies er eine alte Dame mit lila Haaren, die sich gerade eine benutzte Serviette signieren ließ, darauf hin, dass da kein geringerer als Sly Stone sänge, das wisse nur kaum einer. Das erzählte sie mir nach dem Signieren, als sie zu mir kam und mich bat, ihr ebenfalls die Serviette, die säuerlich nach Erbrochenem roch, zu unterschreiben, weil sie vielleicht dachte, ich wäre Waters Adjutant. Sie verwechselte allerdings den Nachnamen des Sängers auf den vier Schritten zwischen Waters und mir und sagte Stallone, aber das ist ein lässlicher und amüsanter Lapsus. Zum Abschied schenkte mir John Waters noch eine gläserne Christbaumkugel, in der eine Gummikakerlake eingearbeitet war. Der Mann hatte Stil und Geschmack, aber das wusste ich ja bereits.

Am nächsten Tag flog ich nach Japan, auch dort hatte ich einen DJ-Job, das ist zwar ein unökonomischer Irrsinn, der einen ökologischen Fußabdruck wie von Godzilla auf meiner Erdenspur hinterlässt, aber ich gehe auf die 70 zu, mein Gott, diese paar kleinen, letzten Freuden lasse ich mir auf der Zielgeraden des Lebens nicht nehmen, wer will es mir verargen, wer?

Ich hatte eine Einladung, eine Nacht lang Platten in einem Lokal namens »Planet Bar« auf der Insel Goto aufzulegen, die liegt zwei Fährstunden vor Nagasaki, und Nagasaki mochte ich schon immer. Eine eher untypische japanische Stadt, ähnelt Neapel, stinkt nach Katzenpisse, olfaktorisch offenbar mit diesem Odeur zusammengehalten, und alle Katzen haben keinen Schwanz, oder *keine* Katze hat *einen*. Die älteren Nagasakibewohner sprechen noch Portugiesisch, weil portugiesische Händler die ersten Ausländer waren, die Japan über den Hafen von Nagasaki betraten und ihnen Tempura (also die Kunst des Frittierens), Knöpfe und das Wort Danke (Obrigado, das die Japaner in der Folge zu Arrigato verwuschen) brachten. All das gab es ja bis dahin in Japan nicht, man bedankte sich einfach nicht, aß das Gemüse unfrittiert und statt Knöpfen hatte man umständliche Schlaufen. In Nagasaki findet man, wenn man genau schaut oder ein ethnografisch geschultes Auge dafür hat, überall immer wieder an Hausmauern den portugiesischen Satz »Obrigado pelos botões« (Danke für die Knöpfe).

Ich dachte, diesmal nehme ich keine Doo-Wop-Singles mit, das gehört zu John Waters und dem perfekten Abend mit ihm und ich möchte kein dogmatisch monoakustischer Plattenreisender sein, also suchte ich mir aus meinen Singles einen anderen Werkblock aus, sicher auch aus Reminiszenz an Erna Raad, lauter Songcontestlieder aller möglichen Dekaden (also eher Sechziger und Siebziger Jahre), unter Vermeidung der wirklich schlimmen Verbrechen ab dem Niedergang des Wettbewerbs durch Johnny Logan 1980, der im Grunde den Wettbewerb ermordet hat. Aber da bin ich dann auch nicht so pingelig, vor allem weil man ja immer wieder selbst in Phasen der Dürre prachtvolle Perlen findet, etwa den tragischen Thomas Forstner mit »Venedig im Regen«, ein klassischer Nullpunkter von 1991, dem in der für ihn und auch für mich so empfundenen Nacht des Schreckens und der Demütigung sämtliche Haare ausfielen. Ich liebe dieses Lied sehr und die Dramatik dahinter umso mehr, es erinnert mich immer daran, dass ich mal in Venedig war mit meiner einbeinigen Freundin Ludovica, Vica genannt, und ich sie mit dem Lied so gequält habe (»Dein Atem ganz leicht an meiner Schulter vergraben«, sinnentstellend natürlich immer die Zeilenumbruchspause nach »leicht« nicht mitgesungen). Auch passte das Lied, weil auch noch Dauerregen, also alles klamm und feucht war, Hosen, Schultern, Socken (Vica zog immer zwei Socken übereinander an, weil es sie ja nur paarweise zu kaufen gibt und sie so der Illusion anheimfiel, dass der eine Fuß zwei Füße ist und er demnach auch doppelt fröre, aber auch die schützten ihren verbliebenen Fuß vor der gemeinen Nässe nicht), und mein Gesang eher ein bitterer als ein romantischer Soundtrack war, wenn wir uns wie zwei Regenwürmer in den nassen Betten der Lagunenstadt in den Schlaf zu ringeln versuchten. Klarerweise hatte ich neben »Venedig im Regen« auch »Ein Lied kann eine Brücke sein« nach Japan mitgenommen. Ich will jetzt nicht alle Platten aufzählen und die Gründe, warum sie mitkamen, warum ich sie für passend erachtete, auch wenn es mich juckt, sonst haben wir hier wieder eine Musikliste, und die gibt's schon zur Genüge – das Genre hat bereits Nick Hornby zu Tode geritten. Aus Assimilierungsgründen kaufte ich mir kurz vorher noch einen Gakuran, eine japanische Schuluniform.

Ich kam also in die »Planet Bar«, das ist sehr nett und charmant klein und übersichtlich dort, und Überraschung: Sie hatten sogar Schlenkerla Rauchbier aus Bamberg und der Wirt trug eine Melone. Vor mir legte ein dicker Japaner auf, Matt Bianco, Rondo Veneziano, Nouvelle Vague, Kruder & Dorfmeister, *Bessergestellten-Listening*, also Musik für Leute, die sich nicht für Musik interessieren. Er hatte auch keine Platten im eigentlichen Sinn, sondern »legte« mit einem Laptop auf. Seine aschenbecherdicken Brillengläser waren ständig angelaufen, vermutlich weil selbst seine Augen vor Nervosität oder Scham angesichts seines verheerenden Musikgeschmacks schwitzten, oder er glaubte, mir etwas beweisen zu müssen, einem, der diesen langen Weg hierher auf diese abgelegene Insel angetreten war und noch dazu eine Schuluniform trug. Als ich Joy Fleming auflegte, war das für mich ein magischer Moment, die feiste Sängerin, die, das fiel mir JETZT erst auf, John Waters ältestem Kumpel aus Baltimore, Lieblingsdarsteller und ganz sicher auch Muse, Divine verblüffend ähnlich sieht (eine Frau, die aussieht wie ein Mann, der aussieht wie eine Frau, die wie ein Napfkuchen aussieht). Zur Freude der Gäste sprang ich auf den Tresen und sang laut mit.

Schau auf dein Leben
Was hat es gegeben
Jahre die drehen sich nur im Kreis
Du möchtest dich ändern
Doch niemand zerbricht das Eis

Ein Gast fragte: »Welche Sprache ist das?« Ich sagte: »Monnemsch«, weil man so in Mannheim spricht, Joys Heimat. Ich schrieb ihm das auf einen Kellnerzettel, vielleicht lernt er das eines Tages, kommt nach Mannheim und gründet einen Kult. Ich hielt ihm noch einen kleinen Vortrag mit Informationen zu der Sängerin, um ihn für seinen Kult zuzurüsten, etwa dass Joy Flemings bekanntestes Lied vor ihrem Songcontestwaterloo ebenfalls eine Brücke im Titel hatte (»Neckarbrückenblues«). Vielleicht hatte sie gedacht: Einen regionalen Brückenhit hatte ich bereits, wäre der Weg frei für einen zweiten, ein Lied ist meine Brücke von Mannheim in die Welt. Auf Monnemsch singt sie eigentlich »Brick« statt »Brücke«, der Japaner machte dann auch ein gar nicht mal so schlechtes Wortspiel: »Another Brück in the World«. Der Mann ist auf dem richtigen Weg (nach Mannheim).

Und jetzt kommts, man mag es mir nicht glauben, aber es stimmt wirklich, vielleicht bin ich ja so ein verdammter Koinzidenzenmagnet. Als ich dann irgendwann mal auf dem Klo war, eine Zigarette rauchen und das ganze Rauchbier musste ja auch mal raus, was seh ich da an der Klotür kleben? Ein Divineplakat (»The Filthiest Person Alive«). Der Wirt mit der Melone musste wohl ebenfalls ein Faible für John Waters haben, oder er wusste von meinem. Hatte ich ihm vorher von meinem Engagement in Wien berichtet, was ihn zu diesem dezenten Gruß aus dem Klo veranlasste? Ich glaube nicht, denn ich glaube an das Gesetz des Zufalls, nichts ist *nicht* möglich.

Erst später, im Verlauf des Abends ist mir im Lied der Mannheimerin eine semikafkaeske Ungereimtheit aufgefallen: Joy Fleming ignoriert mit ihrem Song eine Sache, indem sie nämlich behauptet, dass man nur eine Brücke, die aus einem Lied gebaut wird, braucht, um woanders hin zu gelangen, wenn doch am Anfang vom Eis die Rede war, über das man ja auch hätte gehen können, wozu dann also noch die Brücke bauen? Muss man erst das Gefrorene (in uns) mit der Axt zerhacken, um eine Brücke bauen zu können, um der Brücke erst die Relevanz beizumessen, die sie braucht, Brücke zu sein? Kann ein Lied denn nicht auch die Armbrust sein, für die gefrorenen Äpfel auf unseren Köpfen?

Ein Lied kann eine Armbrust sein
Und jeder Ton ist wie ein Pfeil

Aber nun ist es ja zu spät, Divine Erna einen Gedankenfehler nachzuweisen und Korrekturen zu reklamieren, jetzt schaut sie im Jenseits »Hör mal wer da hämmert« und kann nicht umschalten, gefangen in der Hölle der Komplettverblödung in Dauerschleife, das ist also die endlose Todesstrafe, die sie für andere herbeisehnte und am Ende für sich bekam.

Auf meiner Rückreise von Goto machte ich noch einen Zwischenstopp in Osaka und dort holte mich wieder der von mir so genannte Smiley-Face-Skandal meines alten Kumpels Harvey ein, weil ich bei einem Trödler einen alten gelben Wasserball entdeckte, mit einem minimalistisch stilisierten Gesicht bedruckt. Als ein Produkt der »Harvey Ball World Smiley Foundation«, wie die Aufschrift verriet, hatte es dieser »authentische« Ball also bis hierher geschafft. Der Trödler residierte im brasilianischen Viertel von Osaka, dort gibt es eine riesige Community an Japanern, die in Brasilien geboren und aufgewachsen sind, kein Wort Japanisch sprechen und aus wirtschaftlichen Gründen in die Heimat ihrer Vorfahren zurückzukehren gezwungen waren. Diese Gruppe der Rückkehrer wird Dekassegui genannt, ein portugiesisches Kofferwort, das aus den japanischen Wortteilen deru (verlassen) und kasegu (arbeiten) zusammengesetzt wird, es bedeutet sowas wie »fern von zuhause arbeiten«. Denen muss man natürlich nichts von der Kongruenz bestimmter japanischer und portugiesischer Begriffe erzählen, das ist aber auch schon die einzige Tatsache, in der sie sich irgendwie wie Wissende zu Haus fühlen können, auch wenn selbst davon die meisten dieser Rückkehrer noch nie etwas gehört haben.

In ihren Vierteln sieht man häufig diese Wasserbälle, möglicherweise als Reminiszenz an die Flagge ihrer alten Heimat, auf grünem Grund strahlt inmitten einer hellblauen Raute ein gelber Ball. Möglich allerdings, dass dieser, meiner mit einem Copyrightzeichen versehene Ball von Harvey, ebenfalls eine Produktpiraterie ist, man fälscht sogar noch das Echtheitszertifikat, falschen Brasilianern traue ich alles zu.

Ich blies im Flugzeug zurück nach Europa den Ball auf, um mir von dem gelben Gesicht meine Flugangst abnehmen zu lassen, als eine Art Airbag der Freundlichkeit. Aber im ersten Moment meiner inneren Ruhe kam eine Stewardess mit nussknackerischem Antlitz auf mich zu und hieb mit einem Korkenzieher auf den arglosen Ball ein. Das, was aus dem Ball zischte, war das, was auch aus mir zischte, die Enttäuschung angesichts einer rabiaten und rücksichtslosen Gesellschaft, aus der das Lächeln verschwunden war und weder Brücken noch Lieder mehr Eintracht zu schaffen in der Lage sind. Ich habe die Ursachen aller Konflikte und Kriege in diesem Moment gesehen. Dass das traurige Pfeifen der auszischenden Luft aus dem gelben Ball gleichermaßen an ein Furzkissen als auch an eine Akkordfolge aus dem Lied Joy Flemings erinnerte, war der letzte, sterbende Trost, der mich dann letztlich doch für einen kleinen Moment mit allem versöhnte, weil alles mit allem zusammenhängt, das muss man nur erkennen, dann kann alles wieder gut werden.

DREH DEN MOND UM

Arme kleine Peggy. Jeden Morgen sitzt eine Krähe auf ihrem Fensterbrett. Vielleicht, denkt sie, ist die Krähe auch einsam, vielleicht ist ihre Liebe fortgeflogen, nie hat ihr das Universum zugezwinkert, kein Lebewesen kann ohne Liebe leben. Peggy muss aus dem Bett, sie braucht einen Kaffee, das unterscheidet sie von der Krähe, das beruhigt sie, zumindest, was die Krähe angeht. Kaffee beruhigt sie eher nicht, durch Kaffee spürt sie sich. Das ist schmerzlich, aber notwendig. Sie bildet sich ein, jemand hätte sie in der Nacht angerufen, aber sie hat den Hörer ja neben den Apparat gelegt, weil sie nicht geweckt werden wollte von dem Anruf, vor dem sie solche Angst hatte. Niemand sucht nach ihr, weil man sie kaum noch findet im Schatten ihrer eigenen Gedanken. Denn sie ist nur ein Mädchen, an die die Erinnerung mit der Zeit weggewischt werden wird, das ahnt sie und das ängstigt sie. Sie sagte oft: Ich möchte entscheiden, ob ich gesehen werde oder nicht, ich habe keine Kraft mehr, weiter übersehen zu werden. Und am Ende wurde sie dann ja auch nicht übersehen, aber das war das einzig Nennenswerte, was von ihr in Erinnerung blieb, der Rest ist weggewischt, sie hat es geahnt.

Ich wusste nicht viel von Peggy Entwistle, aber von denen, die etwas mehr über sie wussten, wussten wohl die wenigsten, dass sie Schreibambitionen hatte, vielleicht als eine kleine Flucht in Parallelwelten. Sie hatte eine zündholzschachtelkleine Biografie verfasst, wahrscheinlich bereits in New York. Was sie schrieb, blieb unveröffentlicht, nach ihrem Tod fand man in ihrem

Apartment in Los Angeles in einem ihrer Koffer nicht nur das Manuskript dieses Berichts über einen vergessenen Mystiker namens Werner von Linné, sondern auch ein kleines Museum. Gerade das, was in einem Koffer Platz fand, symbolische Gegenstände seines Lebens und Wirkens, dreidimensionale Illustrationen, wenn man so will – zumindest was Peggy sich imaginierte, was ihn abbildete, wie sich dieser einsame Mann im Exil seiner eigenen Korpulenz die Welt »da draußen« vorgestellt und letztlich gemacht hat.

Werner von Linné (1715–1781) war der jüngste, aber dickste von sieben Brüdern Carl von Linnés (1707–1778), des bekannten schwedischen Naturforschers, der mit der binären Nomenklatur die Grundlagen der modernen, systematischen botanischen und zoologischen Taxonomie schuf. Von seinem Bruder Werner weiß man fast nichts mehr, nur dass es ihn gab und dass er sich ausgiebig der Erforschung der Fliegen gewidmet hat, Stubenfliegen, weil er offenbar recht unbeweglich, scheu und generell empfindsam dem Leben gegenüber war und sich vermutlich ausschließlich in der elterlichen Wohnstube aufhielt. Dass man überhaupt etwas von Werner weiß, verdanken wir seinem Bruder Carl. Dann geriet er in Vergessenheit, bis Peggy diesen hauchdünnen Faden aufgriff und weiterspann, bis sie selbst zu so einem dünnen Faden wurde.

Carl erwähnt Werner kurz in einer Randnotiz des ungewöhnlich privaten Textes in den »Post-och Inrikes Tidningar« unter der Überschrift »Broder Werner sitter där som sin egen dödssynd«, er schrieb: »Der Bruder Werner sitzt da wie seine eigene Todsünde, ein schwerer Sack, der sich nicht alleine tragen kann, er fühlt die Einsamkeit eines Schandflecks, aber ist geistig alles andere als unbeweglich, er ist rege und angefüllt, mit dem Kopf voller Fliegen, anwesend und gleichermaßen in Sphären, empfindlich und empfänglich für Sinn und Ideen, eine schamhafte Sinnpflanze.«

Offenbar verstand er Werners Wesen und seine Unbeweglichkeit nicht, aber gab ihm seine Berechtigung im Leben, einen Platz, wie er jeder Daseinsform zusteht. Er hat ihn nicht verleugnet aber auch nicht *nicht* verleugnet.

Und vielleicht hat diese Fußnote Peggy irgendwo entdeckt, hatte Mitleid mit diesem aus Einsamkeit geformten Leben und hat versucht, ihm wieder etwas von seinem verpassten Leben zurückzugeben. Vielleicht, weil sie sich selbst in ihm am Ende ihres kurzen Lebens sah. Sie schreibt, Carl hielt ihn für eine Mimose, denn den Begriff »schamhafte Sinnpflanze« verwendete er auch für diese Hülsenfrüchtler.

Carl von Linné weist in seinem Artikel auch, laut Peggy, auf einen Aufsatz seines Bruders hin, zu dem zu schreiben er ihn vermutlich sogar angehalten hat: seine aphoristischen Beobachtungen, die Fliegen betreffend. Da erfahren wir unter der etwas arabesken Überschrift »Ben har inga själar, själar har ingen märg, du kan bara bryta hjärtan av kvarts« (Knochen haben keine Seele, Seelen kein Mark, brechen kann man nur Herzen aus Quarz) etwas über die Herkunft der Stubenfliegen, die, wie er es in dem metaphysischen Traktat poetologisch formuliert, aus einer Mischung aus Lethargie und festem Gestein konstruiert sind – offenbar ein Wunschbild seiner selbst. Peggy vermutet, dass er damit seine Homosexualität umschrieb. Es gäbe, behauptet er, keine Freundschaft unter den Fliegen, nur abgestumpfte Rücksichtslosigkeit, aber auch einen unbedingten und wendigen Willen, einfach »zu sein«, was in dem Kunststück gipfeln würde, ohne große Mühe an der Zimmerdecke landen zu können. Genügsam und empathielos wie ein Stein und dabei geschickt zu sein, das würde sie weit resilienter als uns Menschen machen. Wobei sie noch zusätzlich auf ein Interesse an Kunst, Liebe, Gott, Schmerz und Humor verzichtet hätten, als seien das lässliche Ornamente des Lebens. Was wiederum die Menschheit misstrauisch, ja, eifersüchtig gemacht hätte und sie Gründe fand, die Fliegen zu stigmatisieren, ohne sie ausrotten zu können, was in der Folge die Menschen nur *noch* wütender machte und sie anfingen, sich vor Wut stattdessen selbst auszurotten.

Peggy hat ihren kleinen Text über Werner von Linné in einem hektografierten und genähten Büchlein zusammengefasst und ihn selbst etwas wunderlich in einer Vignette beschrieben: »Er brachte Schulmädchen vom Wege der Frömmigkeit ab, indem er in Hörweite unkeusche Geschichten erzählte, von Fliegen, die wie die Welt sind und vom Quarz der frommen Körper dieser Mädchen, auf die sich die Fliegen setzen und ungeniert ihren tastenden Rüssel wie blöd herumtanzen lassen.«

Von diesem kleinen Büchlein gibt es, soweit man weiß, nur dieses eine Exemplar, es ist nicht bekannt, dass von ihr intendiert war, es an Interessierte weiterzugeben, etwa an Freunde und Bekannte, oder ob sie es vielleicht als Prototyp Verlagen angeboten hätte. Der letzte Satz ihres Traktats lautete: »Hier war ich nun, klug genug, die Tür aufzuschließen und wegzugehen – danach bist du auf dich allein gestellt. Peggy Entwistle, New York City, 1931.«

Werner von Linné starb, laut Unterlagen des Kirchspiels Stenbrohult, am 29. Februar 1781 in Råshult, in der schwedischen Provinz Småland. Seine letzten Worte sollen »Dreh den Mond um« gewesen sein. Er wog bei seiner Beerdigung 171 Kilogramm, und für seinen Leichnam musste im Familiengrab Platz für zwei geschaffen werden, weshalb man die sterblichen Überreste seines Bruders Carl umbetten musste. Er hatte also am Ende seinen übermächtigen Bruder buchstäblich verdrängt. Der Legende nach waren mehr Fliegen bei der Trauerfeier anwesend als Menschen.

All das trug Peggy also zusammen, woher auch immer, vielleicht hatte sie Zugang zu naturwissenschaftlichen Schriften aus jener Zeit, vielleicht sprach sie sogar Schwedisch, sicher ist, dass sie, das fand man in ihrem Nachlass, einen Nutzerausweis der New York Public Library in der Fifth Avenue besaß. Alles, was sie (wohl von dort) an Informationen auflas und zusammentrug, zeugte von großer Anteilnahme und Interesse an einem – gerade für junge Frauen wie sie, und zu jener Zeit – nicht gerade naheliegendem Gebiet. Die ergänzenden Artefakte zu ihren volatilen, biografischen Notizgirlanden umfassen kleine aus Büroklammern gebogene Fliegen mit filigranen aus Butterbrotpapier gefalteten Flügelchen, getrocknete Pflanzen, einen ausgestopften Fisch, verschiedene Quarze, eine gestrickte Scheibe Salami und zahlreiche Zeichnungen. Das ganze ist wie eine Wunderkammer, mit der niemand gerechnet hat, nachdem *es* passiert ist. Niemand wusste, was das ist, was man dort vorfand. Wer war dieser Mensch, der da in dem abgewetzten Pappkoffer in diesem schäbigen Apartment wie ein Geist aus der Flasche entwich, wenn man noch nicht mal genau wusste, wer Peggy war, die auftauchte, um zu verschwinden?

Peg Entwistle wurde als Lilian Millicent Entwistle am 5. Februar 1908 in Port Talbot, Wales geboren. Ihren ungewöhnlichen zweiten Vorname Millicent, auf den selbst zur Zeit ihrer Geburt nur 0,009 Prozent der neugeborenen Mädchen weltweit getauft wurden, war sie nicht unstolz. Er hatte etwas, was sie als »iridescent dragonflyesque« (schillernd libellenhaft) bezeichnete, aber sie traute sich nicht, vielleicht aus adoleszenter Bescheidenheit, sich so vorzustellen, und ihren ersten Namen mochte sie aus unerfindlichen Gründen nicht, also nannte und stellte sie sich schon in jungen Jahren stets als Peg vor, womit sie eine gewisse Burschikosität auszudrücken beabsichtigte.

Im März 1916 übersiedelte die Familie mit dem Schiff SS Philadelphia nach New York. Beide Eltern (Robert Symes Entwistle und dessen Frau Emily) waren Schauspieler. 1921 starb ihre

Mutter an Meningitis, ihr Vater wurde am selben Tag von einem Auto überfahren und erlag seinen Verletzungen noch am Unfallort, der auf der Park Avenue und 72nd Street stattfand, wobei der Verursacher Fahrerflucht beging. Später fand man aber heraus, dass der Tote gar nicht Peggys Vater war, sondern der Fahrer selbst, der einen tödlichen Herzinfarkt erlitten hatte, und von Robert Entwistle in Windeseile aus dem Fond gezerrt und vor das Auto gelegt wurde, während ihm Entwistle unauffällig seine Papiere in die Jacke schmuggelte und einfach verschwand.

Peggy Entwistle wuchs anschließend bei ihrem Onkel, Harold Entwistle, in Los Angeles auf, der sie als Manager des Hollywood-Schauspielers Walter Hampden mit dem Beruf in Verbindung brachte.

Walter Hampden gab Entwistle im Alter von 17 Jahren die Rolle der Hedvig in einer Broadway-Inszenierung von Henrik Ibsens »Die Wildente«. Nachdem sie das Stück gesehen hatte, sagte Bette Davis zu ihrer Mutter: »Ich möchte genau so sein wie Peg Entwistle.« Einige Jahre später wurde Davis von der Regisseurin Blanche Yurka gefragt, ob sie Hedvig spielen wolle und Davis antwortete, dass sie, seit sie Entwistle in »Die Wildente« gesehen habe, eher die Wildente spielen würde, als die Hedvig. Dennoch sei Entwistle ihre Inspiration gewesen, Schauspielerin zu werden und nicht Ornithologin.

Zwischen 1925 und 1932 spielte Entwistle in einigen Broadway-Produktionen und bekam überwiegend gute Kritiken, dennoch war etwas in ihr unzufrieden. Sie wollte zum Film, sie wollte berühmt werden, Ruhm als Beweis, dass man existiert. Sie kehrte von New York nach Los Angeles zurück, weil sie im Mai 1932, auf dem Höhepunkt der Weltwirtschaftskrise, ein Engagement im Belasco Theatre erhielt, sie spielte eine Rolle in dem Romney-Brent-Stück »The Mad Hopes« mit Billie Burke in der Hauptrolle, in dem auch der junge Humphrey Bogart reüssierte. Hier wurde sie von einem Vertreter der RKO-Studios entdeckt und bekam eine erste Rolle im Film »Thirteen Women«, einer kruden Mischung aus Kriminal- und Horrorfilm. Er wurde allerdings ein Flop, der Produzent David O. Selznick musste sein Werk von ursprünglichen 74 auf 59 Minuten kürzen. Den Schnitten fiel auch der größte Teil von Peg Entwistles Rolle zum Opfer, am Ende blieben von den 13 toten Frauen nur noch 10 übrig, also ist der Titel alleine schon eine Mogelpackung.

In dieser Zeit lernte ich sie kennen, wir gingen ein paarmal aus, sie klagte mir, wie einsam sie sei, »einsam wie in den leeren Armen eines Spielzeugsoldaten«, und dass nur Bekanntheit das ändern könne. Langsam gingen ihr auch die finanziellen Mittel aus, sie lebte ganz bescheiden in einem kleinen Zimmer in den De Longpre Apartments im schäbigen Canterbury Knolls District, die Unterkunft kostete 29 Dollar im Monat. Vor dem Fenster saßen immer Krähen, die sie mit Erdnüssen fütterte. Einmal sagte sie: »Ich spiele am liebsten Rollen, die Überzeugungskraft haben. Es ist gleichzeitig so einfach wie schwierig, denn wenn man diese Balance nicht trifft, muss man das durch Reden erzeugen, was einem mit Körpersprache nicht gelingt, dabei fällt die ganze Charakterisierung in sich zusammen. Ich habe das Gefühl, dass ich mich selbst betrüge. Ich weiß nicht, ob andere Schauspielerinnen genauso reagieren, aber es macht mir Sorgen. Ich wünschte, ich wäre eine dieser Krähe vor meinem eigenen Fenster.«

Dass sie sich damals schon mit Werner von Linné beschäftigte, wusste ich natürlich nicht, sie erwähnte ihn ein paarmal, aber ich weiß nicht mehr in welchem Zusammenhang. Ah, ich weiß wieder, immer wenn nämlich in ihrem Zimmer eine Fliege auftauchte, wurde sie panisch, jagte das Tier mit einem Handtuch, bis sie das Insekt erschlagen hatte. Sie sagte, die Fliege sei der kleinste Vogel, und ein Vogel, der versehentlich in ein Haus geflogen ist, sei ein Zeichen für den baldigen Tod des Bewohners. Die noch kämpfende Seele suche kurz vor dem Tod einen Ausweg aus dieser Welt in Form eines Vogels. Und in diesem Zusammenhang erwähnte sie Werner, einen dicken Schweden, der mit Fliegen als Haustieren in Eintracht gelebt hätte, beinah wie ein Hirte der Hautflügler, sogar mit ihnen kommunizieren hätte er können. Ich verwies das ins Reich der Fabeln, sie lachte und meinte, dass Werner den Zumutungen des Lebens etwas dawider setzen konnte, was der Welt zu seiner Zeit noch nicht sichtbar gewesen ist.

Peggy war einfach eine sensible, einsame und abergläubische Schauspielerin, die sich durch Stubenfliegen aus dem Konzept bringen ließ, Krähen mit Erdnüssen fütterte und auf Engagements hoffte. Aber das Telefon klingelte nie.

Wenn man seinen Hals ein bisschen verrenkte, konnte man das nächtlich mit insgesamt etwa 4.000 Glühbirnen beleuchtete HOLLYWOOD-Zeichen in den »Hills« sehen, einem Verhau aus alten Telefonmasten, Rohren, Drähten und diversen Holzteilen, auf den unzählige weiße Metallplatten genagelt waren. Einmal am Tag musste sie dort hinschauen, auch wenn das Zeichen, wie sie bitter konstatierte, nie zurückschauen würde.

Das Zeichen war baufällig und das Kulturamt der Stadt sammelte Geld für die Instandhaltung. Der prominenteste Spender war Groucho Marx, der für 26.000 Dollar Pate eines der drei Os wurde (später hat er es testamentarisch dem Rocksänger Alice Cooper vermacht). Unter dem ersten L lebte Eden Ahbez. Eden war ein früher Aussteiger, Hippie hieß das später. Er behauptete, als Rohköstler mit einem Betrag von drei Dollar wöchentlich auskommen zu können, hielt an Straßenecken Vorträge über die Mystik Tadschikistans, trug Gedichte von Ludwig Uhland vor und machte seltsam atonale Musik, zu der er miaute wie eine eifersüchtige Gebüschkatze. Er bestand darauf, dass man seinen Namen ausschließlich in Kleinbuchstaben schrieb, seine Begründung war, dass Majuskeln »dem Göttlichen« vorbehalten sein sollten, von Freunden und Verwandten ließ er sich ahbe nennen, auch wenn man kleine Buchstaben nicht anders ausspricht wie große.

Wir sahen Eden Ahbez, der eigentlich Alexander Aberle hieß, immer wieder. Peggy meinte, er hätte irgendeine Aura, irgendwas, was sie an jemanden erinnern würde, allerdings trotz seiner Barfüßigkeit und seinem langen Bart nicht an Jesus Christus. Vielleicht war es der Wunsch, der Zausel wäre ihr verschollener Vater, dessen Abwesenheit sie Zeit ihres kurzen Lebens nie akzeptieren konnte. Oft stand Ahbez an einer Straßenecke in der Nähe der »Alhambra Cocktail Lounge« und jaulte begleitet zu einer aus Obstkistenbretten zusammengenagelten Gitarre seine schaurigen Lieder. Aber einmal als wir vorbeikamen, sang er überraschenderweise nichts Disharmonisches, sondern ein wunderschönes Lied. Eine kleine Menschengruppe hatte sich um ihn gebildet, man war von der Weise ganz verzaubert. Ich sprach ihn an, von wem das sei, er sagte, das hätte er selbst komponiert und eigentlich für Nat King Cole geschrieben. Wir hielten ihn für einen Phantasten, aber Cole sang das Lied kurz danach tatsächlich, es wurde sehr bekannt, man hörte es ständig im Radio und in der Folge verhalf er dadurch auch Ahbez zu etwas Geld und Ruhm. Das Lied hieß »Nature Boy«. Abhez änderte allerdings seinen Lebensstil nicht und lebte weiterhin unter dem L, allerdings inzwischen unter dem zweiten, so als könne er sich durch seinen bescheidenen Wohlstand einen Wohnungswechsel leisten.

Als ich Peggy wieder mal besuchen wollte, war sie nicht da. Ich hoffte, dass sie zu einem Vorsprechen eingeladen war und ging wieder. Auch am nächsten Tag kam ich, als Gastgeschenk hatte ich sogar die »Nature Boy«-Single besorgt, ich wusste, dass ich ihr damit eine Freude machen konnte, aber wieder war niemand da. Das wiederholte ich noch an zwei weiteren Tagen. Langsam begann ich mir Sorgen zu machen, als ein Polizeiwagen vor ihrem Apartment hielt. Die Officer fragten, ob ich in irgendeinem verwandtschaftlichen Verhältnis zu Peggy stünde. Ich sagte, ich sei nur ein Freund, und fragte, was denn passiert sei? Sie erzählten, dass eine Frau unterhalb des Hollywoodland-Schildes einen einzelnen Frauenschuh, eine Handtasche und eine Jacke gefunden hätte, und weil sie in der Handtasche einen Abschiedsbrief fand, alarmierte sie die Polizei. Die fand eine weibliche Leiche in der Schlucht 40 Meter unterhalb des 15 Meter hohen Schildes, inmitten eines Kakteengebüschs. Der Abschiedsbrief enthielt lediglich folgende Zeilen: »Ich habe Angst, ich bin ein Feigling. Es tut mir alles leid. Hätte ich das schon vor langer Zeit getan, hätte ich mir viel Schmerz erspart. P.E.«

Entwistle blieb deswegen die relativ lange Zeit von vier Tagen unerkannt, weil sie keine Papiere bei sich hatte. Erst ihr Onkel, den sie am Tag ihres Verschwindens besuchen wollte, führte den in den »LA Times« veröffentlichten Abschiedsbrief und die Initialen zu einem Bild der Tragödie seiner Nichte zusammen und benachrichtigte die Polizei, um wen es sich bei der Toten handelt. Man rekonstruierte den Tathergang, dass sie ohne Schuhe, Jacke und Handtasche über eine Arbeitsleiter auf die Spitze des H geklettert und in den Tod gesprungen sei, an jenem Abend, als der Film »Thirteen Women« Premiere hatte, aus dem ihre Rolle geschnitten wurde, und wohin man sie auch nicht eingeladen hatte. Sie war zu dem Zeitpunkt erst 24 enttäuschte Jahre alt.

Wohin ihr zweiter Schuh verschwand, blieb ebenfalls lange unklar, wer sollte einen solchen mitnehmen? Irgendwann fanden spielende Kinder einen halbverwesten Marderhund im Gestrüpp, im Maul steckte der Schuh, er wollte ihn wohl fressen, war dann aber daran erstickt und verendet.

All das bekam der Bewohner des Ls, Eden Ahbez, nicht mit, denn er tourte, als sich die Tragödie ereignete, mit seiner Holzkistenklampfe durch Südkalifornien und sang seinen »Nature Boy« an jeder Straßenecke. Und als er zurückkam, wurde er ein paar Wochen später beim Überqueren einer Straße (Pacific Coast Highway / Lincoln Boulevard) von einem Auto erfasst. Der Zufall wollte es, dass der Unfallverursacher kein Geringerer war, als Peggys verschwundener Vater.

Er war es natürlich nicht, das wäre zu symmetrisch in seiner bitteren Harmonie, aber beim Sichten von Peggys Habseligkeiten mit all den von ihr gesammelten Notizen über und Erinnerungen an Werner von Linné, bildete ich mir immer ein, dass alle in ihrer Art beschädigten Protagonisten – Peggy, ihr geflüchteter Vater, Werner von Linné und Eden Ahbez – auf eine verschnörkelte Art zusammenkommen könnten, um gemeinsam das Lied zu singen, dass sich der Kreis des Lebens schlösse.

»The greatest thing you'll ever learn / Is just to love and be loved in return«.

SCHRÄNKE

An einem heißen Sommertag im Jahr 1958 steigen zwei Männer, die einen Kleiderschrank mit einer Spiegeltür schleppen, aus der Ostsee an den Strand von Sopot in Polen. Woher sie kommen, ist nicht klar, sie schleppen das Ungetüm aber mit großem Eifer und angestrengter Ernsthaftigkeit an Land. Beide sind aufeinander angewiesen, denn alleine lässt sich das klobige Möbelstück nicht transportieren, nur gemeinsam kommen sie voran. Der eine hat eine Mütze auf dem Kopf und seine Hose wird von Hosenträgern gehalten, dem anderen wird das Haupthaar schütter, er trägt ein Ringel-T-Shirt und hat einen Anflug von Bart. Am Strand rasten sie und schütteln sich das Wasser aus den Ohren. Sie betrachten sich im Spiegel, der eine wringt seine Mütze aus, dann tanzen sie um den Schrank, eine Art Beatnik-Shuffle. Sie tollen herum wie Kinder, einer macht einen Purzelbaum, es geht ihnen gut, sie freuen sich. Mit neuer Kraft und neugieriger Aufbruchsstimmung schleppen sie den Schrank in die Stadt, versuchen mit ihm in eine Straßenbahn zu kommen. Ein paar Passagiere wollen das verhindern, andere helfen, es gelingt nicht, der Schrank ist zu groß. An einem Schaufenster sehen sie ein junges Mädchen, das einen Singvogel in einem Käfig betrachtet. Beide sind angesichts des Mädchens ganz entzückt, sie lächeln ein schadhaftes Lächeln, aber das Mädchen fühlt sich irritiert und geht weg. Sie laufen dem Mädchen nach, ohne Schrank, umtändeln es und bitten es zu warten, sie müssten den Schrank noch holen, ohne ihn gehe es leider nicht. Als das Mädchen die beiden mit dem Möbelstück sieht, verlässt sie ihren Warteort. Die Vagabunden sind ihr nicht geheuer, die ihr nur enttäuscht und mit langen Blicken nachsehen können, weil sie dem Schrank ja auch irgendwie verpflichtet sind. Sie dringen weiter in die Stadt vor, werden passive Zeugen eines Taschendiebstahls und betreten mit dem Schrank eine volle Gaststube, werden allerdings vom Kellner wieder rauskomplimentiert. Als nächstes sitzen sie auf dem nun liegenden Schrank und essen einen Räucherfisch, den sie in der Mitte durchbrechen und teilen, der Spiegel ist ihr Tisch. Es beginnt zu regnen, sie suchen sich ein Hotelzimmer, werden aber abgewiesen, während eine Familie mit sehr vielen Koffern aufgenommen wird, Gepäck ist also nicht gleich Gepäck. In einer Kurmuschel sind vier junge Männer damit beschäftigt, Äpfel zu essen und eine Katze mit Steinen zu bewerfen, bis sie stirbt. Die Rowdys ziehen weiter, auf der Suche nach weiteren Opfern, treffen auf eine junge Frau, die sie mit der toten Katze, die sie als Trophäe ihrer Mannbarkeit mitgenommen haben, quälen wollen. Aber in diesem Moment schieben sich die zwei Männer mit dem Schrank zwischen den Plan, die Frau ist gerettet, aber die jungen Männer sind wütend. Es kommt zu einer Prügelei, bei der die Möbelträger zusammengeschlagen werden und der Spiegel des Schranks zu Bruch geht. Auf dem Gelände eines riesigen Fassdepots rasten und regenerieren sie sich, bis sie der Fasswart entdeckt. Er will sie vom Gelände schmeißen und verprügelt sie mit einer Daube. Sie fliehen und werden wieder passive Zeugen eines Verbrechens, ein Mann erschlägt einen anderen mit einem Stein. Wieder kommen sie zum Strand und schleppen den Schrank durch ein von einem Kind mit einem Eimerchen gebautes Sandstelenfeld, bevor sie wieder im Meer verschwinden.

Diese Geschichte schickte ich irgendwann Judith Schalansky. Aber dazu muss ich vorausschicken, wie es dazu kam. Ich muss etwas zurückspulen: 2012 bekam ich den mit 5.000 Euro dotierten Wolfgang-Koeppen-Preis in der Stadt Greifswald. Wie es dazu kam, ist eine etwas heikle Geschichte, zwei Jahre zuvor erhielt den Preis der Autor Joachim Lottmann, mit dem ich mal vor sehr langer Zeit befreundet war, bis etwas sehr Hässliches passiert ist, so hässlich, dass ich mich schäme, es zu erzählen. Es hat etwas mit Verrat zu tun, und ich warte noch, bis ich frei bin, darüber detailliert reden zu können. Der Koeppen-Preis wird alle zwei Jahre vergeben, und der nächste Preisträger jeweils vom aktuell Ausgezeichneten bestimmt. Lottmann war von Sibylle Berg vorgeschlagen worden, und als nun Lottmann Preisträger war, bot ich ihm einen Teil des zukünftigen Preisgelds (die exakte Summe werde ich nicht nennen), wenn er mich als seinen Nachfolger verschlagen könnte – und so kam es auch. Ich wollte den Preis aber eigentlich nur, um ihn dann zwei Jahre später Judith Schalansky geben zu können. Ich schätze sie über alle Maßen, das, was sie schreibt, gestaltet und was sie herausgibt. Ihr Œuvre ist ein von ihr bis ins Kleinste kontrolliertes Gesamtkunstwerk, alles greift ineinander, Aussehen und Inhalt. Noch dazu stammt sie aus Greifswald, eine Gegend, in der ich als Kind mit meinen Eltern meine Sommer verbrachte. Allerdings nur, solange es noch die DDR gab, danach hatte die Gegend für uns und insbesondere für mich ihren Reiz verloren. Ich war nie wieder in der Gegend, an der Ostsee, am Bodden, in Prerow, das Kinderbuch »Lütt Matten und die weiße Muschel« von Benno Pludra, ein Buch, in das wir uns beide geträumt hatten, all das war inzwischen sehr weit weg. Durch meine kleine Preismanipulation hätte ich nun die Gelegenheit, so war der Plan, wieder an all die Orte meiner glücklichen Kindersommer zurückzureisen, das alles noch einmal nachzustellen, oder zu suchen, wo sich das Glück versteckt hat. Denn das Glück, das hatte ich schon lange, sehr lange aus den Augen verloren.

Und dann 2012, als ich tatsächlich den Preis von Lottmann überreicht bekam – mein Plan ging also auf –, blieben wir in der Stadt, machten keine Ausflüge an die Ostsee. Es regnete auch die ganze Zeit, alles wurde sehr ungemütlich und unpersönlich, weil wir merkten, dass wir uns im Grunde nichts mehr zu sagen hatten, wir diesen Preis eigentlich dazu brauchten, um uns voneinander zu trennen. Wir saßen nach der Verleihung mit den Honoratioren der Stadt im Rathauskeller, ich schob ihm unterm Tisch dezent den Umschlag mit der Bestechungssumme zu. Wir betranken uns und mir ging es auch nur deswegen gut, weil ich in Gedanken schon zwei Jahre weiter war, wenn ich Judith Schalansky den Preis weitergeben würde. Dann müsste ich mich eben nicht betrinken, sondern würde stattdessen mit ihr barfuß durch heiße Kiefernwälder zum weißen Ostseestrand storchen, wo sie mir ihre Kindheit zeigte und ich versuchen würde, das mit den Bildern meiner Erinnerung abzugleichen. Die Koordinaten des Glücks, vielleicht wären sie an irgendeinem Punkt, einem Geruch, einem Licht, einem Geschmack deckungsgleich.

Und so kam es dann auch. 2014 traf ich sie, man hatte sie kurz vorher über ihren Preis informiert, den sie aus meiner Hand bekommen würde. Ich musste, bis es offiziell wurde, Stillschweigen bewahren, wir hatten uns dann ein bisschen ausgetauscht, den Lottmann-Deal erwähnte ich nicht, nur am Rande, dass ich ihn kenne. Ich merkte schnell, dass sie so ihre Probleme mit ihm hat, das wollte ich aber auch nicht weiter vertiefen, sie meinte nur, dass ihr diese Art der Literarizität des »Zu-Tode-Lobens« immer das Gefühl gibt, als würde jemand ständig nachcremen, aber ich wusste ja, Lottmann polarisiert eben, Old Graubrotgesicht nannten sie ihn in der Branche, wen interessiert da noch mein Rochus?

Und wir machten dann tatsächlich, weil ich es mir von ihr wünschte, diese Ausflüge in unsere Kindheiten, auch wenn ihre

Kindheit 19 Jahre jünger ist, und sie 9 war, als die DDR unterging und für mich ihren Reiz verlor.

Bei einem dieser Ausflüge lobte ich sie für ihre Naturkundenreihe, all die liebevollen, kleinen Bände über Igel, Quallen und Brennnesseln, die inzwischen schon zu einer stattlichen Reihe angewachsen war, und wie gerne ich Teil dieser Familie wäre. Wie sehr wünschte ich mir das, und nun ging ich mit der Herausgeberin am Saum der Ostsee, mit nackten Füßen, und mir fiel kein Tier ein, das ich ihr vorschlagen könnte, um in die Reihe aufgenommen zu werden. Mit einem Mal war da *doch* etwas, ich dachte an den Debütfilm von Roman Polanski, »Zwei Männer und ein Schrank«, den er noch in Polen drehte. Als ich ihn erwähnte, sah sie mich ungläubig an und fragte vorsichtig, weil sie den Film wohl nicht kannte, welches Tier denn da mitspielen würde, ob ich Holzwürmer meinte, Kleidermotten vielleicht? Ich erklärte, nein, kein Tier, es ist nur der Schrank, ein kleiner Band über Schränke, das würde mir vorschweben, es gäbe doch so einige dieser Möbel, denen in verschiedenen kulturellen Bereichen animistische und unheimliche Schlüsselrollen zugeschrieben werden, der böse Wolf und die sieben Geißlein, die sich im Uhrenkasten verstecken beispielsweise. Oder in Erich Kästners Theaterstück »Klaus im Schrank«, da hören zwei von ihren Eltern vernachlässigte Kinder im Radio auf dem »Gabelsberger Sender« die Anweisung, in den Schrank zu gehen, wo sie von Charlie Chaplin und Jackie Coogan als Protagonisten eines Lehrfilms besetzt werden, in dem es darum geht, wie man Erwachsene erzieht.

Weniger wild geht's in »Der Schrank« zu, einer Kurzgeschichte der Literaturnobelpreisträgerin Olga Tokarczuk, da schafft sich ein Ehepaar für seine neue Wohnung einen Schrank (den der Mann streichelt wie eine Kuh) an, renoviert die neue Bleibe, entrümpelt sie, und als alles getan ist, steht die Frau tatenlos vor dem Schrank und hat das Gefühl der Unsinnigkeit ihrer Exis-

tenz. Zunächst stellt sie fest, dass in dem Möbelstück alles ununterscheidbar ist, nichts mehr eine Form oder ein Geschlecht
hat, »ab dem Zeitpunkt war er ein großer Trichter in unserem
Schlafzimmer«, sie verbringt ihre Zeit anfangs nur kurz im
Schrank, dann erledigte sie morgens nur die allernötigsten
Dinge und exiliert gleich darauf, so als sei der Trichter ein Sucht-
kanal, ganze Nachmittage in den Schrank. »Drinnen spielte es
keine Rolle, welche Tageszeit, welche Jahreszeit, welches Jahr es
war. Es war immer samten. Ich ernährte mich von meinem eigenen Atem.« Später verschleppt sie nachts ihren schlaftrunkenen
Mann ebenfalls in das Möbel, das unveränderlich, mächtig und
verlockend die Wohnung dominiert. »In ihm war genug Platz für
zwei, also die ganze Welt, unsere Atemzüge, die sonst abgehackt
und unregelmäßig gewesen waren, fanden einen gemeinsamen
Rhythmus, und es gab keinen Unterschied zwischen uns.«

Auch in Thomas Manns »Der Kleiderschrank« wird dieser
Ort ein Angebot für metaphysische Lösungen, hier trifft sich
allabendlich ein Mann mit einem nackten Mädchen, das ihm
traurige Geschichten erzählt, das aber verschwindet, sobald er
seine Hände nach ihm ausstreckt.

Judith Schalansky unterbricht mich kurz, stoppt meine Lokomotive der ungeordneten Beispiele forcierter Düsternis, indem
sie eine ihrer Augenbrauen in Skepsis hochzieht. Sie fragt,
ob wohl Freud diese Geschichten und insbesondere die vom
Mann von Mann kannte, ob da nicht seine, Freuds »Fälle« mit
reinspielen würden oder wegschwämmen. Ich konnte das nicht
beantworten, durchaus möglich, letztlich aber auch irrelevant
für einen Schrank.

Eine weitere Variation des Themas, so fuhr ich fort, ihr auf-
zuzählen, ist Willhelm Genazinos Essay über den »Professor im
Schrank«, gemeint ist Adorno, der zum Lachen in den Schrank
ging, weil er das Lachen generell, auch sein eigenes, als einen

ungebetenen Gast empfand. Das Lachen als Affirmation des Falschen, das versteht man ja auch, die meisten Menschen können einfach nicht lachen, also *richtig* lachen. Sie, Schalansky lacht ein einnehmendes Lachen, ich spürte, sie verstand mich. Ich zählte weitere passende Schränke auf, all die Möbel, die mir so diesbezüglich einfielen, ich wollte die Assoziationsschraube immer fester drehen.

»Blue Velvet«, der Voyeur im Schrank, der dort erst die ganzen Zusammenhänge des Schreckens, dem Dorothy Valance ausgesetzt ist, um ihr entführtes Kind und ihren Mann mit dem abgeschnittenen Ohr wiedersehen zu dürfen (»Tu es für Van Gogh«), begreift und der sich, inzwischen zum Zeugen geworden, am Ende wieder an diesen Ort flüchtet, wenn der böse Frank Booth kommt, um ihn aus dem Weg zu schaffen. Im Pulp-Song »Babies« wird die Geschichte eines Jungen erzählt, der so besessen davon ist, die Schwester seiner Freundin beim Sex zu hören, dass er beginnt, sich in ihrem Kleiderschrank zu verstecken, um durchs Schlüsselloch auch zu sehen, was er bisher nur durch die Wand gefiltert gehört hat. Als die Schwester den Jungen in ihrem Kleiderschrank entdeckt, haben sie Sex, bis die beiden von der entsetzten Freundin erwischt werden. Er erklärt, er habe es ja nur gemacht, weil er sie so liebe. Ein juveniles Dramolett voll Lust, Verrat und Reue.

Schränke sind dazu da, dass wir mit ihnen und durch sie leben, dass sie eben mehr subjektive Gestalt als andere Möbelstücke haben, was über das reine Dienen geht, wie wir es bei Tischen und Stühlen finden. Kinder verstecken sich in ihnen, oder erfinden, wie bei Kästner in ihnen parallele Welten, und wenn der Ehemann zu früh nach Hause kommt, findet der Liebhaber dort Zuflucht. Pech nur, wenn sich dort schon ein paar Kinder, Professoren, Voyeure und Ziegen versteckt haben, Gedrängel zeitigt nicht zwingend Stille und Erlösung.

Auch wenn keine Gefahr droht, kann man sich seine eigene Flucht in einen Schrank herbeiimaginieren, um sich kurzfristig gefährdet zu fühlen. Der regressive Reiz, sich zu verstecken, die Simulation von Angst als Stimulus, irgendwie sowas Freudianisches ist es doch immer, und im Odeur der Kleider der Besitzer zu verschwinden, dass der beseelte Schrank des Unheimlichen und gleichermaßen Behüteten zu einer Art Holzuterus wird. Warum wohl hat sich David Carradine in einem Hotelschrank in Bangkok beim Masturbieren stranguliert? Oder dieser Tony Hawks, der in einer betrunkenen Nacht in einem Pub mit anderen eine Wette eingegangen ist, die er am nächsten Tag natürlich vergessen und verdrängt hatte, aber auf irgendeinem Zettel war sie festgehalten, nämlich mit einem Kühlschrank die gesamte irische Küstenline abzuwandern.

Gut, das passt jetzt nicht unbedingt in die Reihe der seelenauslotenden Schrankkapriolen, aber vielleicht interpretiert der einfache Ire von der Straße, für den gedanklich selbst eine Schnecke zu schnell ist, derlei »Ideen« als nationales Psychogramm, das Trauma der verfaulten Kartoffeln, das geistige Freistrampeln aus der Kartoffelmiete und der katholischen Katalepsie einer so jungen Nation nach Identität – wenn Schunkelmusik wie die der Dubliners und der Pogues sie nur unzureichend repräsentiert, liefert der Kühlschrank vielleicht eine metaphorische Geschichte mit: Enteist eure gefrorenen Herzen, taut eure geistigen Tiefkühlerbsen ab, emanzipiert euch, vereint euch, »One Nation Under a Fridge«, wie George Clinton einmal sang, zweifelsohne das irische Volk meinend.

Und apropos erbsengroße Nationen: Es gab mal eine wöchentliche Sendung im Österreichischen Fernsehen, eine Talkshow, da saß ein kreidebleicher Typ namens Frank Baumann seit 22 Jahren in einem engen, komplett mit Alufolie ausgekleideten Kleiderschrank, ein Mann, fahl wie ein Olm, aus lauter Angst gemacht, hypochrondrisch von seinem Hypochodertum, er ernährte sich ausschließlich von Globuli mit Gulaschgeschmack. Wann immer er von einem der zwei Gastgeber der Sendung besucht wurde, spielte die Showband eine Melodie, immer das gleiche Lied, »I Know What I Like (In Your Wardrobe)« von Genesis. Der eine Moderator öffnete sein Hemd und schlich sich langsam tanzend zum Schrank. Wenn der andere in der Folgewoche dran war, rannte er schnell zum Möbel und riss die Tür auf, noch bevor die Melodie zu Ende war, und erschreckte ihn. Der Insasse saß dort nur schockstarr und stammelte irgendein belangloses Zeug, etwa von *Hosen die nicht aneinanderpassen*. In Folge 13 saß dort ein gewisser René Baumann, der behauptete der Bruder von Frank Baumann zu sein. Kein Mensch wusste, wie der dort hingelangt und wo der eigentliche Bewohner war. René erklärte, sein Bruder plane, sich die Hand operativ entfernen und durch einen Brombeerstrauch ersetzen zu lassen. Irgendwann ließ man ihn in Ruhe, öffnete den Schrank nie wieder. Möglich, dass einer der Baumannbrüder dort immer noch sitzt, oder gar beide, sich gegenseitig mit Brombeeren fütternd.

Und die allerwunderlichste Schrankgeschichte ist naturgemäß eine von, wie könnte es auch anders sein, Flann O'Brien, da haben wir wieder die Iren von vorhin, die sich von wandernden Kühlschränken beeindrucken lassen, so wie Flann O'Brien von der Zeitungsmeldung »Drei Jahre für Mann im Schrank« hypnotisiert war. So recherchierte er, dass vielen Menschen offenbar einfach nicht bewusst war und nach wie vor ist, dass es ungesetzlich ist, sich in einem Schrank aufzuhalten, weshalb die irische Jurisprudenz damit schon recht früh begann, mit diesen losen Schranksitten aufzuräumen. Eine Schrankregelungsverordnung wurde implementiert, das bestehende Wandschränkegesetz von 1853 wurde 1893 durch die Spindverordnung erweitert. »Vor hundert Jahren stellte nämlich der Schrankwahn noch ein ernstes

Problem dar. Es war für ganze Bettlerstämme durchaus üblich, ohne Wissen der dort gemeldeten Familie in den Schränken eines großen Hauses zu wohnen. Diese Mendikanten kamen nachts hervor, aßen und tranken alles weg und zogen sich wieder zurück wie Gespenster bei Tagesanbruch. Eine Durchsuchung der Schränke enthüllte selten eine Spur der Eindringlinge: Sie waren sämtlich bewanderte Schreiner und hatten meist raffinierte Fächer gebaut, oft mit Aufzügen und Treppchen versehen, die in andere Schränke führten«, so Flann O'Brien in seinen Betrachtungen.

Judith Schalansky merkte, dass mich dieses Schrankthema beschäftigte, weil ich so flott vor mich hin assoziierte, dass ihr ganz schwindelig wurde, sie, wie sie sagte, kaum noch nachkam, aber ihre anfängliche Skepsis wich ein bisschen, denn ich merkte, wie auch sie sich Gedanken machte. Sie erzählte, mal ein Musikvideo gesehen zu haben, wisse allerdings weder Band noch Titel des Stücks, der Inhalt hätte sich allerdings bei ihr eingebrannt. Die fünfköpfige Band sitzt sehr beengt in einem Schrank voller Mäntel, Röcken, Büstenhalter, Unterhosen, Socken, Schuhen, allem möglichen, der Schlagzeuger klatscht den Takt, der Keyboarder spielt ein Spielzeugpiano, ein anderes Mitglied zupft an den Zinken eines Kamms, einer ist gar ganz gefesselt und hat eine Glühbirne im Mund. Der Sänger kommt aus dem hinteren Teil des Schranks und singt mit verschmiertem Lippenstift, wobei er auch mit Fingerpuppen spielt, bei denen es sich anscheinend um Voodoo-Puppen der Bandmitglieder handelt, denn wenn er sie bewegt, bewegt sich das entsprechende Mitglied. Dann wird er mit den Puppen gewalttätiger und schüttelt sie heftig herum, was wiederum dazu führt, dass die Bandmitglieder gegen die Seiten des Schranks stoßen. Am Ende stürzt der Schrank von einer hohen Klippe ins Meer, möglicherweise die Kreidefelsen Dovers, vielleicht sogar Beachy Head, die berühmte

Selbstmörderklippe. Unten angekommen, füllt sich der Schrank langsam mit Wasser, wie ein gekentertes Schiff, aber das Lied geht weiter, die Bandmitglieder spielen weiter auf ihren »Instrumenten«, ein bisschen wie eine Analogie zum Tanzorchester auf der sinkenden Andrea Doria. Mir kommt dieses Video bekannt vor, vor allem wegen dem Sänger mit dem verschmierten Lippenstift, aber ich komme auch nicht drauf, wer das sein könnte. Dann fragt sie, worum es denn in dem Polanski-Film ginge, von dem ich vorhin sprach. Ich sage, ich werde ihr mal einen Link schicken, vielleicht könne man den irgendwo im Netz sehen, wenn nicht, schicke ich ihr eine Mail, in der ich den Film inhaltlich beschreibe. Sie nickt.

Wir gehen weiter, stumm, irgendwann bleibt sie stehen, sie zieht sich ihre Schuhe an, sie sagt, sie müsse jetzt leider gehen. Sie fragt, kann es sein, dass die beiden Schränke, der aus dem Meer in Polen und der, der von der Klippe fällt, mit den Musikern, in irgendeinem Zusammenhang stehen? Ich zucke mit den Schultern, ich weiß es nicht, ich bin plötzlich ganz leer, auch traurig, bin nicht mal sicher, ob ich das Glück gesehen habe, auf das ich mich so gefreut hatte. Wir geben uns die Hand zum Abschied, und ich merke, vielleicht an ihrem resoluten Händedruck, vielleicht an ihrem melancholischen Blick, der, wie mir scheint, durch mich durch geht, dass das mit dem Buch nichts werden wird. Sie geht. Ich bleibe noch mit meinen Füßen in der Ostsee stehen und ertappe mich dabei, dass ich den Horizont absuche, nach einem Schrank.

RUF MICH AN
WENN DU TOT BIST

Über diese Geschichte reden, das durfte ich lange nicht, das habe ich Pepper versprochen. Jetzt erst kann ich es, und es fällt mir trotzdem schwer. Je weiter weg etwas ist, desto näher rückt es, wenn einem selbst alles über den Kopf wächst – wie mir momentan –, wenn man versucht, die Knoten der Vergangenheit zu lösen, um sich wieder zur Gegenwart zurückfummeln zu können.

Man kann nicht vom Schicksal verlangen, dass es sich irrt, und schon gar nicht retrospektiv, dass es sich geirrt hat. Das Schicksal ist ja ein Gast, der unangemeldet zu deiner Party kommt, auch wenn du dir wie Howard Carpendale »selbst ne Party gibst«. Gemeint ist natürlich Masturbation, aber auch dabei kannst du beispielsweise überraschenden Besuch bekommen, siehe David Carradine, der sich seine Party in seinem Hotelzimmerschrank in Bangkok gegeben hat und Besuch vom Tod bekam. Nenn es Risiko, ich nenne es Schicksal.

Und das Schicksal wollte es, dass ich Anfang der Siebziger Jahre in New York der Manager von Pepper LaBeija war, aber das kam später, und Manager ist vielleicht auch das falsche Wort, mir fällt nur kein besseres ein. Vielleicht war ich ihr *Berufsbruder*, wenn es sowas gäbe. Ich lernte sie in einer Schwulenbar kennen, in der ich arbeitete, ohne groß schwul zu sein. Ich sah wohl ganz leidlich aus, einer nannte mich mal »armer alter Johnny Ray«, und von da an war ich in der Kneipe für alle der arme Johnny Ray oder JR. Aber gar nicht mal so sehr, weil ich schwul wie Johnny Ray aussah, sondern weil ich, wie er, auf einem Ohr taub war, *back to mono* sozusagen. Die Besucher mochten mich, was ich am Trinkgeld erkennen konnte. Pepper gab mir nie Trinkgeld, weil sie nur das konsumierte, wozu ich sie einlud. Einmal lieh sie sich einen Dollar von mir, um ihn mir gleich wieder mit den Worten »Behalt den Rest, armer alter Jaybo« zurückzugeben. Jaybo, so nannte nur sie mich, das war ihre Parole, um sich von den anderen mir gegenüber abzugrenzen.

Wir sahen uns ziemlich ähnlich, und immer, wenn man uns an der Theke sah, sie auf ihrer Seite, ich auf meiner, oder wenn ich mit ihr ausging, stellte ich sie als meine Schwester vor. Wir spielten das so lange, bis es uns die Leute glaubten, oder vielleicht auch nur den Gefallen taten, uns zu glauben. Aber das wiederum glaubte ich nicht, wir waren immer einen Schritt weiter als der Glauben der anderen. Ich erzählte ihnen immer, dass ich im Grunde ein Diener bin, Sohn von Dienern, geboren, um zu dienen und also auch meiner Schwester zu dienen. Aber ich wusste auch, behauptete ich, dass ich diese Rolle nicht verdiene und da irgendwie rausmüsse. Also bin ich sozusagen Dompteur geworden, nicht von Tieren, sondern von meiner Schwester, und ich habe diese Geschichte den Leuten einfach angeboten: Ich bin der Diener meiner Schwester. Dann sind sie durch den Ring gesprungen, den Ring aus Strasssteinen, wenn man so will. Pepper war das unschuldige Mädchen und der arme Johnny Ray war ihr, nunja, beschützender Bruder, der den Ring hielt. Im Grunde aber war ich ihr Agent, diese Nummer funktionierte wirklich gut, wir traten als Geschwister auf, die Männer in der Manege vertrauten mir, weil ich ein bisschen das eifersüchtige Spiel spielte, sie den Eindruck hatten, dass sie mich dadurch ein bisschen leiden lassen konnten, was ihnen etwas Macht gab, vielleicht gut für ihr zerknittertes Ego und gut für unser Geschäft.

Der erste, mit dem das klappte, war ein Gorgonzola-Importeur aus Hoboken, der nächste, das weiß ich auch noch, war Lee

Iacocca, dessen Frau gerade an Diabetes gestorben war, und der in der Zeit die Kampagne zur Renovierung der maroden Freiheitsstatue initiierte, bei der die Fackel durch ein Schwert ersetzt werden sollte. Herschell Gordon Lewis war dabei, der Godfather of Gore. Er behauptete, dass er sie casten wolle, für einen seiner Schmuddelfilme, wozu es aber nie kam, vielleicht auch ganz gut so. Ebenfalls in der Riege war der siebzigjährige Botschafter von Lonhro, der sie sogar adoptieren wollte, dann aber im Hotel Elysée an einer Verschlusskappe für Augentropfen erstickte. Man nahm an, dass er den Verschluss mit dem Mund festhielt, während er sich zurücklehnte und das Zeug in seine Augen träufelte. Männer kamen und Männer gingen, bekannte Männer und berühmte Männer, Männer mit Geld und Männer mit mehr Geld. Großzügig waren sie alle, oder taten zumindest so. Anderthalb Monate führten wir noch Buch, Namen, Marotten, Ausgaben, Einnahmen, alles wurde dokumentiert, aber dann verloren wir die Übersicht und das Interesse. Es funktionierte von sich aus, inzwischen auch schon ohne mich als ihr »devoter Bruder«, ihr Jaybo, aber Pepper gab mir immer auch einen Anteil ihrer Einnahmen, von denen sich nicht ganz schlecht leben ließ, da war sie großzügig und loyal. Sie hatte einen bestimmten Ruf für was auch immer, es war sicher auch ihre flamboyante Eleganz, ein leicht ausdruckslos weggetretener Blick, den sie ihren »ägyptischen Look« nannte, und diese gewisse »Je ne sais pas ce que je veux, mais je le veux maintenant«-Attitüde, dass sie anderen das Gefühl gab, mit ihr einen regen Elektrisierungsaustausch haben zu können. Und nicht nur das – wir waren auf den wichtigsten Partys, auf Salvador Dalis Gartenparty, da waren auch Mia Farrow und Woody Allen. Mia zerkratze Woody das Gesicht, alle lachten, weil sie dachten, sie spielten Bergmans »Szenen einer Ehe« nach. Wir kauften ihr ein Kleid von Dior, eine Katze mit nur einem Auge und liehen uns Schmuck von Van Cleef & Arpels, gleichermaßen für sie wie für die Katze. Wir mieteten ihr eine hübsche Wohnung in der Nähe vom Sutton Place, und wenn ich sie besuchte, klingelte ich dreimal an der Sprechanlage und sagte: »Pepper, hier ist dein Anwalt.« Einmal kam ich rein und erwischte sie nackt auf Henry Kissinger sitzend. Immer, wenn ich das erzählte und man glaubte mir nicht, zeigte ich ein Polaroidfoto: »Meine Damen und Herren, Mr. Henry Kissinger!« Aber das ging nur so lange, bis die Männer irgendwann mal draufkamen, dass Pepper eigentlich ein Mann war. Ab dann machten sie entweder mit, fanden das vielleicht gut, oder es war ihnen peinlich, und wir konnten sie, nunja, erpressen ist ein vielleicht zu garstiges Wort, vielleicht um eine kleine Schweigeapanage bitten. Irgendwann waren wir so bekannt, dass wir es sein ließen, viele wurden misstrauisch, neidisch vielleicht auch, und manche Männer konnten ungemütlich werden. Einmal wurde sie grün und blau geschlagen, das war der Typ aus Hoboken. Aber der war sowieso widerwärtig, wollte sie mit Gorgonzola einschmieren, immer besoffen und draußen auf Kaution wegen säumiger Unterhaltszahlungen für seine, ich glaube es waren neun Kinder, angeblich von zehn verschiedenen Frauen, wie er immer prahlte.

Immer häufiger schlief ich jetzt in ihrer, also eigentlich unserer Wohnung, weil ich abends nicht mehr den langen Weg aus Manhattan in die South Bronx auf mich nehmen wollte, wo ich meine eigene kleine Wohnung hatte, Pepper war auch immer häufiger alleine, sie hatten die Nase voll von den wechselnden Sugardaddys. Eines Morgens fragte sie mich seltsam abwesend: »Weißt du eigentlich, warum John Travolta nie in einem Film von Woody Allen mitgespielt hat?« Ich weiß nicht, ob sie wirklich an einer Antwort interessiert war, und testete sie, indem ich sibyllinisch nur zum Schein antwortete: »Aus dem gleichen Grund, warum King Kong nie eine Rolle in einem der ›Planet der Affen‹-Filme bekommen hat.« Sie sah glasig durch mich durch, so als hätte sie meine »Antwort« gar nicht gehört, und ich wusste: Wir müssen unsere Leben ändern, wenn nicht, läuft bald etwas schief. Auch gab mir zu denken, dass sie in letzter Zeit stark zu trinken begonnen hatte, ich machte mir echte Sorgen. Einmal behauptete sie, dass, wenn sie Hunger in der Nacht hätte, sie ihren Schmuck essen würde. Sie litt an entsetzlichen Anfällen von Niedergeschlagenheit und brach häufig in wildes Geschrei und bittere Tränen aus, bitterer noch als die der Petra von Kant. Ein anderes Mal warf sie sich wie ein Flummi gegen die Wände der Wohnung, wobei sie ihre Sonnenbrille zerbrach und sich ihr Gesicht aufschlitzte. Verletzungen, die sie aus Selbstschutz einem ihrer Galane in die Schuhe zu schieben versuchte, wie sie später reumütig und unter Tränen gestand – bei genauerem Hinsehen waren es allerdings Tränen aus Strass, die sie sich in aller Schnelle auf die Wangen geklebt hatte. Ihre Katze hatte sie da auch nicht mehr, sie behauptete, ein »berühmter Psychogeograph« namens Dr. Salamanda Palaganda hätte sie aus dem Fenster geschmissen, weil er sich von dem einen Auge des Tiers ungut beobachtet fühlte. Als ich sie fragte, ob sie denn wisse, was ein Psychogeograph so mache, antwortete sie, ja, das wisse sie: »Er vermisst die Topographie des Zufalls.« Die Doppeldeutigkeit des Verbs in dem Satz, der noch lange im Raum stehenblieb und in mir nachhallte, interpretierte ich so, als vermisse *sie* den Zufall im Zustand einer vorhersehbaren Gleichförmigkeit ihres derzeitig von ihr so empfundenen, unbefriedigenden Lebens.

Ich hatte den Plan, dass wir in die Modebranche wechseln sollten. Sie nähte ihre Kleider selbst, ich nähte ebenfalls ein bisschen im Kostümfundus eines Off-Broadway-Theaters, für die Wooster Group, Mode war mir nicht ganz fremd. Ich dachte, wir könnten eine eigene Firma gründen, den Namen hatte ich bereits, das House of LaBeija. Und ich kannte Lauren Hutton, wir waren beide im exklusiven Club of Diastema und liefen uns immer wieder bei den verschiedensten Gelegenheiten über den Weg. Lauren gab mir Tipps und versprach uns zu helfen, wenn wir unsere erste Show haben sollten. Von ihr erfuhr ich nebenbei auch, dass unser Diastema in Polen »Przerwa na dym« (Rauchpause) genannt wurde. Keine Ahnung, woher sie das wusste und wie diese Analogie zustande kommt. Ob man vielleicht die Zigarette in die Zahnlücke stecken kann, wenn alle Hände voll zu tun haben? Aber dann begann das eigentliche Schicksal ohne längere Rauchpausen loszugaloppieren.

Einmal tauchte der Gorgonzolahändler mit einem seiner Kinder, einem achtjährigen Sohn, den er Rudi nannte, bei ihr auf und bat sie, sich kurz um ihn zu kümmern, weil er wohl ein paar Geschäfte zu machen vorhatte. Und obwohl sie keine Kinder mochte, stimmte sie widerwillig zu. Es blieb ihr auch nichts anderes übrig, denn kaum, dass er das Kind übergeben hatte, verschwand er auch schon wieder.

Als Pepper unten auf der Straße Schüsse hörte und sah, dass der Käsehändler erschossen wurde, beschloss die sichtlich Erschütterte, dass sie und der kleine Rudi untertauchen müssten. Sie packte schnell eine Tasche, nahm auch unser Buch mit, unsere Aufzeichnungen und ein paar kompromittierende Polaroids und verließ mit dem Jungen das Gebäude, gerade als ein SWAT-Team der Polizei mit schweren Waffen ins Haus eindrang. In der Zwischenzeit hatte sich eine Menge Schaulustiger und Reporter vor dem Gebäude versammelt und ein Fotograf fing ein Bild von Pepper ein, wie sie mit Rudi an der Hand das Gebäude verließ.

Die beiden nahmen ein Taxi in die South Bronx, wo sie sich in meiner Wohnung verstecken wollten, wie sie mir später erzählte. Ich war zu dem Zeitpunkt allerdings gar nicht zuhause, ich hatte ja meinen Job am Theater, wo ich die Kostüme machte. Wir probten Ibsens »John Gabriel Borkman«. Sie kam trotzdem in die Wohnung, sie konnte wohl meine Nachbarin, die alte

Mrs. Pollunder davon überzeugen, dass sie als meine »Schwester« dringend in meine Wohnung müsse.

Während der Junge schlief, schaltete Pepper den Fernseher ein und hörte in den Nachrichten, dass in Manhattan ein Mafia-Mord stattgefunden habe und dass ein Kind entführt worden sei. Der Name der mutmaßlichen Entführerin sei Pepper LaBeija. Ich bekam von all dem gar nichts mit, weil wir für die Ibsen-Produktion durcharbeiteten. In wenigen Tagen wäre Premiere, und nichts »saß«, weder Stück noch Bühne. Der Regisseur schmiss die Nerven weg und der Darsteller des Borkman brach sich ein Bein, ich schlief am Schnürboden auf einem Bett aus Seilen.

Am nächsten Morgen schlichen sich Pepper und Rudi in dem Moment aus meiner Wohnung, als ihnen eine Gruppe von Gangstern auf den Fersen war. Die Gangster waren alte »Freunde« des Käsehändlers und stellten sie draußen auf dem Gehsteig zur Rede, um sie aufzufordern, Rudi und das Buch rauszurücken. In ihrer Verzweiflung schoss Pepper mit einem Revolver wild um sich. Die Knarre hatte sie in der Nacht von Mrs. Pollunder bekommen, eine so genannte »Stupsnase«, ein kurzläufiger Colt, zu ihrem eigenen Schutz, nachdem sie erklärt hatte, sie und Rudi seien in großer Gefahr. Die Gangster zogen sich zurück, wohl um sich eine neue Taktik zu überlegen. So konnten Pepper und Rudi unbemerkt durch das Haus und mehrere Hinterhöfe fliehen. Pepper erkannte, dass ihr Schicksal und das von Rudi nun miteinander verwoben waren und dass sie New York verlassen mussten, um zu überleben.

Pepper ging zur Bank, um ihr Schließfach zu leeren und die beiden quartierten sich für die Nacht in einer billigen Absteige ein. Sie rief die Polizei an, schilderte den Fall und machte einen Vorschlag für ein Treffen aus. In einem schmierigen Diner trafen sie auf zwei Beamte und Pepper bat um Immunität im Austausch gegen unser Buch. »Nur Mr. Borkman kann dem zustimmen«, sagte einer der Cops, was Pepper natürlich nicht verstehen konnte. Sie dachte, Borkman sei der Polizeipräsident, und ihr drohe Haft, wegen Entführung eines Kindes, woraufhin sie abermals floh, indem sie vorgab Rudi aufs Klo begleiten und sich kurz frisch machen zu wollen, aber beide stattdessen aus dem Fenster kletterten. Dass der Polizist Borkman erwähnte, sollte ein Witz sein, er kannte Peppers Verbindung zu mir und meinem aktuellen Job ja nicht, war aber Ibsenfan und wollte eine Parallele ziehen zwischen ihr und dem Schicksal der Titelfigur des bekannten Stücks, ähnliches »Setting«: Mann als Frau verkleidet auf der Flucht vor einem Gorilla namens Borkman.

Am nächsten Tag teilte Pepper Rudi mit, dass sie vorhatte, ihn auf ein Internat zu schicken. Rudi war beleidigt über ihre Absichten und behauptete, er sei ein unabhängiger erwachsener Mann, der allein zurechtkomme. Pepper beschloss, ihn im Stich zu lassen und etwas zu trinken. Sie war einfach erschöpft und hatte keine Lust auf Diskussionen mit einem Achtjährigen über das, was er für Reife hielt. In der Bar flirtete sie wieder unterschiedlichste Männer an, so wie sie es kannte. Sie war kurz davor, wieder in ihr altes Muster zu fallen, wurde aber von Schuldgefühlen geplagt und eilte zurück in die Bleibe, um sich um ihr untergeschobenes Mündel zu kümmern. Rudi war jedoch in der Zwischenzeit von einem Gangster entführt worden, der ihren Aufenthaltsort herausgefunden hatte. Pepper bemerkte ihn allerdings, als sie panisch auf die Straße rannte, zufällig an einer Tankstelle in einem Auto sitzend, während der Fahrer im Gebäude verschwand, um das Benzin zu zahlen und Rudi einen Windbeutel mitzubringen. Sie schnappt sich den Jungen und floh vor dem ihnen nachrennenden Gangster mittels eines Taxis und der U-Bahn, wo ihr mehrere Passanten halfen, dem Gangster zu entkommen.

Die beiden schafften es schließlich in ein weiteres Hotelzimmer, wo Pepper ihr Leben beklagte und Rudi offenbarte, so als sei er Dr. Sigmund Freud persönlich, dass sie gar keine Frau sei: »Ich wollte nie eine Geschlechtsumwandlung vornehmen lassen. Frauen werden schlecht behandelt. Sie werden geschlagen. Sie werden ausgeraubt. Sie werden verfolgt. Eine Vagina zu haben, bedeutet nicht, dass man ein fabelhaftes Leben führen kann.« Als dann Rudi fragte, warum sie dennoch als Frau rumlaufe, meinte sie, um sich zu verstecken, vor Typen wie seinem (Rudis) Vater und Henry Kissinger, dessen Geliebte sie mal war, weil Männer sie als Mann sogar *noch* schlechter behandeln würden.

Sie sagte, sie müsse noch einmal kurz weg, Rudi solle hier im Hotel warten, und für den Fall, dass sie nicht wiederkäme, hinterließ sie ihm einen Briefumschlag mit 20 Dollar und einer genauen Beschreibung, wie er zur MNR (Metro-North-Railroad) Richtung Hoboken kommt.

Sie hatte über das Treffen mit den Polizisten eine Telefonnummer mit der Direktdurchwahl zum Büro des Außenministeriums im State-Department bekommen, und kurz drauf traf sie sich tatsächlich ein zweites Mal, diesmal unter anderen Umständen, mit Henry Kissinger. Sie übergab ihm unser Buch, das Polaroid und floh abrupt, wieder mal, weil sie befürchtete, verhaftet zu werden, während ihr einer von Kissingers Anstands-Wau-Waus nachschoss, was sie unverletzt überlebte. Rudi wartete mehrere Stunden und floh seinerseits, weil Pepper stundenlang nicht auftauchte, irgendwann mit der Bahn nach Hoboken. Wieder war Pepper in einer Bar gelandet, hatte zu viel getrunken, sich geschämt, in diesem Zustand zu Rudi zurückzukommen, und deshalb einfach noch mehr getrunken, in der Hoffnung, dadurch würden sich alle Probleme lösen. Irgendwann in den frühen Morgenstunden wachte sie mit zerrissenen Kleidern in einer engen und dunklen Seitengasse neben der Bar zwischen den Mülltonnen auf. Sie schleppte sich ins schäbige Hotelzimmer zurück, hoffte Rudi schlafend vorzufinden, stattdessen lag ein Zettel auf dem Tisch. In ungelenker Schrift stand dort zu lesen: »Ruf mich an wenn du tot bist«. Es war nicht die Kälte des Satzes, die sie schlagartig wieder zu sich kommen ließ, es ließ sie frösteln, dass der Satz der eines Achtjährigen war.

Auf einem Friedhof bei der Beerdigung des Gorgonzolahändlers trafen Rudi und Pepper, die inkognito als Mrs. Pollunder verkleidet in einer Limousine ankam, nachdem sie die Strapazen ihrer permanenten Flucht überstanden hatte, wieder aufeinander. Distanziert – sie redeten kein Wort miteinander, die Nähe des Erlebten war es, die sie wieder auseinanderriss.

Erst bei der Premiere von »John Gabriel Borkman« sah ich Pepper LaBeija endlich wieder, ich hatte ihre ganze Odyssee gar nicht mitbekommen. Ich hatte mich nur gewundert, dass ich sie nicht in ihrem Apartment erreichte, das von der Polizei versiegelt worden war, und dass meine Wohnung in der Bronx etwas durcheinander war. Aber Mrs. Pollunder hatte mir vom Kurzbesuch meiner »Schwester« berichtet, und sich darüber gewundert, dass sie sich von ihr Kleider borgte, einen Spenzer und einen mauvefarbenen Midistrickrock von Emanuel Ungaro, dazu blickdichte Stützstrümpfe von Naf Naf. Die brachte Pepper mit zur Premiere, zu einem Bündel verschnürt in knittrigem Packpapier, von dem ich zunächst dachte, es enthielte unser Buch und die Bilder. Als ich es dann später öffnete, dachte ich, dass das als symbolische Geste bedeuten sollte, ihr altes Leben hinter sich zu lassen. In dem Päckchen war auch der Bericht ihrer atemlosen Flucht mit Rudi, aufgeschrieben mit einer Schreibmaschine, bei der das E klemmte.

Ich merkte, dass sich Pepper verändert hatte, dass sie wohl, ausgelöst durch die kathartische Flucht, so etwas wie ein neues Leben gefunden hatte. Ihre und meine Wege trennten sich, sie war wieder die, die sie war, bevor ich sie kennenlernte. Sie betrieb dann tatsächlich das House of LaBeija, für das sie eine Art Mutter wurde, hatte also eine Art Hafen gefunden, in dem sie glücklich wurde. Dort richtete sie Modedefilees und Drag Balls aus, selbst so genannte Trunkshows, also Präsentationen ihrer Kollektionen aus dem Kofferraum von Autos im Meatpacking District der Stadt, man improvisierte Catwalks im Schein brennender Ölfässer. Sie erfand Laufstegkategorien wie »White Woman Realness« und »Straight Realness«, als eine Art umgekehrte kulturelle Aneignung – nur nannte sich das damals noch nicht so. Man nannte es »Mopping«, und daraus entstand letztlich auch das »Vogueing« als eine Art künstlicher Kampf, der durch diesen streng abgezirkelten Tanz aufgelöst wird. Die exaltierte Gottesanbeterin mit ihrem »ägyptischen Effekt« überwachte alles streng und gleichermaßen gütig. Die ganze Bewegung zog einen nicht unbeträchtlichen Teil des Hasses der Nation of Islam auf sich, die darin eine unnötig überaffirmative und kontraproduktive Kollaboration mit dem Feind, den einstigen Sklavenhaltern sah. In ihrer hedonistischen Mikroparzellierung waren sie die kleinste und unsichtbarste, aber dadurch lauteste und schrillste Subkultur New Yorks, Dr. Louis Farrakhan und seine Leute nannten sie nur verächtlich »Weißclowns«.

In ihren letzten Jahren litt sie aber an schwerer Diabetes und durch Komplikationen mit dieser Krankheit wurden ihre beiden Füße chirurgisch amputiert. Sie sorgte dafür, dass ich sie bekam, ich machte davon Gipsabdrücke und goss sie mit Messing aus. Mit 54 starb sie an einem Herzinfarkt, wir beerdigten sie mit den Messingfüßen, ihr Körper, der Zeit ihres Lebens auf der Flucht gewesen war, sollte vergehen, die Würmer konnten sich an ihm schadlos halten, aber ihre Füße sollten bleiben und endlich und für immer zur Ruhe kommen. Zur Beerdigung kam auch Rudi, inzwischen schon 20, er kam ihr zu Ehren in Frauenkleidern, unbeholfen auf seinen Christian Louboutins stöckelnd. Er kam mit einem jungen Mann, der aussah wie sein Bruder.

DIE NÄHMASCHINE

Ich habe in meinem Leben ein einziges Mal einen kleinen Text in einer nicht deutschsprachigen Zeitung veröffentlicht, und zwar für den »Il Lavoratore« in Triest.

Ich hatte schon früh eine gewisse Affinität zu dieser Stadt, ich war als Sechzehnjähriger dort per Autostopp gelandet, durch Zufall, die Vorsehung oder die Willkür der Fahrer – irgendsowas wird's gewesen sein – angekommen in dieser italienischen Sackgasse kurz vor Jugoslawien. Eigentlich wollte ich nach Griechenland, aber war für einen unaufmerksamen Moment ungewollt in Triest. Schicksal oder Fügung, wer weiß? Denn es entwickelte sich dort eine, nunja, Bekanntschaft. Ich hatte also jemanden kennengelernt, ich blieb wegen ihr länger als geplant. Vage konnte ich mir vorstellen, sogar ganz dort zu bleiben, was hatte ich in Bonn, meiner Heimatstadt, denn noch verloren? Konnte mir Bonn noch etwas geben, etwas, was Triest versprach?

Ihr Name war Livia, ich weiß nicht, was oder wer ich für sie war, weil ich ja selbst nicht mal wusste, wer *ich* war, geschweige denn, was dieses *ich* sein sollte. Dieses jugendliche, noch nicht entwickelte Ich, gerade aus dem Wald der Pubertät herausgefunden, auf wackligen Schnakenbeinen und geblendet in der grellen Sonne der Realität stehend, mich gabs ja eigentlich noch gar nicht. Und Livia machte mich zu einem richtigen Menschen, bildete ich mir ein. Und ich bildete mir weiter ein, ich hätte die Liebe gesehen, ich müsste sie jetzt nur noch festhalten. »From Burlington to Bonn«, das sagte Livia immer in den seltenen Kusspausen. Gemeint war der Ort, an dem sie einen Monat zuvor für ein Jahr Au-Pair-Mädchen gewesen war. Burlington in Kanada, auf der Prince Edward Island. Auch das wäre eine Option gewesen, mit Livia nach Burlington zu gehen, bonnmüde und triestscheu, wenn sie nicht von einem Eddie erzählt hätte, in dezenten Dosen, weil sie merkte, dass das Misstrauen bei mir hervorholte. Und was hätte der lange Weg nach Burlington gebracht, wenn Eddie hinter jeder Ecke, jedem Baum stehen könnte, nein, Triest war schon ganz gut, weil von Eddie nichts als eine Scheme blieb, in geraunten Nebensätzen.

Livias Vater war Chefredakteur des »Il Lavoratore«, und als ich mal bei ihren Eltern war, waren sie beide ganz erstaunt, als ich ihnen erzählte, was das Spezielle an Triest für mich ausmachen würde, ein spezielles Tier. Und das versuchte ich eben in diesem kleinen Text darzulegen, den ich zunächst unverbindlich Livia gab. Ich hatte ihn handschriftlich im »Caffè San Marco« in der Via Cesare Battisti niedergeschrieben, mit ihr übersetzt und in ihrem Kinderzimmer auf einer kleinen mausgrauen Olivetti Gabriele 9009 getippt. Sie gab ihn, ohne mein Wissen und Zutun, ihrem Vater weiter, und so erschien dann überraschenderweise meine erste Veröffentlichung, mein erster Text. Hunderttausend Lire gabs dafür, also nichts, aber für mich war dieses Nichts mehr als der schnöde Nennwert (50 Euro).

Das war nur ein kleiner Essay, und zwar über das Leben einer Seepocke, das Sterben und alles, was dazwischen ist.

Ausgangspunkt war die allererste Begegnung von James Joyce mit dem fast doppelt so alten Italo Svevo eben in Triest. Die ist festverankert in der Literaturgeschichte und einem Teil der wechselvollen Geschichte Triests, Anfang des zwanzigsten Jahrhunderts. Italo Svevo leitete eine Fabrik, in der Lacke produziert wurden, die Schiffsrümpfe vor Rost und Seepocken schützen sollten, und Joyce kam mit seiner Verlobten Nora Barnacle in die altösterreichische Hafenstadt, auf der Flucht vor einer Blasphemieanklage in seiner katholischen Heimat Irland. Er folgte seinem Bruder Stanislaus, der schon ein Jahr zuvor hierher gekommen war, als Englischlehrer an der Berlitz School. James tat es ihm nach, während er in der Nacht am »Ulysses« schrieb, häufig auch, als Inspirationsquelle, in einem der vielen Bordelle am Hafen. Einer seiner Schüler war Svevo, und Joyce meinte, nachdem sie sich bekannt gemacht hatten, dass das doch komisch sei, was sie beiden verbände, nämlich, dass der Nachname seiner Verlobten Barnacle im Italienischen Cirripedi (Seepocke) heiße, ob er ihn nicht dann und wann mal mit seinen Lacken einstreichen könne. Aber das waren nur die bekannten Koordinaten meiner Geschichten über die Seepocken.

Die beiden, der junge Lehrer und sein alter Schüler, gründeten sogar bei einem Glas Bier in der schmuddeligen Hafenkneipe »Salvagente« einen kleinen Geheimbund, die »Loggia dei Fratelli-Cirripedi«, die Loge der Seepockenbrüder. Niemand konnte Mitglied ihres Vereins werden, außer man hatte irgendetwas mit Seepocken zu tun, oder litt unter einer üblen Akne, dann konnte man eingeladen werden, aus Mitleid.

Sie blieben in ihrer »loggia metafisica«, wie sie sie bezeichneten, alleine, gewollt alleine, aber sie entwarfen eine Kunstfigur, einen Mann, den sie ebenfalls als Logenbruder aufgenommen hatten, der sozusagen mit ihnen als Geist ebenfalls im »Salvagente« saß. Sie nannten diesen Mann Werner Wüllenweber, alleine, weil er so arglos deutsch klang, ein Name, dem man *gar nichts* zutraut. Er war wie sie ein Autor und hatte eine Kurzgeschichte verfasst, über einen Mann, der sich in eine Seepocke verwandelt. Sie kannten damals natürlich Kafkas »Verwandlung« nicht, die erst 1912 erschien, aber Gogols »Nase«, das war so ein bisschen die Aufgabe, der Mann, der eines Morgens zur Seepocke wurde. Diesen Text schrieben sie gemeinsam, und konstruierten auch eine kleine Biografie zu ihrem Phantomautor. Wüllenweber war Anhänger der Lehren Sigmund Freuds, weil beide großes Interesse an Freuds Theorien und Texten hatten, der ein paar Jahre vor Joyce ebenfalls nach Triest gekommen war. Dort nahm er monatelang als junger Zoologiestudent vergeblich Untersuchungen an Aalen vor, er hatte vor, nach deren männlichen Keimdrüsen zu forschen. Jahrtausendelang rätselte man nämlich, wie sich diese Tiere fortpflanzen, Aristoteles vermutete gar, sie entstünden aus dem Schlamm, deswegen sah man Freud jeden Morgen auf dem Fischmarkt einen in Zeitungspapier eingewickelten Strauß Aale kaufen und in seiner kleinen Dachkammer sezieren. 400 aufgeschlitzte Aale für nichts und wieder nichts, denn er fand nichts. Zwei Jahre später bezeichnete er frustriert die Zoologen als »Menschen, die einander den Bissen im Mund nicht gönnen«, dabei hat er die Aale nicht mal essen dürfen, weil sie nicht koscher sind. Wo genau hatte er in Triest gelebt? War er vielleicht sogar bei den gleichen Prostituierten, die Joyce frequentierte? Wo hat er seine Aale gekauft, ab wann hat er sich von diesen Tieren abgewandt und für den Penisneid entschieden? Waren die Aale gar eine Initialzündung für alles Kommende? Ist ein Aal nicht immer gleich ein Symbol, oder darf er auch mal zur Abwechslung nur ein einfacher Fisch bleiben? Und all das floss nun in die Gedanken des erfundenen Werner Wüllenweber und seinem Mann, der eine Seepocke wurde. Die Geschichte »Die Seepocke und der Aalpenis« (»Il cirripede e il pene dell'anguilla«) wurde in einem kleinen triestiner Verlag veröffentlicht, sowohl auf Italienisch als auch Englisch, aber es verkaufte sich allenfalls im mikroskopisch messbaren Bereich. Immerhin *mehr* als das, was Freud an den Aalen *nicht* fand, es war auch eher nur eine unschuldige Stilübung von Svevo und Joyce, wie kann man den erzählerischen »Sound« beider deckungsgleich machen und eine dritte Kraft erschaffen, bis einem jemand draufkommt. Leider ist weder in den Sekundär-werken über Svevo, noch in denen über Joyce etwas von diesem frühen Identitätsexperiment zu finden.

All das behauptete ich in meinem Aufsatz, und ich wusste nicht mal genau, was mich zu diesem Text ritt. In gewisser Weise schrieb ich ihn auch nicht selbst, sondern etwas Unterbewusstes, womit wir wieder bei Freud wären. Vielleicht wurde das durch die für mich fremde Umgebung ausgelöst, das zusätzliche Wissen um Freuds Aale und die Kollision dieser beiden Wortrastellis. Livias Vater zumindest überzeugte der Text so sehr, dass er ihn druckte, mir wurde in meiner Euphorie über dieses Gedanken-experiment leicht unwohl, aber die Endorphine spülten alle Zweifel schnell weg. Die Lüge schafft eine Parallelwelt, in der sie einfach wahr wird.

Und ich schaffte es, Livias Eltern gegenüber zu behaupten, ein Kenner der Materie zu sein. Vielleicht ein früh entwickelter Trick bei mir, so zu tun, als wisse man etwas und täte etwas, und so überzeugend die Leute dazu zu bringen, dass sie einem das abnehmen. Damit bin ich bis dahin immer ganz gut durch- und weitergekommen, das lernt man auch schnell, es ist eine Art Überlebensstrategie. Wenn man das geschickt macht, dann schaut niemand zu genau, was drunter liegt. So arbeiten Hüt-chenspieler. Ich war aber dennoch realistisch genug zu ahnen, dass etwa beim Untergang eines von zu vielen Seepocken schwer gewordenen Schiffes nur so zu tun, als könne man schwimmen, vielleicht keine so gute Strategie ist.

Livias Eltern mochten mich, wie mir schien, sie sprachen praktisch kein Englisch, Deutsch sowieso nicht, Livia übersetzte und behauptete, dass ihre Eltern mich gerne sehen, mir gerne zuhören würden, meinen Geschichten. Ich hatte noch ein paar andere auf Lager, ich plapperte einfach gerne vor mich hin, baute da und dort ein bisschen Erfundenes an, und Livias Vater,

Roberto, so ließ es mich Livia wissen, konnte sich vorstellen, dass ich, wenn ich ausreichend Italienisch gelernt hätte, bei ihnen in der Zeitung anfangen könnte. Ein bisschen Lokales, ein bisschen Kulturelles, und dieses diffuse Versprechen ließ mich tatsächlich hoffen, auf einen Neustart meines gerade angefangenen Lebens. Allerdings musste ich noch einmal zurück nach Bonn, in meine Heimat, all das Behördliche abwickeln, mich abmelden, um mich in Triest anmelden zu können und meinen wenigen Besitz – ein paar Bücher, die wenigen Platten, die ich besaß, ein Kunstwerk, ein Gemälde, an dem ich sehr hing –, mitnehmen oder verkaufen, entscheiden: Ist es es wert, behalten zu werden?

Ich war am Ende drei ganze Monate in Italien, noch nie war ich so lange von zuhause entfernt gewesen und ich hatte ein bisschen Heimweh, auch nach meiner Mutter, die einen Kurzwarenladen in Bonn betrieb. Leider war der schon eine geraume Zeit geschlossen, weil sie einen bösartigen Tumor in beiden Beinen hatte, Knochenkrebs, was sie eine Zeitlang ans Krankenbett band. Auch das war ein Grund, mich wieder nach Hause zu bequemen und zumindest interimistisch das Geschäft weiterzuführen. Leider hatte Mutter kaum noch Lebenswillen, sie war zwar noch nicht so furchtbar alt, aber »komplett abgewirtschaftet«, wie sie immer sagte. Dass ihre Beine bald heilen würden und sie darauf auch stehen und damit gehen könnte, damit rechnete der Oberarzt nicht, der mir ganz pragmatisch die Situation schilderte und andeutete, dass man ihre Beine wohl oder übel amputieren müsse. Kurz dachte ich, dass man ihr doch Räder an die Fehlstellen operieren könnte, aber zu allem Überfluss bekam sie auch noch eine Meningitis, und eine Woche nach meiner Rückkehr war sie tot. Ich fühlte mich einsam und vergessen wie ein Brie in einer Leibwäschelade, aber war ich es denn, war ich *wirklich* alleine? Vermisste ich nicht eher Livia? Natürlich schmerzt es, wenn ein Kind seine Mutter vermisst, aber Einsamkeit hat viele Orte, und meiner war jetzt irgendwo zwischen Bonn und Triest. Letztlich vermisste ich nach dem Tod meiner Mutter nur das Kind, das ich nie für sie war. Aber ich war dieses Kind nicht für meine Mutter gewesen, und deshalb kann ich das alles so distanziert und fatalistisch erzählen, weil ich, seit ich zwei Jahre alt war, bei »Zieheltern« aufgewachsen bin. Meine Mutter überließ mich »zu meinem eigenen Schutz« (ihre Worte), weil sie unkontrolliert trank und sehr häufig ihre zum Teil gewalttätigen, zum Teil unzuverlässigen Partner wechselte, zwei zusammenlebenden Männern, Freunden aus einer Whist-Runde, zu der sie mich als Kleinkind immer mitnahm, dort aber regelmäßig betrunken einschlief. Irgendwann blieb ich gleich ganz dort, weil man mich ihr, derangiert wie sie war, nicht mitgeben wollte.

Homosexualität war in den Siebziger Jahren des Zwanzigsten Jahrhunderts noch beinahe ein Tabu, wenn nicht sogar strafbar, ich weiß es nicht mehr, interessierte mich auch nicht, wie und wann sich die Gesetzeslage diesbezüglich änderte. Für mich waren das einfach nur Onkel Holger und Onkel Bernd und sie waren, weil ich dieses Modell des Zusammenlebens nicht anders kannte, eben sowas wie Eltern. Holger lief auch gerne, ich weiß nicht, ob er das für mich tat oder weil es seinem Wunsch entsprach, in Kittelschürzen herum, machte den Haushalt, während Bernd bei den Bonner Wasserwerken arbeitete, als Laborant. Und auch wenn Bernd immer stichelte, dass jemand, der eine Kittelschürze trägt, die Kontrolle über sein Leben verloren hätte – dass die Kittelschürze aus Burberrystoff war und angeblich von Karl Lagerfeld designt worden sei, ließ Bernd nicht von seinem Gestichel abhalten – trug Holger sie weiterhin, auch, wie mir schien, aus Trotz. Bei ihnen hatte ich noch mein Kinderzimmer, unter der Dachschräge mit meinen Büchern, Platten, dem Plattenspieler und meinem wertvollen, etwas problematischen

Kunstwerk. Einmal lieh ich mir in der Bücherei ein englisches Buch mit dem Titel »Homosexuality – Fact or Fiction?« aus, Onkel Holger entdeckte es beim Saubermachen meines Zimmers, nahm es mit spitzen Fingern an sich und murmelte, dass er das jetzt in die Bibliothek zurücktragen müsse, das sei noch nichts für mich.

Als Mutter starb, mussten wir sie zunächst beerdigen und uns dann um ihr kleines Haus kümmern. Das hieß leerräumen, inklusive eines deprimierend leeren Kühlschranks, in dem nichts war als abgestandene, nutzlose Kälte. Etwas Leeres leerzuräumen und zum Verkauf anzubieten erwies sich leider als schwierig, weil das Schlafzimmer und die Küche voller Schimmel waren und das Haus mit dem verwahrlosten Garten direkt neben dem Autobahnkreuz Bonn-Ost stand, mit seinem nicht abreißenden Lärmpegel von konstanten 85 Dezibel. Auch sollten wir in weiterer Folge überlegen, was man mit dem Geschäft machen könnte. Eine Zeitlang stand ich dort selbst und verkaufte Zwirne, Litzen, Druckknöpfe und Reißverschlüsse, mindestens ein halbes Jahr, aber wäre das eine Lebensaufgabe?

Mutters Testament war noch zusätzlich so wirr formuliert, dass das zum nächsten Problem wurde. Sie vermachte nämlich alless, was sie hatte, ausgerechnet Gurbanguly Berdimuhamedow, dem Diktator Turkmenistans, aus was für eigenartigen Beweggründen auch immer. Ich vermute, einer ihrer »Galane«, wie sie ihre häufig wechselnden Bekanntschaften nannte, war eine Art Romeo Zentralasiens. Wir mussten das anfechten, mussten einen eigenen Anwalt dafür finden, um zu beweisen, dass sie einen Knall hatte, unzurechnungsfähig war. Das war alles schmerzhaft unangenehm, kostenintensiv und zeitraubend, und am Ende, als wir es schafften, sie post mortem entmündigen zu lassen, blieb nichts mehr übrig, außer einem hohen Schuldenberg, der an mir hängen blieb, als nächstem Verwandten, plus die Generalsanierung von Mutters verschimmeltem Häuschen mit dem struppigen Garten an der Autobahn. Ich dachte immer wieder an den Verkauf meines Kunstwerks, aber dazu war ich noch nicht bereit, ich hoffte darauf, irgendwann stattdessen einen Käufer für das Geschäft zu finden.

Das Kunstwerk, ich redete nicht gerne darüber, aber hatte es nun mal, war ein Bild des Düsseldorfer Malers Konrad Klapheck, ich weiß nicht, wie man seinen Stil nennt, surrealer Hyperrealismus wohl am ehesten. Maschinenmaler nennt man ihn, und auf meinem Bild ist eine Nähmaschine, die aussieht wie eine Gottesanbeterin. Das Werk heißt »Die Ungeduld der Sphinx«, es misst etwa 50 × 40 cm, und ich habe es aus einer Ausstellung gestohlen. Ich liebe das Bild, aber auf den Diebstahl bin ich, je länger er zurückliegt, nicht stolz. Es ist eben passiert, das sind so irreversible Entscheidungen. Ich habe es irgendwann mal im sehr leeren Rheinischen Landesmuseum gesehen, das Bild schaute mich an, saugte mich geradezu ein, nahm sozusagen Kontakt mit mir auf, so als sagte es, ich gehöre dir, nimm mich, lass es uns versuchen, nimm mich schnell, kein Aufseher in Sicht. Ich dachte, eine Alarmanlage geht garantiert gleich los, aber ich war wie in Trance, betäubter Tunnelblick. Es ging aber nichts los, Bild unter die Achsel geklemmt, Mantel drüber, raus. Ein Aufseher kam mir noch entgegen, ich dachte: Das fliegt jetzt alles gleich auf oder der Klapheck rutscht mir unten aus dem Mantel, ist egal, das Adrenalin ist es wert – aber nichts passierte. So, das ist es jetzt, der klirrende Moment, ich war draußen, lief und lief und lief, erst in der Wohnung von Holger und Bernd kam ich zur Ruhe. Ich stand wie unter Drogen, geflutet von Endorphinen, weich wie Margarine, stolz und beschämt. Ich fühlte mich superstark und gleichzeitig komplett zerbrechlich, sehr leicht, fast nicht existent, jetzt hatte ich eine Straftat begangen – bald kommen sie dir drauf. Eine Zeitlang versteckte ich das Bild noch unterm

Bett, dann hängte ich es auf, meinen »Eltern« erzählte ich, dass ich es auf dem Flohmarkt für 20 Mark gekauft hätte. Klapheck kannten sie gar nicht, für sie war das keine Kunst, sie dachten, das sei das Werbeschild einer Nähmaschinenmarke. Aber, wie gesagt, an dem Bild hing ich, das mochte ich nicht hergeben. Ich hatte immerhin etwas dafür geleistet, wenn auch etwas Illegales, dadurch bekam es aber eine zusätzliche Aura, ein Geheimnis. Und natürlich ließ sich sowas nicht so einfach verkaufen, jedes verschwundene Kunstwerk ist doch irgendwo registriert, man könnte das allenfalls dem Besitzer, der es dem Museum als Leihgabe überlassen hatte, wieder anbieten, sozusagen für ein Lösegeld, aber solche Aktionen gehen in der Regel schief und für so einen Plan war ich nicht abgebrüht genug.

In dieser Zeit telefonierte ich einmal in der Woche mit Livia. Telefonieren war damals eine extrem teure Angelegenheit, jede Minute war kostbar, Schweigen konnte man sich nicht leisten, und Livia schwieg oft. Es entstanden häufig lange peinvolle Pausen, das tat mir weh und ich sah entsetzt vor meinem geistigen Auge die erwartbar hohe Telefonrechnung, wie ich die Holger und Bernd erklären musste. Deshalb schrieb ich ihr lieber, jeden Tag einen Brief. Ich erzählte ihr Geschichten, wen ich alles in Bonn getroffen hätte, in der »Egon Bar«, das war der Ort, wo »man« hinging. Eine Zeitlang legte ich dort auch meine Platten auf, The Fall, Pere Ubu, Josef K und Cocteau Twins, sowas hörte ich damals. Kein Zufall war wohl, dass das in erster Linie Bands waren, die für ihre Namen einen literarischen Bezug wählten, auch wenn die Auswahl mein Unterbewusstsein für mich steuerte, und in meinen Briefen beschrieb ich Livia, dass ich in der »Egon Bar« all diese Bands auch traf, für The Fall sogar eine Sardinenkasserolle mit Vollkornkekskruste zubereitet hatte – und ihr Sänger, Mark E. Smith, mir zum Dank eines seiner Lieder widmete (»Ibis-Afro Man«), aber das war ein bisschen frisierte

Wahrheit, denn ich spielte ja nur deren Platten. Von ihr kamen kaum Briefe zurück, ich wusste nicht, wie es ihr ging, so ganz ohne mich. Wenn überhaupt etwas kam, waren es Belanglosigkeiten. Einmal erzählte sie, sie hätte sich Schuhe in der Farbe von mir gekauft, ich traute mich nicht zu fragen, was sie damit meinte, und hoffte, dass das ein linguistisch verunglückter oder missverständlicher Witz gewesen sein sollte. Sehe ich denn aus wie ein Schuhschnabel?

Livia war doch meine Zukunft, oder das, was ich für eine Zukunft hielt, irgendwann hatten wir sogar über Kinder geredet. Das erste sollte eine Tochter werden und sie hatte sogar schon einen Namen, nämlich Nora, so wie die Verlobte von Joyce. Aber mit jedem Druckknopf, den ich verkaufte und jedem Mal Auflegen, jeder Platte in der »Egon Bar« verschwand das geistige Bild von Livia, Nora, Triest, auch mein Interesse, Italienisch zu lernen, um bei Robertos Zeitung anfangen zu können. All das verdorrte, es schmerzte, aber es half, dass mir der Kurzwarenladen wider Erwarten Spaß machte und der DJ-Job zu einer Regelmäßigkeit wurde. Der Mittwoch war immer *mein* Tag, ich nannte den Abend »Margerine Eclipse«, entfernt vielleicht meinen Kunstraub evozierend. Ich fand, dass das genug flirrte, um es sich zu merken, denn so fühlte ich mich damals und auch heute noch, halbweich wie Margarine bei einer Sonnenfinsternis. »Mein« Abend wurde immer befriedigend voll, dann und wann traten bei uns mittwochs sogar tatsächlich Bands auf, ich erinnere mich an ein Sitzkonzert einer Gruppe namens Spacemen 3, bei der die Band auf Küchenstühlen saß und das Publikum wie üblich stand. Die stark eingerauchten Musiker schliefen sogar auf der Bühne ein, so repetitiv ereignisarm und stumpfsinnig war ihre Musik. Sie bemerkten nicht mal, dass das gesamte Publikum während des Konzerts grußlos ging, übrig blieb nur ich. Ich applaudierte so heftig, als müsste ich die Gegangenen ersetzen, am Ende glühten mir noch stundenlang die Hände. Der eine der Band fragte, ob er seinen Joint an ihnen anzünden könnte, sollte ein Witz sein, lachte auch niemand, weil ja keiner mehr da war.

Nach etwa sechs Monaten fuhr ich dann doch nochmal nach Triest. Ich war aufgeregt. Es war ein später, milder Oktober und es war irgendetwas anders. Nun bildete ich mir ein, heimzukommen, in eine fragile Abmachung, was ein zukünftiges Zuhause sein könnte. Wie würde Livia sein, von der ich zuletzt nur noch knöchriges Interpretationsnichts mitbekam? Mich beschlich der Verdacht, sie plane das zu beenden, was wir da an Inkompatiblem hatten, ein Verdacht, den ich aber verdrängte. Schmerzlindernd für mich war vielleicht, dass ich etwa einen Monat, bevor ich abreiste, jemanden in Bonn kennengelernt hatte, ein Mädchen namens Grace, eine Austauschschülerin aus Schottland. Da bahnte sich etwas an, sie tanzte immer ausgelassen zu einer Band aus ihrer Heimat, wenn ich mal ein Lied von ihnen in der »Egon Bar« spielte. Die Combo hatte den etwas ironisch unironischen Namen Orange Juice, insbesondere deren Stück »Don't Shilly Shally« verlangte sie wieder und immer wieder. Ich tat ihr aus Eigennutz gerne den Gefallen, weil mir das Stück selbst gefiel, und wenn es ihr gefiel, gefiel es mir umso mehr. Ich mochte die Stimme des Sängers, auch sein Aussehen. Offenbar ein altmodischer Rock'n'Roll-Fan in Plastiklederjacke und Ringelshirt, keinem, dem viel daran gelegen sein könnte, auf offener Bühne einzuschlafen. »Hör auf herumzueiern«, wie Grace mir diesen Titel mal versuchte zu übersetzen. Ja, das sollte ich endlich mal lassen, das Herumeiern, insbesondere als wir uns küssten. Sie meinte wohl, dass ich endlich »zur Sache« kommen möge, aber wir kamen nie zu dieser besagten »Sache«, weil immer irgendwas dazwischengeriet. Bei ihren Gasteltern ging es nicht, das waren Siebten-Tags-Adventisten, also moralisch wachsame Soldaten Gottes, bei mir waren Holger und Bernd im Grunde diesbezüglich nicht unähnlich. Gerade bei ihnen hätte ich mehr Toleranz erwartet, aber es gab Vorhaltungen, wenn ich mal nach 22 Uhr heimkam, oder nach 22 Uhr Gäste in meinem Kinderzimmer hatte. Auch und gerade bei Jungs schauten die beiden immer wieder unangemeldet rein. Mittwochs allerdings hatte ich sozusagen Freigang, das war mein Tag, so als hätte ich mir das Recht auf den langen Mittwoch erkämpft, ich konnte so lange fortbleiben, wie ich wollte. Auch weil ich mich bei ihnen eingesperrt und überwacht fühlte, war ich ein bisschen erleichtert, mal wieder nach Triest ausbrechen zu können, in der Hoffnung, dass sich irgendwas klären würde – meine Sache mit Livia und die mit Grace. Ich hatte nur keinen Schimmer, wie das gehen sollte. Grace war 15, sie hatte den Wunsch, das war mir klar, ausgerechnet in Bonn ihr »erstes Mal« zu erleben. Sie erwartete von mir den ersten Schritt zu dieser Initiative, den mir Livia in Triest abgenommen hatte, also eierte ich weiter herum, mit dem Kopf in Triest und der Libido in Bonn. Ich versprach Grace, als schwache Alternative, aus Triest jeden Tag eine Postkarte zu schreiben, von Livia erzählte ich ihr natürlich kein Sterbenswörtchen.

In Triest nahm ich mir ein kleines Zimmer mit fließend kaltem Wasser in der Pension Diana, gleich hinter der Börse, ich wollte nicht gleich »mit der Tür ins Haus fallen«, wie man so schön sagt. Ich stellte mein weniges Gepäck ab, unter anderem den Klapheck, den ich mitgenommen hatte, ohne wirklich zu wissen, warum. Mag sein, dass ich kurz daran dachte, ihn im Ausland zu verkaufen, dass das weniger auffällig sei als in Deutschland. Vielleicht gäbe es eine interessierte Galerie, die keinen Wert auf lupenreine Provenienz legte, oder die mich gerade deswegen im Preis etwas drücken könnte. Aber wollte ich denn überhaupt das Bild oder doch eher nur die Schuld loswerden?

Vielleicht dachte ich, es Livia zu schenken, nach dem Motto: Für dich begehe ich sogar ein Verbrechen.

Ich ging zu ihrer Wohnung, das Bild ließ ich in der Pension. Ich hatte mich noch nicht entschieden, was ich damit vorhatte, es kann sein, dass ich ebenso einen spontanen, unterbewussten Entscheidungsreflex wie beim Diebstahl brauchte, damit ich meine Ratio auslagern könnte. Ich klingelte unten, sie wohnten im zwölften Stock dieses fantastisch faschistischen Wohnturms zwischen dem Amphitheater und dem Largo Riborgo. Beide Eltern waren da, sie öffneten mir, ich bildete mir ein, dass sie mich erwartet hätten, angekündigt hatte ich mich jedenfalls nicht. Aber Livia war nicht da, sie sei fortgezogen, wie ich erfuhr, nach Burlington, aber ich glaubte es ihnen nicht, vielleicht verstand ich es auch nicht, mit meinem schlechten Italienisch und ihrem nichtvorhandenen Englisch. Als ich nach Eddie fragte, schüttelten sie übertrieben ihre Köpfe wie verschlagene Kakadus, für mein misstrauisches Empfinden *zu* übertrieben, und bei einem Gang zum Klo, vorbei an ihrem Kinderzimmer und einem verstohlenen Blick hinein, bemerkte ich keinerlei Veränderungen, alles war noch so, wie ich es kannte, selbst das Bett war zerwühlt und ungemacht. Ihr abgeliebter Teddybär, den sie Bibo nannte, thronte wie ein Wächter auf dem Kissen. Verbarg sie sich vor mir, lag sie etwa *unter* dem Bett, in dem sie mir Copilotin zur Mannwerdung gewesen war? Was war ich denn für sie, hatte denn das, was war, gar keine Bedeutung für sie? Bibo war doch Zeuge davon, dass da zumindest nicht *nichts* war. Es war doch nicht so lange her, dass wir waren, was wir für uns geplant hatten, so schien es mir zumindest. Ich sah fragend ihre Eltern an und musste husten, wenn ich an all das dachte, Livia, die Küsse, Nora, die ungeborene Tochter, Grace natürlich, die sich inzwischen dazwischengeschoben hatte, die es aber ohne eine »ganze« Livia nicht gegeben hätte und geben würde, das ganze Herumgeeiere,

»don't shilly shally«. Ich hustete, wie bei einem Schluck Wein, der mir in die falsche Kehle geraten ist, das kann vorkommen, wenn man zuviel denkt, dass man sich dann verschluckt, dachte ich. Roberto klopfte mir auf den Rücken und sagte lachend: »Il pensiero si fa basso nella testa«, den Satz schrieb ich mir auf, weil Roberto ihn noch zweimal wiederholte, so als sei er ganz besonders wichtig. Später übersetzte ich ihn mir, auf Deutsch heißt das irgendwie sowas wie »Denken macht niedrig im Kopf«, wahrscheinlich eine italienische Redensart dafür, besser weiter herumzueiern, als sich in etwas zu verrennen.

Roberto fragte mich, weil er meine Enttäuschung, meine Niedergeschlagenheit sah und wohl mehr wusste, als ich ahnte, ob ich einen Grappa wolle. Ich nickte, ja, warum eigentlich nicht, ist doch egal, betrinke ich mich einfach. Grund hatte ich ja, Livia hatte offenbar ihre Eltern dahingehend instruiert, uns beide voneinander fernzuhalten. Wir tranken einen zweiten Grappa, Robertos Frau, deren Namen ich mir nie merken konnte, ging irgendwann aus dem Haus. Ich hatte die schwache Hoffnung, dass sie Livia holen würde, aber ich sah sie nie mehr wieder. Ich dachte: Einen dritten Grappa werde ich mit Roberto noch trinken, sozusagen meine letzte Handlung in Triest, und dann verabschiede ich mich. Aber beim letzten Gang zum Klo fiel mir an der Wand im Flur eine gerahmte Postkarte auf. Ich las sie interessiert, weil nur die beschriftete Seite zu sehen war, zunächst nur die Empfängerin, das war Ileana Sonnabend. Das machte mich neugierig, und als ich sah, wer sie geschrieben hatte, wurde ich noch neugieriger, Leo Castelli. Was sie sich zu sagen hatten, mochte ich nicht lesen, das kam mir ein bisschen zu intim vor. Ich kam zu Roberto zurück, der nun leider für uns ein viertes Glas gefüllt hatte. Ich fragte ihn nach der interessanten Postkarte im Flur, er sagte, ich solle sie bringen. Eigenartigerweise ging so leicht oder mittelschwer betrunken die Kommunikation etwas besser als vollkommen nüchtern, wenigstens *ein* plausibles Argument fürs Trinken. Ich brachte das Bild und er löste es aus dem Rahmen, um mir die Bildseite zu zeigen, es war ein hyperrealistisches Gemälde aus dem Jahre 1962, ein Schuhspanner von Konrad Klapheck – ich war sprachlos. Leo Castelli war ein aus Triest stammender Galerist, der eine der berühmtesten Galerien der Welt in New York betrieb. Er war sozusagen der Pate der Pop-Art, alle haben bei ihm ausgestellt, er hat sie alle nicht nur gezeigt, sondern *gemacht,* und Ileana Sonnabend war seine rumänische Frau. Sie leitete, nachdem sich beide getrennt hatten, eine ähnlich programmierte Galerie in Paris. Castelli hatte ein paar Klaphecks, die er aber nicht zu handeln beabsichtigte, weil er sich ausschließlich auf amerikanische Künstler konzentrieren wollte, und schickte die Bilder seiner Exfrau nach Paris, die 1965 Klapheck eine Einzelausstellung einrichtete. Das stand auf der Postkarte, dass da demnächst ein paar Klaphecks bei ihr eintrudeln würden. Auf die Frage an Roberto, wie er denn an diese doch äußerst exotische Postkarte gekommen sei, zuckte er nur mit den Schultern, so als sei das nichts, was er da hätte. Leo sei sein Onkel, der Bruder seines Vaters.

Beim fünften Grappa erzählte ich ihm, dass ich jetzt dringend kurz mal wegmüsse, käme aber gleich wieder, ich müsste etwas aus meiner Pension holen, ein Gastgeschenk, das ich vergessen hätte. Ich dachte, jetzt, hier bei Roberto, da sei das Diebesgut im Grunde am besten angekommen, es hätte sich jetzt alles gelohnt und geklärt. Irgendwie fühlte ich mich befreit von einer großen Last, gewissermaßen als Stellvertreterin für Livia, und mein delliges Karma ließe sich dadurch vielleicht etwas ausbeulen. Roberto nickte, er sagte, ich solle nicht zu lange wegbleiben, er sei nun »giustamente stanco«, also sinngemäß rechtschaffen müde (vom Alkohol klarerweise, möglicherweise auch von mir), auch wenn das Wort *rechtschaffen* unübersetzbar ist. Ich eilte, ja segelte geradezu euphorisch aus ihrem Haus, die paar Gassen zu meiner Bleibe, in die Pension Diana. Der Empfang war unbesetzt, ich fischte mir den Schlüssel vom Schlüsselbrett, hetzte rauf in mein Zimmer. Beim Aufschließen klemmte die Tür, sie ließ sich nur schwer öffnen, als hätte sich am Schloss jemand zu schaffen gemacht. Ich betrat das Zimmer und sah sofort, dass da jemand drin gewesen ist, und zwar nicht das Stubenmädchen, mein Gepäck war durchwühlt, und ich wusste sofort, dass etwas fehlen würde.

Nun war sie weg, die Nähmaschine von Konrad Klapheck. Ich packte meine paar Sachen zusammen, schlich mich runter, hängte den Schlüssel wieder ans Brett, verzichtete darauf zu zahlen, weil ich das Zimmer ja sowieso nicht benutzt hatte, und nahm den Nachtzug zurück nach Bonn. Noch in der Nacht, im Zug, fand ich in meiner Hosentasche eine Seepocke, keine Ahnung, wie die da reingekommen ist.

ZURÜCK ZUR NULL

Als der Filmemacher David Lynch 1965 Kunst studierte, in Pennsylvania, beschloss er zur Erweiterung seines Horizonts nach Europa zu reisen, mit seinem Freund Jack Fisk, der später einige seiner Filme ausstatten sollte. Lynch und Fisk waren aber noch weit vom Film entfernt, sie waren noch halbe Jugendliche, 19 Jahre, die alles ausprobierten, was ihnen das Leben so anbot. Weil ein Freund von ihnen ein Reisebüro hatte, konnte er für sie Freiflüge organisieren, unter der einzigen Bedingung, eine Gruppe offensichtlich hilfloser Mormonenmädchen am Flughafen in Empfang zu nehmen und zum Flugzeug zu eskortieren, wohl ein mit ihrem Glauben unvereinbarer Gang.

Lynch und Fisk wollten nach Europa, weil sie von der Internationalen Sommerakademie in Salzburg gehört hatten, Oskar Kokoschkas »Schule des Sehens«. Das war, was sie interessierte, in der künstlichen Kulisse des aseptischen Films »The Sound of Music«. Lynch erinnert sich: »Ich wusste ziemlich bald, dass ich dort nicht arbeiten wollte«, zumal Kokoschka dort schon seit zwei Jahren nicht mehr das Sehen lehrte. Sie kamen zwei Wochen vor Beginn der Sommerakademie in Salzburg an und konnten sich mit der Stadt überhaupt nicht anfreunden. Sie wussten dort nichts mit sich anzufangen. Fisk sagte: »Wir hatten zusammen ungefähr 250 Dollar, David liebte Coca-Cola und Marlboro-Zigaretten, er ernährte sich davon, Cola und eine Schachtel Marlboro kosteten jeweils einen Dollar. Ich schaute mit Schrecken zu, wie unser Geld dahinschmolz.« Sie hielten zwei Wochen durch. Außerdem empfanden sie Salzburg als zu sauber. Damals war eher die Räudigkeit Philadelphias für Lynchs Kunst ein großer Einfluss, eine Stadt voller Furcht, Wahnsinn, Korruption, Verfall, Gewalt, in jeder Ritze des Fußbodens lauerte eine Bedrohung. Er liebte stampfende und dampfende Fabriken, in denen die Maschinen atmen und die Menschen den Maschinen dienen.

Heute, 55 Jahre später, treffe ich zufällig David Lynch in Salzburg auf der Straße. Ich spreche ihn an, ich bin verwundert, dass er hier ist, ausgerechnet Salzburg, und er murmelt etwas davon, dass er nicht darüber reden wolle und könne, jetzt noch nicht, vielleicht später. Es hätte etwas mit Flucht vor irgendwelchen Geistern zu tun, bitte keine Details, er ist aber überrascht, dass ich weiß, dass er vor exakt 55 Jahren schon einmal hier war. Wir setzen uns auf eine Bank vor der ehemaligen Nationalbank, diesem Prachtbau in der Franz-Josef-Straße. Ich sage: »Ich hole uns zwei Coladosen.« Als ich zurückkomme, hat er bereits zu Rauchen begonnen, und weil ich selbst nicht rauche, hat er auch keinen Vorsprung. Ich sage ihm, dass ich an der Sommerakademie beschäftigt bin, ich habe sogar ein eigenes Büro. Was ich dort eigentlich mache, weiß ich selbst nicht so genau, ich habe zwar eine Klasse, aber keine Ahnung, wie das gehen soll, das Unterrichten von Kunst. Immerhin bewegt man sich in einer fremden Stadt anders, wird Teil von ihr, Teil auf Abruf, und dadurch verändert sich auch das Sehen, man nimmt alles anders wahr, einfache Gänge, die Details, aus denen so eine seltsame Stadt wie Salzburg besteht. So fällt es vielleicht leichter, etwas zu vermitteln und zu behaupten, das sei jetzt Kunst, als fremder Mensch, der man hier für sich selbst ist. Leider unterrichte ich nicht Psychogeographie, sondern nur schnöde Kunst.

Ich frage ihn, ob ihm die verwitterten Bodenpiktogramme auf den Gehsteigen aufgefallen sind, überall, ich zeige ihm ein paar Fotos, die ich mit meinem kleinen Nokiafon aufgenommen habe. Er nickt, raucht und sagt, dass das eine nicht uninteressante Serie sei, dass unter einer scheinbaren Sauberkeit und Sicherheit die Fundamente der Gesellschaft korrodieren. Er sehe jetzt erst, was er damals vielleicht gar nicht sehen wollte oder wofür er vielleicht noch zu unerfahren war. Die abgetretenen Bodenbilder zeigen einen Mann mit Hut, der ein kleines Mädchen an der Hand hält, ein fragwürdiges Zeichen aus einer längst verwichenen Zeit. Ich erzähle ihm, dass der amerikanische Künstler Donald Baechler, der an der Sommerakademie 2004 unterrichtet hat, diese Figurengruppen ebenfalls fotografiert und in seine Bilder integriert hätte, immer darauf bedacht, die Vergänglichkeit so einzufangen und abzubilden, dass es »gewachsen« aussieht, nicht künstlich patiniert. Darin sei er ein solitärer Meister, fände ich. Lynch nickt, ja, das sei er, er bewundere Baechler. Das Rohe und das Ungelenke und Unheimliche, das ließe sich deshalb gut aufsammeln, weil es sonst ja niemand sehen würde. Donald Baechlers Kunst ist immer anzusehen, wie sehr der Künstler mit seinen Motiven und Methoden ringt und zweifelt, nichts dem Zufall zu überlassen, es aber dennoch wie einen Zufall aussehen zu lassen, wenn der Kopf nicht versteht, was die Hand macht, und die Hand nicht begreift, was der Kopf will.

Der Schmutz in seinen Bildern ist kein künstlicher Schmutz mehr, sondern ein echter, erarbeiteter, fühlbarer, erschöpfter Schmutz, die gründliche Anatomie des Schmutzes, bespuckt, abgekratzt, durchgestrichen, hinterlassen, verlassen, angepisst, vergessen, anonym wie die Stiefkinder der Nacht, Blumen am Arsch der Hölle. Kunst, die sich als Kunst nicht wohlfühlt, aus irgendeinem Zwischenreich, in der fünfundzwanzigsten Stunde, das fällt mir ein, während ich von Baechler schwärme.

Lynch nickt über meinen Furor, Donald Baechlers Kunst zu analysieren. Er schreibt etwas auf, ich frage ihn, was? Er sagt, ich hätte ihn inspiriert, er sammle Ideen für »Twin Peaks« 4, wie es weitergehen soll, nachdem Teil 3 endet, als der erstmalig vollkommen hilflose, alleingelassene Agent Cooper die nicht minder ratlose Laura Palmer fragt: »Welches Jahr haben wir?«, und statt einer Antwort kommt nur ein markerschütternder Schrei aus einer Ritze zwischen willkürlich festgelegten Zeiten. Irgendwie wird es weitergehen, und dafür hat er gerade eine Idee. Wer spricht mit uns durch solche blassen Bilder auf dem Fußboden? Je mehr wir zu wissen glauben, desto weniger wissen wir. Das, was du siehst, ist das, was es ist, und das bist du. Es ist kein langer Weg mehr, bis du aufwachst und erkennst, dass das Licht am Ende des Tunnels ein dir entgegenkommender Zug ist.

Als wir unsere Cola ausgetrunken haben, sage ich, ich müsse jetzt rauf auf die Festung, meinen Dienst antreten, ob wir uns in den nächsten Tagen wieder mal sehen wollen, ich könnte ihn ja auch mal mitnehmen. Er nickt und sagt: »Ja, gerne, danke für die Cola und die Rauchbegleitung.«

Als David Lynch 1965 in Salzburg war, hat er nicht nur knapp Oskar Kokoschka verpasst, sondern auch die Beatles, sie waren im März in der Stadt, um gleich weiter nach Obertauern zu fahren, wo sie Teile des Films »Help« drehten. Sie sollten Ski fahren, was sie natürlich nicht konnten, der Schnee in Liverpool ist einfach nicht *gführig* genug. Dafür hatten sie Doubles, die jeweils 1.000 Schilling bekamen, während ihre Perücken alleine schon 25.000 Schilling kosteten. Das erzähle ich ihm, bevor wir am nächsten Tag »Fisch-Krieg« betreten. Ich hatte den Schnellimbiss an der Salzach vorgeschlagen, ich dachte, der durchs Dach wachsende Baum würde ihn beeindrucken. Ja, sagt er, großartig, es wäre schön, wenn der Baum das Lokal auch noch mit in die Höhe heben könnte, dass die Fische wie Vögel auf den Ästen sitzen. Er lehnt meine Übersetzung »Fish-War« ab und sagt stattdessen »War On the Fishes«. Ich weiß, dass Lynch Beatles-Fan ist, und habe damit den idealen Koinzidenzpunkt. Sein Lieblingslied ist »Ob-La-Di, Ob-La-Da«, ihn hätte, sagt er, immer der Lygozor in dem Song für die Band eingenommen (»Ob-La-Di, Ob-La-Da, Lygozor, brah!«). Er will mehr von den Beatles wissen, wie das war in Salzburg, ob ich mehr wüsste. Ich sage, naja, viel gäbe es nicht an Zeugnissen, das einzige, was ich weiß, ist, dass sie bei der Pressekonferenz im Hotel gefragt wurden, was sie von Österreich wüssten und von Mozart hielten, worauf John Lennon meinte: »Mozart? Wunderbar. Wie geht es ihm?«

Lynch fragt mich, ob ich schon mal was von Alonzo Tuske gehört hätte. Ich verneine, und er erzählt, Alonzo sei der Beweis dafür, dass Tapferkeit einsam macht. Der tapfere Alonzo stand nämlich einsam inmitten von 5.000 kreischenden Fans und 200 Journalisten auf dem Rollfeld des New Yorker Flughafens, als die Beatles am 7. Februar 1964 zum ersten Mal amerikanischen Boden betraten. Alonzo trug ein Plakat, auf dem ALONZO TUSKE HATES THE BEATLES stand.

Bei einer Scholle, die wir im »Fisch-Krieg« vertilgen, kommt er auch noch auf Tuli Kupferberg zu sprechen, der 1923 geborene blinde Beatnik. Auch er hatte einen speziellen Zugang zu den Beatles, er nahm eine Platte auf, auf dessen Cover eine Zeichnung die Band vor einer Art Agent zeigt, der sie fragt: »What else do you do?« In einem Song Tulis dann die logische Gegenfrage auf ein bekanntes Lied von Paul: »Why don't we do it in the bed?«

Und wir diskutieren, ob sich die Beatles eigentlich *wirklich* aufgelöst hätten, wie da die Faktenlage steht? Nicht mal das ist gesichert, denn bereits Anfang der Siebziger Jahre gab es Spekulationen, dass die Pilzköpfe unter dem Namen The Residents weitergemacht hätten, eine Band, die bei Auftritten, um sich zu anonymisieren, über ihre Köpfen stets riesige Augäpfel aus Pappmaché stülpte und auf einer Platte die Namen der Bandmitglieder preisgaben, nämlich *John, Paul, George and Reingold.* Lynch und ich sind uns einig: Man muss sich seine Mythen selbst bauen, wenn die Mythen »der anderen Seite« und die allgemeinen Informationsangebote dürr sind. Und wie stand es eigentlich um Alonzo Tuskes Musikgeschmack? Wird er am Ende auch Mozart gehasst haben oder war er nur der Agent eines Lygozors?

Auf der kurzen Fahrt rauf zur Festung berichtet mir Lynch, warum er es mit der Kunst gelassen hat, nicht ganz, aber zumindest mit dem Studium. Im Herbst 1967 beschloss er, nicht mehr weiter zu studieren, und schrieb einen Brief an die Schulleitung, in dem er seinen Entschluss begründete. Er kann den Inhalt des Briefes noch ungefähr rezitieren: »Ich werde mein Studium nicht mehr aufnehmen, aber ich werde ab und zu mal vorbeikommen, um eine Cola zu trinken. Ich habe leider nicht genug Geld, und mein Arzt sagt, ich sei allergisch gegen Ölfarbe. Ich bekomme ein Magengeschwür und Bandwürmer zusätzlich zu meinen Magenkrämpfen. Ich habe keine Kraft mehr, meine Arbeit an der Kunsthochschule gewissenhaft fortzusetzen. Herzliche Grüße, David. PS: Ich werde stattdessen Filme machen.«

Bevor wir auf die Festung fahren, haben wir uns noch die Anselm-Kiefer-Ausstellung in der Galerie von Thaddeus Ropac angesehen. Die üblichen uningeniösen Materialschlachten aus Blei, Sand und Ästen. Lynch sagt, er verstehe die akrobatische Attitüde, das Bleischwere und den triefenden Mystizismus, um Deutschland zu verklären oder vielleicht sogar zu entklären (»declarifying the beast«), dem vorsätzlichen Pathos fehle aber irgendein Trick, ein Geheimnis, der den Pomp vom Kitsch zu trennen in der Lage ist, um den Künstler und das Werk zu mögen. Was er von ihm kenne und hier sehen würde, fände er einfach nur unsympathisch und falsch, aufgesetzt und prätentiös. Kiefer mache auf dicke Hose und sei im Grunde mit dieser kleinbürgerlichen Attitüde ununterscheidbar von jeder Arbeit jedes Laubsägebastlers zwischen Emden und Zittau. Ich bin überrascht, dass er überhaupt diese deutschen Kleinstadtkoordinaten so en passant aus der geistigen Hosentasche zaubern kann. Und er erzählt, dass er mal bei seinem Freund Silvester Stallone einen Kiefer habe hängen sehen, eine riesige, wahnsinnig schlecht gemalte Szene, grau in grau, in der Bernd Alois Zimmermann jemanden im Schwitzkasten hält, niemand geringeren als Snoop Doggy Dogg. Dafür hätte er 1,7 Millionen Dollar bezahlt, und zu allem Überfluss bestand das Werk in erster Linie aus plattgeklopften Dachrinnen, Zinntellern und Stroh, das wiederum ständig herabrieselte. Sly musste jeden Tag unterm Kiefer kehren, die Kunst saubermachen wie einen inkontinenten Baum, er klebte die Halme wieder mit Uhu an das Bild und rief verzweifelt den Galeristen an, der ihn aber zu beruhigen versuchte, dass das so sein müsse, dass sich das Bild eben transformieren würde. Hier *entkläre* sich nun mal Deutschland, das sei ein Zeichen dafür, dass die erworbene Kunst lebt, wie die aus Schokolade und Hasenscheiße gekneteten Figuren von Dieter Roth, an sowas gingen gerne die Motten, da wäre er mit seinem Strohkiefer doch besser dran. Aber nach einer Zeit war Stallone so genervt, die Putzfrau eines Kunstscherzkekses zu sein, dass er ihn wieder verkaufte, der neue Käufer erwarb also am Ende eine Co-Produktion von Anselm Kiefer und Sylvester Stallone, was den Preis des Werks noch aufwertete. Es ist also nicht unvorteilhaft, sagt Lynch, wenn man zur Kunst noch eine Geschichte mitgeliefert bekommt, und ergänzt sibyllinisch: »Wer Strohsterne bastelt, ist auf der sicheren Seite des Firmaments.«

Er erklärt mir, dass Kunst eine Geliebte oder ein Freund sei, aber dann gibt's noch Prostituierte, Callboys, Galane, Stepptänzer, Jongleure, Kanalratten und Leute, die nicht alle Pferde im Stall haben. Das müsse man herausfinden und erkennen, sonst könne man es gleich lassen mit der Kunst. Er selbst schätzt über alle Maßen die Kunstrichtung »Informel«, also das Prinzip der Formlosigkeit, dieser Übergang von Formauflösung und

Formwerdung, das Gestische einerseits und die Texturologie andererseits. Kein greifbarer einheitlicher Stil, sondern eher eine Haltung, die vor jeder Zuschreibung Abstand zu nehmen versucht, und sein Hohepriester ist Hans Hartung. Er hätte immer, wo er geht und steht, eine Art »psychomystisches Bio-Pic« über den einbeinigen Hartung im Kopf.

Ich frage ihn, vielleicht um den Faden mit dem Bandwurm aus seiner frustrierenden Studentenzeit aufzunehmen, ob er Erwin Wurm kenne, auch ein Ropac-Künstler, er sagt: Ja, klar, den würde er kennen, er wisse, was der so mache. Ein Polizistensohn, der das Pech hat, immer Polizistensohn bleiben zu müssen, das sagt wohl alles, der komme aus dieser kleinbürgerlichen Ordnung niemals raus. Mit Kunst hätte das nichts zu tun, was der mache, das seien eher dreidimensionale Illustrationen eines beleidigten Mannes, der dazugehören möchte.

Kiefer, Wurm, Jackson Pollock aber auch, dem gerade im Rupertinum eine umfangreiche Ausstellung gewidmet ist, das sei abgelaufene Dekorationskunst, die an der eigentlichen Kunst vorbeiginge. Pollock hätte Informel, zu der er sich hingezogen fühlte, intellektuell und psychologisch nicht erfassen können, der war einfach zu dumm, und hätte aus seiner Hilflosigkeit gefällige Geschenkpapiermotive gemacht, die die Leute damals zu Zeugnissen unterbewusster Kriege des Künstlers mit sich selbst umgedeutet hätten, kanalisiert in inkontinente Tropf-Happenings. Pollocks eigentliche Schule war letztlich, dass er gelernter Klempner war, und das, was er dann auf seine Leinwände tropfte, wäre, erklärt Lynch, nichts anderes als Kunst von Leuten, die Kunst im Grunde verachten, weil sie dort nie ankämen, und stattdessen lieblose, berechnende Ware produzieren. Hätten doch »Them goddamn hangcakes« (diese gottverdammten Gugelhupfe) einen richtigen Beruf ergriffen, Sattler, Hufschmied oder ein Nagelstudio betrieben. In dem Moment, als ich ihn fragen will, ob er der

Meinung ist, dass Günther Uecker auch besser ein Nagelstudio hätte betreiben sollen, hat die Bahn die Festung erreicht, wir steigen aus und ich habe meine eigene Pointe verpasst.

David Lynch trägt am Revers seines Jacketts einen kleinen Meinungsknopf, auf dem »Ich lebe in einer Katze« zu lesen steht. Er sagt, er hätte früher immer einen Hund in der Farbe von alten Möbeln gehabt, aber inzwischen habe sich das zugunsten der Katzen geändert, jetzt sei er auf deren Seite. Als Hund, wenn man sich zu sehr mit seinem Kameraden identifiziere, fühle man sich oft wie aus dem Auto geschmissen, auch wenn er wisse, dass Hunde nicht Auto fahren können, aber das sei auch der einzige Unterschied zwischen ihnen und uns. Gott und rauchende Katzen haben nicht denselben Humor, so einfach ist das mitunter, sich gegen einen Hund zu positionieren, wenn eine atheistische Ader in einem pocht.

Ich mache mit ihm einen Rundgang durch die Klassen, alle Studenten sind konzentriert mit sich beschäftigt. Als wir kommen, interessiert sie, wie es uns scheint, eher wie sie als Künstler wirken – keine produktive Stille oder Kakophonie der Kreativität, sondern eher wie eine Inszenierung, und wir fühlen uns wie ungebetene Gäste auf der Theaterbühne einer geschlossenen Anstalt. Lynch flüstert, mich sanft aus dem Klassenraum drängend, dass er schon früh draufkam, dass Menschen viel weniger nachdenken, wenn sie etwas schaffen, als sie später behaupten, nachgedacht zu haben. Er meint, dass etwas durch einen durch gehen müsse, etwas, was man nicht steuern könne, allenfalls ein wenig lenken. Nur als Medium könne man *richtige* Kreativität entwickeln. Und um diesen Punkt zu erreichen, Entscheidungen zuzulassen, helfe es, nicht zu denken, *wie* etwas geht, sondern seinem Unterbewusstsein zu vertrauen und sich überraschen zu lassen, was passiert. Und dann kommt es darauf an, *wie* man dazu steht, und das ist der eigentliche Trick dafür, wie Kunst *geht*.

Wir schauen von der Festung hinunter auf die Stadt Salzburg und das Umland, sehen in der Ferne die Alpen und über die Alpen hinaus vielleicht nach Italien und noch weiter die Dardanellen, und stellen beide fest, dass Nähe nur in der Ferne wirklich nah ist. Die Festung, das Schiff, die Behauptung, die von jedem Punkt Salzburgs sichtbar ist, wie eine manifestierte Glucke, die über ihrem Gelege thront, was schaut mich jetzt an? Hier oben? Ein vorwurfsvoller Blick, ein beleidigter, erniedrigter Blick? Ein ratloser, stümperhafter? Ein endloser Blick ist es, wie der Blick auf das fantastische Heizkraftwerk Mitte, eine mutige, brutalistische Geste purer Schönheit in zentraler Mitte der Stadt, wie ein Finger der Realität, dass man bitte nicht weiterschlafen soll, sich nicht ausruhen, hier spielt die Musik. Man fragt nicht, man ist erfüllt, und trotzdem nie erfüllt, das ist die Behauptung des nie versiegenden Glücks, und man wird eben zum Glück gezwungen: Schau hin, du Idiot, verstehst du es nicht? Und dann irgendwann kapiert man, was Glück ist und was Glück sein soll. Vor allem, wenn es unbeweglich ist und nicht gleich wegläuft. Lynch ist begeistert von dem Heizkraftwerk und bedauert, dass es ihm damals bei seinem ersten Aufenthalt gar nicht aufgefallen war, aber ich erkläre ihm, dass es das zu jener Zeit noch gar nicht gab, das hätte die Stadt erst 1999 da ins Stadtbild gestemmt.

Die Festung und das Heizkraftwerk werfen die Blicke zurück, ich schaue, es schaut, und fragt: Wer bin ich, dass ich Angst vor dir habe, dass du mich einschüchterst, dass ich meine Kleinheit in Arroganz, Wut, Ekel, Ehrfurcht, Unterwürfigkeit, Sprachlosigkeit, Staunen, in einen Abwehrmüdigkeitsreflex verwandele?

David Lynch raucht und seufzt von der Festung herunter. Er sagt, er fühle sich nur wie ein großer Hase, er frage sich, was er hier macht, wer für wen der Hase sei. Dann stellt er mir vollkommen unvermittelt drei Fragen, vielleicht um mich neu zu ordnen oder zu definieren, hier oben über Salzburg:

1. Warum brauche ich, was ich bereits habe?
2. Was ist so schlimm daran, sich nicht geirrt zu haben?
3. Wie wichtig ist Nichts?

Als Antworten auf jede seiner Fragen schweige ich, dem Hasen reicht das als Antwort. Ich merke, dass er sich hier wohlfühlt, dass ihn alles hier offenbar anregt, Fragen zu stellen, denen wohl ausreicht, nicht beantwortet zu werden. Erst jetzt fällt mir auf, dass seine Augen nicht, wie ich annahm, die Farbe von Bernstein, sondern von Zwieback haben.

Wir treffen Fanita Hammer. Fanita ist aus dem Team der technischen Mitarbeiter der Sommerakademie. In der Klasse des Keramikkünstlers Edmund De Waal ist der Brennofen eingegangen, eine Studentin wollte zwei Bierflaschen bei 1.400 Grad Celsius backen, schmelzen, transformieren, warum auch immer, vielleicht nur wegen dem Phasenübergang, das Feste über das Fluide ins Abstrakte. Die Idee – fassen kann man sie sowieso nicht, muss man ja auch nicht – ist in der Erstarrung steckengeblieben, weil dem Ofen das wohl zu abstrakt war. Ich sage, lasst das doch so stehen, jeder Körper ist beseelt, der Geist des Animismus, jedes Ding hat seinen Wert, jede Flasche ihr Pfand, hier liegen in dem ermatteten Brennofen vielleicht zweimal acht Eurocent. Das ist der Wert des Lebens und das symbolisiert seine Endlichkeit. 1.400 Grad haben es nicht geschafft, dieses Leben zu schmelzen, weil die Idee vielleicht zu schwach war. Lass doch alles so als Idee, im alten, müden Ofen, der hofft, dass nächste Woche kein Mensch mehr fragt, warum er einfach aufgegeben hat, keine Lust mehr hatte. Bartlebys Geist ist überall.

Und Fanita Hammer nickt. Sie hat mich verstanden. Vielleicht.

Auch durch das Scheitern wird die Idee zu einer Idee mit Bestand, vorher war sie ein alles absorbierender Schwamm in der fremden Galaxis unseres Unterbewusstseins, aus dem wir nichts quetschen können. Die Menschheit ist zwei Bierflaschen, die sich nicht schmelzen lassen, aber es gibt noch Pfand drauf. Das Erbe für so gut wie nichts.

David Lynch beglückwünscht Fanita Hammer für all das, für ihren prachtvollen Namen, den kaputten Ofen, das Kleine und das Große, acht Cent und 1.400 Grad, was ist dazwischen? Alles. Wir. Nichts.

Der endlose Blick auf die Festung, auf uns hier oben. Irgendjemand erhitzt das ultrahoch, weil er oder sie das interessant findet, und man denkt: Ist das so, muss das so sein, oder soll ich einfach weitergehen? Man kann die Erinnerung nicht umarmen und nicht inhalieren und in den Lungen behalten, man muss ja ausatmen, die schmutzige Luft muss raus, eine Idee kann man nicht festhalten, weil irgendwelche Milben die Idee aufessen, absorbieren, adaptieren und umetikettieren und wenn man Glück hat, etwas Großen daraus machen. Also ist der attraktivste Moment nur der Gedanke, die Idee, nicht die Erfüllung. Das klingt banal, weil es banal ist. Das Nichts ist nicht nichts, es ist eben deswegen etwas, weil das Etwas hohl klänge ohne das Nichts.

Kann man ein Bild, ein Kunstwerk beschreiben, ohne das Bild, das Objekt zu erwähnen? Sophie Calle hat ja mal versucht, Blinde zu bitten, ihr berühmte Bilder zu erklären: Was sie glauben, wie die Mona Lisa aussieht, Picassos Les Demoiselles d'Avignon und Munchs Schrei. Die Beschreibungen waren viel schöner als die berechnenden Kunstwerke, vielleicht aber auch, weil wir uns an ihnen, an allem schon so sattgesehen haben. Das Kunstwerk wird zur Nebensache, die nur zufällig auch anwesend ist. Offenbar haben wir akzeptiert, dass das Eigentliche immer mehr verschwindet, vielleicht weil am Ende der Kontext doch interessanter ist, in der Hoffnung, dass man vielleicht irgendwann alles wieder neu ordnen, man wieder zurück zur

Anfangsfrage und zum Eigentlichen kommen könnte, um alles zu korrigieren. Zurück zur Null.

Es ist heiß in Salzburg. So heiß, dass sich die Menschen erschöpft wie Fliegen auf Leim bewegen, sich seitlich wie geprügelte Hunde an den brutalen Hitzewänden vorbeischieben, in Zeitlupe. Selbst das Sehen funktioniert nur noch so, zähes Sehen, man sieht in der Hitze anders, man sieht zwar dasselbe, aber offenbar kommen die visuellen Botschaften ähnlich seitlich und langsam bei uns an. Gedanken biegen sich, wie feste Materie weich wird, wenn man sie totargumentiert. Interpretationen werden dehnbar, sie sind allenfalls amüsantes Knirschen der Materie. Man sollte eine »Schule der weichen Blicke« gründen.

Aber dazu ist es zu heiß. Also riechen wir besser. Wenn wir nicht mehr klar sehen können, weil alles zu grell ist, werden andere Sinne schärfer, und auch wenn man sich das nur einbildet, befeuert alleine die Vorstellung, *dass* man auf anderen Gebieten besser wird, schon die Schärfung der anderen Sinne. Das ist praktisch, aber man darf sich darauf nicht verlassen, das zu planen geht nicht – ich steche mir die Augen mit einer Schere aus, und kann dann vielleicht besser schmecken, was mir noch nie geschmeckt hat, nein, das geht nicht, außer die Schere ist elastisch.

Im Volksgartenbad, dem ältesten Schwimmbad Salzburgs, riecht es nach David Hockney, man bewegt sich im glasklaren Chlor. Wenn man Glück hat, sind kaum Schwimmer im Becken; hat man Pech, muss man Slalom kraulen, um eine etwas andere Gesellschaft als die Protagonisten der Bilder Hockneys herum. Die Schwimmer hier schwimmen hochkant, »sütterlines Schwimmen« nennt es Lynch, ein scheinbar orientierungsloses Taumeln wie das von Wasserkäfern, lustlos auf dem Weg zu ihrer Hinrichtung, als Strafe für ein Verbrechen, das andere für sie begangen haben. So schwimmt man hier. So sieht das aus. Und es sieht so aus, weil wieder mal die Befindlichkeit den Blick bestimmt.

Am Grund des Volksgartenparkpools in Salzburg hat sich eine hellblaue Kachel gelöst. Ich hätte sie gar nicht gesehen, David Lynch weist mich auf sie hin, er erklärt, dass dort drunter der alkoholkranke Bademeister seine Flaschen verstecken würde. Keine Ahnung woher er das weiß, aber ist logischer als den Alkohol ins Becken einzurühren, Mischungsverhältnis 1 zu 20.000.

Als wir das Bad am Frühabend verlassen, übersetze ich ihm, was der Bettler unter der prachtvoll, brutalistischen Felsenreitschule von Clemens Holzmeister an einer Armada von Argumenten auffährt, warum man ihn unterstützen sollte: »Ich habe 7 Kinder, ich bin krank, habe Thrombose, ich habe keine Medikamente, meine Mutter hat keine Füße, bitte helft ihr. Meine Schwester hat auch keine. Ich will nach Hause fahren und mir wurde mein Geld gestohlen«.

Der Mann ist aber nicht da, er amputiert vielleicht gerade anderen Familienmitgliedern die Füße, wir werfen dem unsichtbaren Bettler dennoch, und eben weil er nicht anwesend ist, Geld in den Becher, sein Elend könnte auf uns abfärben, oder er hätte uns, wenn er anwesend gewesen wäre und seinen Job gemacht hätte, in seine Liste der Katastrophen integriert: »David Lynch hat nur 10 Cent in meinen Becher geworfen, ich mochte den Film mit dem abgeschnittenen Ohr sowieso nicht.«

Uns fällt auf, wie es hier riecht, die Mauern feucht, modrig, salzig, wie Algen, was ist das? Das ist Meer, sagt Lynch, so riechts auch am Pazifik. Der Fels lebt, er röchelt, er ist dauerfeucht, Wasser rieselt aus unbestimmten Kapilaren da runter, wird nie trocken, der Zement ist voller Muschelkalk, deswegen der Geruch, es riecht nach Meer, Kelp, kraftlosen Seepocken und vertrockneten Quallen. Und wieder schließt sich ein Kreis. Vom Chlor zum Meer, in Salzburg, aber an Salzburg vorbei. Seitlich. Ohne Füße.

ALGORITHMUSRATEN
AM NACHMITTAG

Ich habe einmal einen etwa siebzigjährigen Mann, der gar nicht so verwahrlost war, auch kam er mir nicht betrunken vor, auf der Straße liegen sehen, am helllichten Nachmittag, so um 16 Uhr, vor einer so genannten Rotlichtbar – wusste gar nicht, dass die auch tagsüber aufhaben – in der Wolfgang-Koeppen-Gasse. Um 16 Uhr ist niemand betrunken, aber seltsam kann man ja schnell mal sein, um diese Zeit, unterzuckert oder so. Später kann man alles leicht mit Trunkenheit wegwischen und auflösen, jede Zuckung. Ich bin zu ihm hin, habe ihn gefragt, ob es ihm nicht gut gehe. Er nuschelte, ja, geht schon, Nervenleiden. Ich fragte, ob ich ihm aufhelfen und ihn heimbringen solle. Ja bitte, er wohne da gleich auf der anderen Seite des Marktes, 200 Meter. Er legte seinen Arm um meine Schulter und wir gingen unendlich langsam zu seiner Wohnung in der Pressgasse. Er stöhnte und ich dachte, Stöhnen und Pressen, wie da wieder mal was zusammenpasst, die Geburt einer Tragödie am Nachmittag vielleicht. Irgendwas war mit dem Mann, aber wie gesagt, betrunken schien er nicht. Er war auch nicht, nunja, desolat, also roch nicht, hatte keine Wunden, die Kleider waren ordentlich, er hatte sogar eine Krawatte umgebunden. Im Schneckentempo sind wir die Treppen rauf, ich ihn halb schiebend, halb ziehend, unendlich lange Schlüssel rausgesucht, den passenden ausgewählt und ins Schloss gesteckt, dann waren wir in der Wohnung. Dort flehte er, ich dürfe seiner Frau auf GAR KEINEN Fall etwas erzählen. Ich fragte, was ich nicht erzählen dürfe, dass er nicht betrunken ist? Nein, bitte nichts erzählen, aber was genau, das sagte er nicht, immer nur dieses Beschwö-rungsmantra: »BITTE nichts meiner Frau erzählen.« Ich fragte, wo denn seine Frau sei und er stammelte, dass die Kroatin sei. Ich meinte, dass ich nicht wissen wolle, WER sie sei, sondern WO, aber er ging nicht drauf ein, immer nur dieses: »BITTE nichts erzählen, die ist Kroatin.« Zwischen dem kleinen Flur und der Küche lag ein kleiner Teppich, plötzlich wurde er panisch und deutete darauf: »Vorsicht, bitte nicht draufsteigen«. Ich fragte: »Wieso?« Er: »Heben Sie mal hoch.« Ich hob den Teppich hoch, darunter war ein Loch, als ob jemand vorhatte, einen Weg in die darunterliegende Wohnung zu graben. Wir gingen um den klei-nen Teppich herum und ich fragte ihn, wo er hinwolle, wo ich ihn hinschieben soll, in die Küche, einen Kaffee trinken vielleicht, ein Glas Wasser? Nein, ins Schlafzimmer, und BITTE nichts meiner Frau erzählen. Jaja, ich habs verstanden! Ich bugsierte ihn ins Schlafzimmer, ins Bett, mit Mantel, Schuhen und Krawatte. Er sackte mit dem Gesicht aufs Kissen und ich sah mich ein biss-chen um. Die Wohnung war ok, nicht vermüllt, klein, schlicht, ordentlich, in einer Ecke stand ein Fernseher, es gab eine Blatt-pflanze, ein Standrad oder wie das heißt, vor den Fenstern Gardi-nen, an der Wand ein kleiner Setzkasten, in jedem Fach ein Zahn, aber kein Ansatz von Chaos. Angesichts seines Zustands hätte ich etwas anderes in der Wohnung erwartet, alles war so über-raschend ordentlich, dass ich nicht nachkam, beide Bilder zur Deckung zu bringen: ER war das Chaos in der äußeren Ordnung, deswegen war das ja auch so spannend und interessant dort in der äußeren Langeweile, das Loch unterm Teppich, vielleicht ein Synonym, vielleicht ein surrealistischer Film? Vielleicht plante er seinen Ausbruch, der Mann war irre, die Kroatin, vielleicht gibt's die nicht, weil *er* sie ist, er erfindet sie, aus Einsamkeit. Er hat das alles für mich inszeniert. Vielleicht war er ja nicht mal so kaputt, wie er vorgab. Ich stand dann in der Tür zum Schlafzimmer, ratlos, ich wusste nicht, schläft er jetzt, sein Gesicht immer noch im Kissen vergraben, soll ich mich rausschleichen? Dann kam doch etwas von ihm, ein erstickter Wunsch: »Bitte gehen Sie jetzt, Sie können jetzt gehen.« Ich ging und ich ersparte mir, ihn zu fragen, ob er noch irgendwas braucht, ich hörte ihn mir noch nachrufen, da war ich bereits im Treppenhaus: »Meine Frau ist Kroatin.«

Was macht so ein Erlebnis mit einem, ein Erlebnis, das man eher in der Nacht erwartet, wenn man sich dann in den Schlaf flüchten kann und die Träume einem alles abnehmen? So zerreißt einem das den ganzen Tag, man sucht sich irgendwelche Beruhigungsinseln, irgendwas, was einem Trost spendet, gut tut, auf dem man seinen schweren Kopf ablegen kann, einen Setzkasten befüllen, Musik hören, vielleicht ein Bier? Nein, daraus wird ein zweites und drittes, und dann klappt man vielleicht auch zusammen wie der arme Mann mit seiner Phantomkroatin.

Am Morgen hatte ich noch erfahren, dass sich meine Lieblingsband Throbbing Gristle aufgelöst hat, die Mitglieder gaben in einem Schlusskommuniqué bekannt, dass sie sich aufgrund musikalischer Ähnlichkeiten gezwungen sähen, zukünftig getrennte Wege zu gehen. Das war so eine schöne Trostzone, kein Streit, einfach nur der Einklang als Trennungsgrund, kann nicht alles so sein? Eine kleine, frohe Botschaft, um den Trennungsschmerz erträglicher zu machen. Kriege und Hahnenkämpfe beenden, weil die Interessen der Kontrahenten zu ähnlich sind? Trotzdem, ich würde die unsichtbare Kroatin, den Mann in Kleidern im Bett und das Loch im Boden wohl noch ein Weilchen mit mir mitschleppen müssen. Was würde aus dem Mann werden? Wird er sterben? Sich ein neues Opfer suchen? Weiter an dem Loch arbeiten? Ich brauchte irgendeine Ablenkung, auch von der Auflösung der Band. Nicht zu fassen, lösen sich einfach auf, was mach ich denn jetzt, worauf warte ich denn jetzt noch? Also warten im Sinne von: Was soll denn *noch* alles passieren?

Ich kam auf die, wie mir schien, naheliegendste Idee und ging zurück zu der Stelle, wo ich den Mann gefunden hatte, vor der Rotlichtbar, und tatsächlich, sie hatte geöffnet. Mir war das Lokal nie aufgefallen, gesehen habe ich es, ja, aber mir nie Gedanken darüber gemacht, was da innen so vor sich geht, und ich bin ja oft in der Gegend. Aber die verhängten Fenster, auf denen aus Folie ausgeschnittene Schattenrisse nackter Damen geklebt waren, die rote Laterne überm Eingang, naja, warum sollte man in sowas gehen, noch dazu bei dem seltsamen Namen »Hugo-Wolf-Stüberl«. Aber jetzt wurde ich plötzlich neugierig und musste mit dem Mann und der Auflösung der Band mit mir alleine sein, in fremder Umgebung, vielleicht könnte ich mich dann besser ordnen.

Innen empfing mich genau das, was man sich unter so einem Lokal vorstellt, alles andere hätte mich überrascht: bisschen rot-plüschig, abgewetzt, künstlich, muffig, Plastikpflanzen, ein paar Spiegel, eine große Pantherkatze aus Porzellan, hinter der Schank eine verblühte Frau mit enger Bluse und kurzem Rock, ziemlicher Oberweite und dicken Beinen, schlecht geschminkt, auftoupiertes Haarungetüm, rauchend, so als würde sie hier leben, vor sich ein augenscheinlich immer voller Aschenbecher. Sie nickte mir zu. Musik lief, ein entsetzliches Lied, das jeder vermeidet zu kennen, Middle of the Road, »Chirpy Chirpy Cheep Cheep«, ein Lied wie ein Kaugummi, dessen Geschmack bereits, bevor er überhaupt als Kugel in einen Automaten gelangt, aromalosgekaut schmeckt. Eigentlich passte das sogar ganz gut hier rein, also ist das doch nicht so schlecht, diese banale Instant-Fröhlichkeit, um die bestimmte Stimmungen arrangiert wurden, nicht andersrum, so kam mir das in diesem Moment vor.

Auf einem Hocker an der Bar saß nur ein einziger Mann mittleren Alters, im cognacfarbenen Anzug, die Krawatte hatte er gelockert. Er hielt sich mit einer Hand an seinem Bier fest, aber so sehr, dass seine Fingerknöchel ganz weiß waren. Im Gesicht sah er ähnlich aus, angespannt, als hätte er Kopfschmerzen von seiner Wut, ein Gesicht wie eine Faust. Ich dachte beim Anblick seiner weißen Knöchel an eine englische Redewendung, das ist ein »White Knuckle Ride«, ein Synonym für etwas Nervenaufreibendes, Anstrengendes. Ich glaube, das kommt vom Autofahren, eine gehetzte Fahrt, sodass die Knöchel der Hand, die das Lenkrad umklammert, ganz weiß werden. Von Throbbing Gristle gibt's eine ähnliche Formulierung, den »Five Knuckle Shuffle«, das ist sogar der Titel eines ihrer Lieder, ein Synonym für Masturbieren, gilt wohl primär für das männliche. Zwei Formulierungen, die darauf warten, zusammengefügt und ergänzt zu werden, also wenn man wie ich ein Sammelzwängler ist: Mit zwei gleichen Dingen beginnt es schon als Sammlung attraktiv zu werden. Aber ich kenne keine weiteren Knöchelwendungen, man könnte welche erfinden und so tun, als gäbe es sie, oder hoffen, sie werden Volksmund, aber ich habe schon soviel erfunden, so viele Ideen sind bei mir an der ausgestreckten Hand verhungert, dass ich inzwischen ganz leer und kraftlos wie die »Think Knuckle Fatigue« bin. Man könnte den Ride ja auch mit dem Shuffle kombinieren, Rasen und Masturbieren, Gefahr und Sex, Bedrohung und Erlösung, aber aus Antagonisten kann man keine Sammlungen machen, sie bleiben immer zu Zweit. Vielleicht so wie ich und der schwächelnde Mann mit der Kroatin, oder wie ich und der andere Gast hier neben mir mit dem geballten Gesicht? Obwohl ich nicht mal weiß, ob die meine Gegenspieler sind, vielleicht sind sie ja auch auf meiner Seite?

Ich fragte mich, ob ich ihn ansprechen soll? Ihm das von den Knöcheln erzählen – lieber nicht; Throbbing Gristle wird er wohl auch nicht kennen. Die Kellnerin schlingerte an meinen Platz und fragte mit leicht osteuropäischem Akzent: »Na, was trinken wir?« Ich glaube, das ist so Usus, dass man die Belegschaft einlädt, deswegen der Plural, damit man nicht gezwungen ist, alleine zu trinken, dabei hatte ich doch mit mir schon genug Gesellschaft, und mit meinem Erlebnis. Ich sagte: »Ein kleines Bier bitte«, auch wenn ich nicht vorhatte zu trinken, aber ich dachte, Kaffee geht hier irgendwie nicht, und Tee im Puff noch weniger. Sie schaute mich fragend an, als warte sie auf etwas, auf einen Zusatz, sie sagte: »Ich bin die Ramona.« Ich nahm an, wenn ich weiß, wie sie heißt, soll es mir leichter fallen, sie zu etwas einzuladen. Plötzlich zischte der Mann in das entsetzliche, plombenaufweichende Lied: »Bestell ihr einen Prosecco, mir hat sie gesagt, sie heißt Lydia, und von mir hat sie nichts bekommen, vielleicht testet sie Namen aus, die funktionieren.« Ich nickte, auch wenn es mir ganz und gar nicht gefiel, dass er mich duzte: »Ein kleines Bier und einen Prosecco, und haben Sie Nüsschen?« Den Prosecco, weil er mir als Klischeegetränk richtig erschien, und die Nüsse, um hinten noch was dranzuhängen, um von meiner anfänglich unhöflichen und unvollständigen Bestellung abzulenken. Den Prosecco sprach ich, wie ich das immer mache, falsch aus, Prosetscho, sich etwas dümmer zu stellen, kann irgendwann mal ein Vorteil sein, sicher ist sicher, schon mal vorsorgen. Ramona oder Lydia schüttelte den Kopf, keine Ahnung, ob die Nüsse oder die falsche Aussprache gemeint waren, und holte eine Bierflasche aus dem Kühlschrank. Der Mann redete weiter: »Bestell mir auch ein Bier, und einen kleinen gemischten Salat.« Ich war überrascht von seiner Bestellung, sah ihn fragend an, aber er löste gleich auf: »War ein Witz, brauchst nichts bestellen, ich hab noch, danke.« Die Wirtin stellte mir das Bier und ein Glas hin und prostete mir mit ihrem Sektglas zu, na toll, eine Party am Nachmittag im Finstern mit passender Partymusik und passenden Gästen.

Ich überlegte, den Mann zu fragen, ob er tippen könnte, was als nächstes Lied kommen würde, egal ob das jetzt Radio oder

Spotify ist, also Algorithmusraten, manchmal geht das, aber so verbissen, wie er dasaß, würde er mich vermutlich nicht verstehen. Auch die beiden zu fragen, ob ihnen hier vor kurzem ein Gast aufgefallen ist, dem es nicht gut ging, der vielleicht von seiner oder *einer* kroatischen Frau geredet hätte, ließ ich, stattdessen zog ich ein Manuskript aus meiner Jackentasche, ein Textkonvolut, das ich ausgedruckt mit mir herumschleppte, bevor ich den Mann auf der Straße auflas. Das sollte ein Buch werden, Zeugs, das ich so in letzter Zeit zusammengeschrieben hatte und langsam die Übersicht darüber verlor, nicht nur inhaltlich, sondern auch, ob das inzwischen überhaupt noch eine Relevanz hat, oder je hatte, für wen auch immer. Ich mache das manchmal, mich damit irgendwo reinsetzen, es lesen, dass der andere Ort auch andere Augen, einen anderen Geist oder Blickwinkel bekommt, man also selbst zum Fremden wird, einer Person ohne Land. Was ich da hatte, war so eine Art Geschichtensammlung, ich nannte das Genre »Unzuverlässiges Reisen«, eine Mischung aus historischem Psychogeographiegossip (Marvin Gaye schreibt seinen größten Hit in Belgien und wird kurz danach von seinem Vater erschossen, nachdem er aus einem fahrenden Auto gesprungen ist, mit drei Mänteln übereinander) und autokannibalistisch wehleidigem Angebertum. Ich glaubte, das sei eine tödliche Mischung, konnte es aber nicht wirklich beurteilen, deswegen kam mir jetzt dieser völlig fremde Ort ganz gelegen. Wie würde er (der Ort) entscheiden und das Zeug bewerten, auch mit den noch nachhallenden Schwingungen meiner kleinen Samaritereinlage von vorhin? An der Wand hinter Ramona hing ein Wandschoner aus Stoff, auf ihn war ein Satz gestickt: »Ich bin gekommen, um Gelerntes zu vergessen«. Ja, das war es eigentlich, ich fühlte mich gemeint, das Bier begann mir zu schmecken.

Ich blätterte ratlos in den Papieren, Geschichten, die ich zwar kannte, aber die inzwischen nichts mehr mit mir zu tun hatten.

Je mehr ich las, desto hektischer und ungeduldiger wurde ich, ich wusste ja, wie die Geschichten ausgingen, aber ich dachte immer, da muss doch *noch* was kommen, irgendeine Erkenntnis, etwas Neues, Überraschendes, geht's denn da gar nicht mehr weiter? Und je rastloser ich wurde, desto hohler und idiotischer wurde alles. Bevor mir endgültig die Kette riss, brauchte ich neues Bier, ich sah Ramona an, nickte und deutete auf mein leeres Bierglas. Sie legte ein bisschen fragend ihren von Haar und Schminke schweren Kopf zur Seite, was wohl bedeuten sollte, ob ich ihr nicht wieder einen Prosecco spendieren würde, ich nickte, und in dem Moment schloss sich der andere Mann mir an: »Mir auch eins, bitte.« Geschickt abgewartet, auf die Art erspart er sich die Ausgabe für den, vermutlich stark überteuerten, Schaumwein. Er fragte: »Was sind das für Zettel? Die Steuer?«

Ich nickte, ohne zu wissen, warum, wahrscheinlich um uns komplizierte Antworten und weitere lästige Fragen zu ersparen, Steuer, was soll man da schon groß nachfragen. Ramona brachte uns das Bier, in dem Moment hatte ich nicht mitbekommen, dass der andere Gast näher zu mir gerückt war, einen Barhocker weiter. Ramona stellte auch ihm sein Getränk hin, im Radio kam Floyd Cramer »On the Rebound«, ein sehr okayes Instrumentalstück, das mochte ich schon immer. Ich wurde milder, es klang ein bisschen wie die Titelmelodie der Peanutsfilme, das machte glücklich, auch an die Peanuts zu denken entspannte. Warum kann ich nicht einen normalen Hund haben wie alle anderen?, dachte ich automatisch wie Charlie Brown, und in dem Moment sah mich mein neuer Nachbar an und ich merkte, zu spät, dass ich den Satz nicht gedacht, sondern ausgesprochen hatte. Ich sagte: »Peanuts, das Lied klingt wie das Peanuts-Thema, deshalb Charlie Brown, Snoopy, der Hund.« Er nickte und sagte, seine Hand ausstreckend: »Ich bin Richard, nenn mich Rick.« Ich war irritiert, bin ja auch kein großer Händeschüttler, gab aber Rick trotzdem meine Hand, in der Hoffnung er würde sie nicht zerquetschen wie das vorhin bei seinem Bierglas aussah. Überraschenderweise war der Händedruck ebenso wie seine Hände weich wie ein Stofftier, auch seine Gesichtsspannung war weicher als vorhin, vielleicht vom Bier weichgeschwemmt, gut. »Eigentlich sind das keine Steuerunterlagen, das sind Texte, ich weiß nicht, ich dachte, man kann daraus ein Buch machen ...« – ich wunderte mich über mich selbst, warum ich ihm plötzlich etwas erzählte, was ich gar nicht vorhatte – »... ich muss das nochmal durchgehen, bevor ich das einem Verlag schicke, jetzt zweifle ich grad wieder.« Rick nickte, und sagte: »Kann ich mir vorstellen, vielleicht zu lang damit beschäftigt? Mal Abstand gewinnen? In so einer Kaschemme wie der hier? Ganz weit weg von allem?« Er sprach mit englischem, oder nein, amerikanischem Akzent, aber sein Deutsch war gut, ich fragte: »Rick, woher kommen Sie? Was machen Sie hier, auch Abstand gewinnen? Oder auf der Flucht?« Den schlechten Witz am Ende überging er gnädigerweise, wie meinen Versuch doch noch das Sie zu retten: »Ich bin aus Amerika, aus Houston, Texas.«

Ich ließ das erst mal so stehen, wollte jetzt nicht weiter nach dem Grund seines Hierseins fragen, das könnte als zu bohrend empfunden werden, vielleicht kommt was von ihm, wenn nicht, ist das auch egal, mehr als zwei Biere würde ich hier sowieso nicht trinken wollen. Eigentlich war das jetzt hier alles schon zu nett, die Anonymität wich langsam einer Gemütlichkeit, Geselligkeit, selbst Ramona hatte irgendwas, sie tanzte jetzt ein bisschen ungelenk zum Lied von Floyd Cramer, das hatte schon ein bisschen was von, hm, vielleicht John Waters, einem seiner weniger garstigen Filme. Ich blätterte wieder in meinen Zetteln, tat so, als würde ich mich redigieren, aber Rick saß zu nahe, und Ramona tanzte zu interessant zu einem zu guten Song. Ich änderte die Taktik: »Rick, darf ich Dir, ich meine Ihnen ...«

»Kannst mich duzen, wie heißt du?« »Ich heiße, äh ...«, das war jetzt ein Problem, in flüchtigen Begegnungen verwendete ich immer andere Namen, um am Ende nichts zu hinterlassen, meinetwegen Spuren zu verwischen, aber jetzt fiel mir kein Name ein, etwas aus mir sagte: »Ich bin Dieter, also ich heiße Dieter Zimmermann.« Ganz guter Name eigentlich, klingt nach absolut gar nichts, vollkommen hohl, perfekte Projektionsfläche, Autohändler oder Professor für Nutztierwissenschaften, dabei war der mal der Verlobte von Agnetha Fältskog, ha, kann man dann immer mal irgendwann auspacken, so wie ein letzter müder Trumpf in winzigen Stunden – ich hatte mal was mit Agnetha –, wenn man droht unterzugehen, dann haut man eben diese Karte auf den Tisch, dann ist man wieder im Spiel.

»Also, Rick, mich würde interessieren, wie oder warum du aus Houston hier gelandet bist, hier im Hugo-Wolf-Stüberl?« Ramona lächelte, komisch eigentlich, naja, vielleicht ahnte sie, dass wir uns jetzt hier festquatschten, das hieß, mehr Umsatz für sie, verstehe. Ah, neue Musik, vielleicht haben die hier einen SAG (Stimmungsalgorithmusgenerator), der anhand von Gesprächen, Themen, Wortwahl, vielleicht Alter der Stimmen, einen Musikalgorithmus erzeugen kann. Das erste Lied war noch ein Versuch, der Generator hat die schlechten Schwingungen registriert und sich neu justiert, denn jetzt wurde es interessant. Rick wippte mit dem Kopf, seine Augen wurden zu Hagelkörnern, er stach mit dem Zeigefinger in die Luft. Ich glaube, das sollte in Richtung Lautsprecher bedeuten: Ich kenne das, was von dort kommt. Allerdings sagte er nichts, lag ihm wohl auf der Zunge, ist ja auch zu unbekannt, ich half ihm: »Das ist Dora Hall, ›It's All Over‹, du kennst die Geschichte?« Er lächelte, so wie: Ich kenne sie, aber erzähl sie trotzdem. »Ihr Mann hat diese roten Plastikbecher erfunden, Solo Cups, wahnsinnig reich geworden damit, Milliardär, und er hat seiner Frau alles gezahlt, Komponisten, Songs, Aufnahmen, Platten, sogar ein ganzes Musical, und einen Fernsehsender, damit sie auftreten konnte in ihrer eigenen Fernsehshow, aber ihre Platten wurden alle verschenkt, für Großkunden dieser Plastikbecher, eine auf Wegwerfgeschirr gebaute Karriere, das *kann* eigentlich nicht gut gehen.« Das Lied ist nett, aber eigentlich relativ schnöde, wenn es nicht diese Geschichte gäbe. Rick erzählt: »Ich hab das als Kind oft gehört, aber weiß nicht, ob wir die Platte hatten, oder ob das im Radio kam, was ich eher nicht glaube, wenn etwas verschenkt wird, hats ja keinen Wert, ich glaub die arme Dora Hall hat darunter gelitten.« Ramona schaute uns interessiert zu, versuchte wohl mitzukriegen, worüber wir redeten, aber ihr das zu erklären, oder sie mit einzubeziehen in dieses Musikding war vielleicht zu speziell. Vor allem, wenn sie wirklich, wie ihr Akzent nahelegte, aus dem Ostblock kam. Sie tat mir ein bisschen leid, ein bisschen so leid wie Dora Hall, deswegen stellte ich auch ihr jetzt die Frage: »Ramona, woher kommst du eigentlich?« Sie freute sich spürbar, dass man sie einbezog: »Ich komme aus Třetí Galaxie.« Rick und ich schauten uns fragend an, verstanden den Witz nicht, wenn es denn einer sein sollte. Sie ergänzte: »Kennt ihr das Lied nicht? Tschechischer Song, ich komme aus Prag, jeder bei uns kennt das Lied.« Ich kannte das Lied auch, aber verkniff mir ihr zu sagen, dass das Lied im Original von Umberto Tozzi ist, also eher italienisch, und im Horrorfilm »Hostel« einen grausamen Schlüsselkontext hat. Zu dem Lied werden zwei amerikanische Rucksacktouristen von einer Bande krimineller Kinder entführt, gefoltert und zerstückelt. Rick ließ meine Frage an ihn, was ihn hierhergeführt habe, unbeantwortet im Raum hängen wie einen Lappen über einem Zaun und fragte mich stattdessen: »Also wenn du da was schreibst, Dieter, was interessiert dich so, also außer Musik, woher bekommst du deine Stoffe?« Ich konnte und kann das gar nicht so einfach beantworten, vielleicht entsteht das wirklich aus so kleinen Begebenheiten wie die mit dem Mann, den ich vorhin nach Hause und ins Bett gebracht habe. Begebenheiten, auf die man reagiert und Rückschlüsse auf seine Befindlichkeiten zieht. Alles fließt ein, und dann siebt man aus, oder setzt noch eins drauf, keine Ahnung. Ist eigentlich schwer, so schwer, dass man das gar nicht wie so einen Bauplan ausbreiten kann. Es fühlt sich an wie Druck von unten, man drückt mit einer kleinen Geschichte von unten nach oben ins Uferlose. Am Ende muss sich der Kreis aber schließen, ausfransen ist ok, aber hinterher muss die Tür zugehen. Mir kommt das auch oft vor wie eine eher körperliche Kraftanstrengung, ich fühle mich hinterher meistens komplett erschöpft, als hätte ich Säcke geschleppt. Ich sagte: »Nicht so leicht, leichter ist es, wenn man ein Thema bekommt; das essayistisch zu lösen, das geht leichter.« Rick nickte, Ramona ebenfalls, obwohl ich nicht glaube, dass sie verstanden hat, worum es ging. Rick sagte: »Ich gebe dir jetzt mal eine Idee, wie würdest du daraus eine Geschichte machen? Also da sitzen zwei Leute, Junge und Mädchen in einer ihnen unbekannten Stadt, sagen wir Wien, fest und sie hätten 20 Stunden. Die beiden kennen sich nicht, er ist Franzose und sie eine Amerikanerin.«

Während ich noch die Informationen ordnen musste – was ist das für eine Ausgangssituation? Was könnte daraus entstehen? –, hob Rick seine Hand und deutete mit zwei Fingern Ramona, dass er für uns noch zwei Bier hätte, und in dem Moment kam auch schon das nächste Lied, Chuck Magniones »Children of Sanchez«, der Mann mit Hut und Flügelhorn. Mich machte der Algorithmus nervös, ich konnte keine Logik erkennen, das war auch kein Radio, also keine Ansagen, Wetterbericht oder so, das war irgendeine Maschine, dessen SAG ich noch nicht kapierte. Ramona stellte uns schmollend die Biere hin, vermisste vermutlich ihren Prosecco. Ich reimte mir auf Ricks Frage etwas zusammen, ohne viel Nachdenken, das muss einfach so fließen: »Sie heißt Jesse und er Celine, so würde ich anfangen, sie kommen aus Prag mit dem Zug nach Wien, in Prag wurden sie von so kleinwüchsigen Irren gefangen gehalten, die sie in einer Disco mit K.o.-Tropfen gefechtsunfähig gemacht haben, um sie grausam zu foltern. Sie können aber entkommen ... Nein, falsch, sie ist Touristin, Interrail, Backpackerin und ist bestohlen worden, und er ist Importeur von Froschschenkeln und sein LKW (»La logistique clef en main«) ist eingegangen. Er muss zurück nach Paris und sie nach Houston, in Wien wollen sie den Behördenquatsch regeln, weil das in Tschechien alles viel schwieriger ist, als gedacht, Stichwort kafkaeske Zustände, bürokratische Willkür und Ressentiments. In Wien verlieben sie sich, also nachdem sie sich vorher über viele Stunden und Gespräche kennengelernt haben, sie treffen ein paar Leute, man treibt so ein bisschen ziellos herum, sie helfen einem betrunkenen Mann, der auf der Straße zusammengebrochen ist, nach Hause zu kommen, begegnen einer sprechenden Kuh, die ihnen einen kleinen Vortrag über Musik hält, etwa über Agnethas Leben vor ABBA, ihre Liebhaber, oder einen speziellen Liebhaber, mit dem sie sogar verlobt war, der auch ein paar Songs für sie geschrieben und mit ihr produziert hat. Sie kaufen auf dem Flohmarkt einen Schrank, mit dem sie ein paar Stunden herumziehen, auch in ihm schlafen, um die Kosten für ein Hotelzimmer zu sparen, im Schrank werden sie auch intim. Am nächsten Morgen fliegt sie nach Houston und er nimmt den Zug nach Paris und sie versprechen, sich genau ein Jahr später wieder hier in Wien zu treffen, im Hugo-Wolf-Stüberl, weil Celine Hugo Wolfs Musik liebt.«

Ramona strahlte, ich glaube, sie glaubte, dass das eine Drehbuchidee war, die dann in diesem Lokal realisiert werden würde. Rick verzog den Mund, sagte: »Naja, das ist eine nette, surrealistische Idee für einen Film, und ja, du fragtest vorhin, was ich hier mache, ich möchte tatsächlich einen Film hier in Wien realisieren, ich habe mal eine Freundin in Houston auf diese Art kennengelernt, nur kam sie aus Europa, und ich, ich tat so, als käme ich aus Alaska und wir taumelten wie zwei Motten durch Houston. Ich tat so, als sei mir die Stadt ebenfalls ganz unbekannt, am Ende verliebten wir uns, und ok, jetzt ...« – in dem Moment blickte er lachend Ramona an, die ebenfalls übers ganze Gesicht strahlte – »... kann ich's ja sagen, sitzen wir hier, also sie ...«, er deutete auf Ramona, »... ist die Frau aus Houston und heißt eigentlich Flutura und kommt aus Kroatien.« Ich schaute wohl etwas perplex, wie ein geprellter Frosch, deshalb nahm ich eher den erneuten Liedwechsel wahr, wie eine Übersprungshandlung, als dass ich dazu etwas sagen konnte – es war Mr. Acker Bilk, »Stranger On The Shore«. Dazu fiel mir nichts ein, außer, dass es mich immer traurig machte, der sterbende Klarinettenspieler am Strand, aber das interessierte jetzt wohl niemanden. Rick plapperte jetzt einfach weiter: »... und hier in Europa kann man den Film von so Tourismusverbänden fördern lassen, hier ist das viel leichter, sowas zu machen, als bei uns, da brauchst du private Geldgeber, das ist mitunter eine demütigende Bittstellertour, und das ganze zu verschieben, von Houston nach Wien, das macht das ganze spannend, die Koordinaten des Zufalls und so.« Ich sagte: »Ja, ok, dann habt ihr mit mir gespielt, dann war ich wohl nur ein Halmastein in eurer Zufallsscharade, egal, ich muss dann jetzt auch langsam mal gehen, das Lied ist eigentlich eine ganz gute Schlussnummer, möchte die noch mit rausnehmen, ein Lied für den Weg.«

Ich fummelte 20 Euro aus der Hosentasche, keine Ahnung, ob das zu wenig oder zu viel war. Ich legte das Geld auf den Tresen, sammelte meine Papiere zusammen und sagte nur: »Tschüss, war nett, aber hab noch einen Termin bei meinem Steuerberater, ich trink ja eigentlich sonst auch nichts, vor allem nicht so früh.«

Beide schauten gar nicht so enttäuscht, eher so, nunja, freundlich triumphierend, dass sie mir einen netten Nachmittag inszeniert hatten. Als ich zur Tür rausging, kam mir ein Gast entgegen, fast wären wir zusammengestoßen. Weil es draußen so hell war und sich meine Augen so sehr an die Dunkelheit im Lokal gewöhnt hatten, sah ich den Mann zunächst nur als Schattenriss, aber als er dann ganz nahe bei mir war, erkannte ich ihn. Er zischte mir zu, kaum hörbar, als sei das ein geheimer Eintrittscode: »Bleib doch noch, du Arschloch.« Es war der Mann, der vor ein paar Stunden vorm Lokal lag. Mit großem Hallo begrüßten ihn Rick und die Kellnerin mit den drei Namen.

DECAF THE PLANET

»Mach die Musik leiser, Theodore! Ich kann mein eigenes Wort nicht mehr verstehen.« Seine Mutter hämmerte an die Kinderzimmertür. Er hatte nicht damit gerechnet, dass sie früher zuhause ist, und fragte sich: Wenn sie ihr eigenes Wort nicht versteht, woher weiß sie dann überhaupt, was sie sagt und ob sie noch das will, was sie mal irgendwann wollte? Erwartet sie, dass ich ihre Gedanken lese? Durch die Tür? Er hasste es, wenn sie ihn Theodore nannte, während er für jeden nur Theo war. Wenn von ihr der vollständige Name kam, war das immer ein Indikator dafür, dass es ihr nicht gut ging, er als Stellvertreter ihrer Schmerzen mal wieder Projektionsfläche für ihre Schieflage wurde, mit der laufenden Platte als Katalysator, James Browns »Let a Man Come In and Do the Popcorn (Part 1)«. Er stoppte die Platte kurz, indem er sie mit den Fingern abbremste, und schrie zurück, dass er nur noch *dieses eine* Lied zu Ende spielen würde, dann sei Schluss. Als er auf dem Plattenspieler seines Bruders Cordio, mit dem er das Zimmer teilte, eine seiner geliebten Sibeliusplatten liegen sah, kam er auf die genial einfache, aus der Not heraus geborene Idee: Er spielte sie ab und während er deren Regler hochfuhr, hatte er Zeit, den Tonarm von der James-Brown-Platte wieder an irgendeiner repetitiven Stelle aufzusetzen, alles immer wieder zu stoppen und mit dem Crossfader auf die andere Platte zurückzugehen, so dass das alles klang wie ein nicht endender Track, ein einziger Song. Seine Mutter, die sich mit seinem Angebot offensichtlich abfand, setzte sich vor den Fernseher und schaute »Bonanza«. Ein paar Takte der Erkennungsmelodie hörte er während einer besonders ruhigen Passage in der »Finlandia Suite«, und als Theodore nach etwa sieben Stunden die »Platte« endlich ausgemacht hatte, erschöpft, hungrig und durstig das Wohnzimmer betrat, fand er seine Mutter zusammengesackt und eingeschlafen mit einer halbleeren Schnapsflasche in der Hand auf dem Sofa, während Hop Sing den Cartwrights ein Nasi Goreng servierte. Kurz wunderte ihn, wie es denn sein kann, dass eine »Bonanza«-Folge so lange dauert, ob auch die »Fernsehfritzen« (ein Wort, das seine deutsche Mutter ständig verwendete, wenn sie sich über das Programm ärgerte) die Möglichkeit haben, Sendungen zu dehnen wie Theo Stücke mit zwei Plattenspielern, aber dann erinnerte er sich, dass die populären Fernsehserien, die für Schichtarbeiter am Vormittag liefen, am Frühabend in der Regel wiederholt wurden.

Ich ging mit Theo in eine Klasse, das heißt, nur de facto waren wir Klassenkameraden, seine Anwesenheit war eine imaginäre, weil sie in erster Linie aus Fehlzeiten bestand. Im Grunde hatte Theo mit der Schule bereits abgeschlossen, er würde den Stoff niemals aufholen, also ließ er es gleich ganz sein und bat mich, weil meine Handschrift angeblich »wie Butter« sei, die Entschuldigungsschreiben seiner Mutter zu fälschen. Während wir anderen in der Schule saßen und Algebra büffelten, zog er mit der Black-Spades-Gang herum und legte bei Partys in leerstehenden Häusern und an Wochenenden bei Block Partys auf. Dort perfektionierte er seine Fähigkeiten mit den Plattenspielern, das Scratchen. Nachdem einmal ein Mädchen in ein Mikrofon – das bei solchen Sessions immer auch für alle Anwesenden »offen« war und herumgereicht wurde, um zu rappen, was einem so durch den Kopf ging – seufzte: »All that scratching making me itch«, wurde das häufig das Motto, wenn er irgendwo auflegte. Mehr und mehr Leute kamen, es war die Geburtsstunde des

HipHop und ich war sozusagen ein Satellit dieser Bewegung, indem ich die Unterschrift von Theos Mutter perfektionierte – irgendeiner musste ja in solchen Vereinen den Papierkram erledigen.

Er nannte sich von nun an Grand Wizard Theodore, sozusagen die Rückeroberung seines vollen Namens. Aus Theo wurde wieder Theodore, weil seine Mutter inzwischen immer weniger Kontrolle über ihn hatte und die Kontrolle über sich selbst noch viel weniger. Auch die Bezeichnung HipHop für die Musik dieser jungen Bewegung, ihr neues Genre, stammte zum Teil von ihm. Als irgendwer mal meinte, dass das, was sie da machten, voll in die Hüfte gehe (»that go right in the hip«), ergänzte er die Silbe Hop, sich die Geburtsstunde seiner Abspieltechnik in Erinnerung rufend, als im Nebenzimmer seine Mutter den chinesischen Koch auf der Ponderosa Ranch sah, Hop Sing.

Am Anfang hatte er noch keine Kopfhörer, er musste die Platte sozusagen »lesen«: Wenn man eine Scheibe auf den Plattenspieler legte, erkennt man an den enger liegenden Rillen, dass das die härteren Stellen mit den meisten Drumbeats sind, da ist die Percussion, da spielt sich sozusagen das wilde Leben ab. Also legte man die Nadel auf diese Stelle und das war dann der Teil, den man als Break verwenden konnte. Er und seine Kumpels legten quasi blind auf. Irgendwann schenkte ich ihm einen Kopfhörer, den ich bei Woolworth gestohlen hatte, als ich mit meiner Mutter einen Duschvorhang kaufen war. Mit dem Kopfhörer war es, ich habe es geahnt und ihm auch angemerkt, eine echte Erleichterung. Ich habe ihn oft bei seinen Sessions beobachtet, wie er die Nadel anhob und die Breaks irgendwie blind ausgewählt hat, ohne die Platte zu berühren, also auch ohne das Scratchen. Er war wirklich beeindruckt, weil er sagte, dass es nicht ein ganzes Break war, sondern dass er das für jeden Takt so macht, einfach so mitten rein, wenn es sich richtig anfühlte.

Ich habe ihn oft zu den Partys begleitet, seine Platten geschleppt, und wenn die in irgendwelchen Parks oder Abbruch-
häusern stattfanden, war ich auch ihr, nunja, Techniker. Ich bin
zwar kein Elektriker, aber man fummelte an den Lichtmasten
herum, und wenn irgendwo ein Stromanschluss vorhanden war,
musste man ihn nur öffnen, nach den Hauptkabeln suchen und
eine Steckdose anschließen. Manchmal ist der Lichtmast durchgebrannt, weil er nicht richtig angeschlossen war. Das war also
meine Karriere im HipHop. Vom Urkundenfälscher zum illega-
len Elektriker.

Wir waren 15 und lebten in der South Bronx, was hatten wir
für Chancen? Theo wurde jedes Wochenende gebucht, aber
groß Geld konnte er mit seinem Auflegen nicht verdienen, das
Scratchen patentieren zu lassen, ging auch nicht. Ich beendete
die Schule auch vorzeitig mit einem Abschluss der Junior High
School, aber auch nur weil Mrs. Tannenbaum sich dafür einsetzte, dass meine Legasthenie nicht als Grund für schlechte Noten
gewertet wurde. Als ich dann bei der Berufsberatung andeutete,
dass ich gerne an der frischen Luft arbeiten würde, bot man mir
einen Job als Tankwart an, na, vielen Dank. Was sollte ich jetzt
tun? Eine Umschulung vom Elektriker zum Forstwirt?

Theos Mutter hatte einen Freund, die wenigsten von uns hatten biologische Väter, anwesende, die noch mit unseren Müttern
zusammen waren. Seine Mutter und Theo nannten ihn nur den
Lieutenant, man kannte ihn und kannte ihn gleichzeitig auch
nicht. Unregelmäßig kam er zu Besuch, ging mit ihnen zu KFC,
manchmal durften mein Bruder und ich auch mitkommen, er
lud uns alle immer großzügig ein. Das war Michael Dorn. Nur
ich wusste wer Dorn war, weil Theo mir von ihm mal erzählte,
mich einweihte. Er verkörperte ein paar Jahre den Klingonen
Lieutenant Worf auf dem Raumschiff Enterprise, er trug eine
aufwändige Maske, die aussah, als hätte jemand geschmolzene

Schokolade auf seiner Stirn verschmiert. Ich fragte mich, und habe mich schon immer gefragt – aber traute mich natürlich nicht ihn selbst zu fragen –, ob er für diese Rolle mehr oder weniger Gage als seine Kollegen bekommen hat? Also Captain Jean-Luc Picard hat alleine deshalb schon mehr bekommen, weil er Kapitän war. Ich glaub aber nicht, dass die nach fiktiven Diensträngen bezahlt wurden. Ich glaube, er hat mehr bekommen, weil er im Gegensatz zu den anderen so lange in der Maske ausharren musste, immer früher da sein, immer länger bleiben, sozusagen eine Schmerzenszulage oder Zeitausgleich und er zweitens sein richtiges Gesicht für andere Projekte nicht als sein Kapital einsetzen konnte. »Wen wollen Sie, Worf oder Dorn?« Worf darf er nicht, verbietet die Produktionsgesellschaft, bzw. würde die mitschneiden wollen, und Dorn kennt keiner, hat noch niemand gesehen. Deshalb ein prophylaktisches Abstandshonorar. Und für was könnte Worf Werbung machen? Gesichtsschlammbäder? Plastische Chirurgie? Fangopackungen aus Plastik für den Fasching?

Ich fürchte aber, er hat weniger bekommen, weil sein richtiges Gesicht nicht vermarktbar ist, er also ein Nobody ohne Kakaobutter im Gesicht ist, Michael Wer? Vielleicht hat er ja einen Präzedenzfall geschaffen, geklagt, aber verloren. Aber, wie gesagt, das waren alles nur Spekulationen, die in unseren Kinderzimmern blieben und beim KFC kein Thema waren. Er blieb, und das schätzte er, in unserer Hood relativ inkognito, vielleicht der einzige Vorteil einer Maske, die man *nicht* trägt. Ein bisschen so, als wenn Superman total bekannt und allgegenwärtig wäre, sich niemand mehr nach ihm umdrehte und Clark Kent das Enigma, der geheimnisvolle Mann ist, für welche Aufgaben auch immer, Büroklammern verbiegen und damit die Welt retten vielleicht.

Theo nahm ihn ein paarmal mit zu den Block Partys, wo er auflegte. Ich merkte, der Lieutenant mochte das, was da passierte, er schnipste mit den Fingern, bewegte sich im Takt, die Break-dancer auf ihren Pappdeckeln, all das, die ganze *freshe* Stim-mung. Ich fand das so lustig, kein Mensch außer mir und Theo wusste, dass das ein Klingone ist, der steife, grimmige, latent aggressive Worf, der jetzt bei einem *Mashup* aus »Der Jesuspilz« von Witthüser & Westrup und irgendwas von Rick James den »Turtle Freeze« machte. Es kam sogar vor, dass er sich das Mikro schnappte und ein bisschen rappte, er hatte stets so einen Slogan parat, den er immer wieder repetierte und weiter phrasierte: »Decaf the Planet«, worauf die Leute, die das schon kannten, antworteten: »Pass the teabag, bitch«. Erst später machte er dann tatsächlich für ein Produkt Werbung, als Worf, klar, Dorn war ja das Dutzendgesicht, für ein spezielles Shampoo von Neutrogena gegen trockene, juckende Kopfhaut, mit Koffeinextrakten. Da brachten die Werbeleute wohl die zwei Topoi zusammen, die hier auf Theos Party zusammenkamen, das Kratzen und den Kaffee. Vielleicht hatten sie den Worf bei so einer Party erkannt, und sich ihre Werbesynapsen kurzgeschlossen wie ich die Steck-dosen an den Lichtmasten.

»Unser« Lieutenant kam dann irgendwann nicht mehr, Theos Mutter schwieg auf diesbezügliche Fragen und trank noch mehr, dämmerte vor dem Fernseher weg, ihre Welt wurde immer mehr zur Ponderosa Ranch. Aber eines Tages passierte etwas überra-schendes, Theo erzählte, dass er einen Anruf von Rick James, oder eher seinem Manager oder wem auch immer bekommen hätte, ob sie beide sich mal treffen könnten, es ginge um irgend-eine Kollaboration, ob man da zusammenarbeiten könnte.

Rick James war für uns ein Quasiheiliger, wir vergötterten ihn, niemand hatte qua seines furztrockenen Bassspiels den Funk so hart gemacht, sozusagen zum Grundfunk, so sexy und präzise auf den Punkt gebracht, um den es im Grunde geht. Sex in Reinkultur, James Browns einzig würdiger Neffe.

Rick James hatte aber gerade seinen Zenit überschritten, die Fackel an Prince und einen fischigen Typen namens Blowfly weitergegeben, es ging deutlich bergab mit ihm, Alkohol und Drogen, Körper aufgedunsen wie ein Mozzarella. Noch viel problematischer war, darüber las man nahezu täglich in den Schmuddelblättern, dass er in seinem Restaurant in Duluth/Minnesota Löcher in die Klowände gebohrt hatte, um Frauen dabei zuzusehen, wie sie, nunja, aufs Klo gehen. Rick James hat später bei seiner Anklage gesagt, er fühlte sich so hässlich, wenn die Frauen durch ihn durchsahen. Ich dachte immer, sie konnten ihn ja nicht sehen, sie wussten ja nicht, dass er auf der anderen Seite der Klowand war. Aber es kam dann raus, dass er das gerade deswegen machte: Er hatte erwartet, dass sie wussten, dass er sich dort versteckt, dass sie ihm etwas vorspielen. Irgendwas musste raus aus Rick, etwas Unheimliches, das er nicht kontrollieren konnte, etwas, von dem er nicht wollte, dass es ausbricht. Er bohrte Löcher in seine inneren Wände, perforierte seine Seele zum Flusensieb, durch das er schlüpfen konnte. Und nun war offenbar sein letzter Ausweg mein alter Kumpel Grand Wizard Theodore.

Weil ich als Theos bester Freund nicht nur sein Faktotum war, sondern immer mehr auch zu so einer Art Manager wurde – ich organisierte Auftrittsmöglichkeiten, auch in anderen Stadtteilen, etwa in der gerade eröffneten und ultrahippen Danceteria in Manhattan, Theo als Anheizer von Divine und dem Tom Tom Club –, überlegte ich mir mit ihm in dieser Funktion, wie man Rick, dem gefallenen Funk-Magus, zu einer Frischzellenkur verhelfen könnte, einem kompletten Neustart.

Falco hatte gerade in Österreich mit einem schamlosen Rip-off von Ricks »Superfreak« einen Riesenhit, das war äußerst ärgerlich. Ricks diesbezügliche Klagen, mehr oder weniger die seines sinistren Anwalts Tomas Raoul Toelpel (Motto: »Better call Raoul«), wurden von österreichischen Winkeladvokaten so geschickt abgeschmettert und umgedreht, dass James am Ende mehr draufzahlen musste und Falcos Weste weißgewaschen wurde wie der Schnee, den er in seinem schmutzigen Lied besang und auf dem er am Ende ja auch, zurecht, in einer gewagten Schussfahrt ins Tal des Todes bretterte.

Auch das ein Grund, Rick zur Seite zu stehen, weil das Ganze sehr nach kultureller Aneignung mit latent rassistischem Beigeschmack aussah und sich auch so anhörte. Deshalb entwickelten wir für Rick eine Art Gegenstrategie: Was kannte man von Österreich, wofür stand dieses kleine osteuropäische Land eigentlich? Berge? »Rock the Glockner« als Idee, deren größten Berg und gleichzeitig größten Waffenproduzenten zu thematisieren? »Rock the Glockner, shoot your shot«, oder irgendwas mit Anton Bruckner, den mögen sie dort drüben, »No sleep til Bruck an der Leitha, Anton«. Man findet da schon einiges, aber am Ende kamen wir auf die Idee, Rick James eine Maske, wie sie Worf trug, zu verpassen, weil er dadurch absurderweise eine vage Ähnlichkeit mit Mozart bekam, WORFgang Amadeus. Und trank man in Österreich nicht mit großer Leidenschaft schlabbrig-schwachen Kaffee, ununterscheidbar vom entkoffeinierten, über den Michael Dorn auf Theos Partys immer rappte?

Jetzt kam alles wie durch Zauberhand (des Grand Wizards Omen?) zusammen, man musste es nicht mal passend machen. Der perfekte Plan, er lag jetzt hier vor uns auf dem Tisch, wie etwas zusammenkommt, was zusammenkommen *musste*. Alle Beteiligten, Theo, Rick, ich, selbst Michael Dorn unter seiner stickigen Maske, würden profitieren, wenn man nur Österreich schaden könnte.

»Es war um 1980 und es war in Queens, er war ein Superfreak, er war so exaltiert, because er hatte Flair«, ließ ich mir von Theos Mutter ins Deutsche übertragen und wir ließen das von Rick lautmalerisch rappen. Theo hatte dazu irgendeinen

knochentrockenen Bassloop von Rick gesampelt, inklusive eines
Gitarrenlicks von Aerosmith und des »Decaf the Planet«-Schnip-
sels, das er da und dort einbaute. Wir nannten das Biest »Worf
Me Amadeus«.

Es kam dann allerdings anders als geplant. Vier Monate nachdem wir die ersten Aufnahmen gemacht und leider nicht inten-
siviert hatten, war Rick James tot. Er starb an Herzverfettung in
der Wohnung von Theos Mutter, in ihren Armen, und als sei der
Tod ansteckend wie ein Virus, starb sie, wie der Gerichtsmedizi-
ner feststellte, unmittelbar nach ihm. Sie waren in Leichenstarre
vereint, eine morbide Form der Vermählung.

Falcos Karriere, sein Schicksal und tragisches Ende in der
Karibik, das ist sattsam bekannt, seine zwei großen, zweifelhaften Triumphe (»Der Kommissar« und »Amadeus«) konnten
ihn nicht davor bewahren, dass stets ein Schatten über seinem
wackligen Œuvre schwebte, er stahl sich am Ende einfach davon,
wie er zuvor andere bestohlen hatte.

Michael Dorn ist jetzt Pilot für Frachtflugzeuge, seine Maske
hängt im Treckie-Museum in Duluth/Minnesota, Grand Master
Theodore lebt immer noch in der South Bronx und unterrichtet
Kinder aus Problemfamilien in Algebra, ich bin tatsächlich Elek-
troinstallateur geworden und geblieben, lebe aber seit beinahe
40 Jahren in Wien, nicht weit vom Haus in der Ziegelofengasse,
in dem Falco aufgewachsen ist. Immer wenn ich daran vorbei
gehe, trete ich, in einer Art Kung-Fu-Move, mit dem Fuß gegen
die Hausmauer, und irgendwas zischt dabei aus mir raus: »Du
hattest niemals *Flair*«.

GIMME DAT DING

Ich hatte mal einen dieser riesigen Schaumstofffinger auf meiner Hand. So eine Hand mit einem ausgestreckten Zeigefinger, man sieht die manchmal bei amerikanischen Sportveranstaltungen, da steht dann der Name irgendeines Vereins drauf, auf meinem stand #1. Ich wollte den Finger gar nicht mehr runternehmen und habe sogar mit ihm geschlafen. Ich habe den Leuten, die wollten, dass ich den Finger abnehme, immer gesagt, irgendwann ist der Finger nützlich, irgendwann kommt die Situation, in der IHR bedauert, dass IHR nicht so einen Finger habt. Dann wurden sie noch wütender, und eines Tages, als sie mit ihren Sticheleien und Forderungen, das Ding freiwillig runterzunehmen, nicht weiterkamen, zerrten sie mir den Finger mit Gewalt von der Hand. Sie kamen zu viert, Roback, Schaukal, Müller Eins und Müller Zwo. Was sie vorhatten, ging nicht so einfach, wie sie sich das wohl vorgestellt hatten, der Finger schien angewachsen. Es tat weh und die ganze rohe Aktion hatte etwas von einer Amputation. Sie rissen und zerrten, spuckten, schrien und husteten vor Wut und gemeinem Zorn. Und dann kam die Hand runter und unter dem Finger war statt meiner Hand eine Katzenpfote. Alle waren geschockt, zwei haben gelacht, zwei geweint. Ich war nur traurig und enttäuscht, und habe gedacht: Ihr Idioten, jetzt kommt gleich jemand um die Ecke mit so einer Riesenhand mit ausgestrecktem Finger und deutet auf meine Pfote, und das ist die Situation, auf die ich die ganze Zeit gewartet hatte.

Dieser Traum war so realistisch, dass ich beim Aufwachen nicht ganz sicher sagen konnte, ob es wirklich nur ein Traum war, oder ob mir das tatsächlich passiert ist. Ich schaute im Zimmer herum, ob irgendwo in einer Ecke ein zusammengesackter Finger stand, aber da stand nichts. Das Zimmer war komplett leer, aber ganz aus Schaumstoff, und dann musste ich leider feststellen, dass ich nur im Traum aufgewacht war, das ganze ging ja noch weiter. Man kann nichts steuern, man glaubt, man kann es, kann man aber nicht, man ist sich ausgeliefert: Wie lange soll das denn noch gehen, sein eigener Gefangener zu sein? Vielleicht lebt man dann in einer Katze und kommt nicht raus, und muss den ganzen Mist, den Katzen so machen, mitmachen. Ich war einfach nur alleine, einsam und erschöpft von allem, dass ich eben nicht mehr fragen konnte: Wars das jetzt oder kommt da noch was? Wer oder was bin ich hier in diesem idiotischen Spiel? Und irgendeiner sagte dann mal zu mir, weil ich inzwischen so unbrauchbar und nutzlos wie ein kalter Bratapfel geworden bin: »Stell dich dort neben das Fenster und tu so als wüsstest du mehr Bescheid als die Gardine.« Das war das letzte, was ich noch von meinem alten Leben mitbekam, eine letzte, geistesgestörte Anweisung. Ich war irgendwo vor einer Bar zusammengebrochen und liegengeblieben, am helllichten Nachmittag. Ich habe keine Ahnung, wie ich dort hin- und von dort weggekommen bin, als nächstes war ich in so einer Art geschlossenen Anstalt, genauer in einer Entzugsklinik, in der Joseph-Roth-Klinik in Schlangenbad bei Wiesbaden, wie sich langsam herausstellte, das Bild klarer wurde. Das war keine reine Trinkerheilanstalt, auch wenn mein Problem ja das Saufen war, da waren alle möglichen Typen, Fresssüchtige, Ritzer, Kleptomanen, Spieler, Filzstiftschnüffler, Cortisonjunkies, Pica-Syndrom-Zombies, Schmerzverstärker-Johnnies, Leute, die Mu-Err-Pilze rauchten, und solche, die ihre Gonorrhö versilberten, knochenloses Strandgut allesamt.

Viele waren auch im Rahmen eines so genannten Maßregelvollzugs hier, denen man also eine Therapie statt Strafe angeboten hatte. Einer, den ich mochte, war ein Brandstifter, er hatte unter Drogeneinfluss sein Haus angezündet, im Rahmen einer pikanterweise so genannten Housewarmingparty, bei der ihm seine Gäste so auf die Nerven gingen, dass er sie alle rausschmiss. Er wollte darin sterben, wurde rausgezerrt, wehrte sich, und prompt war er ein »geistig abnormer Rechtsbrecher«, der lebenslang weggesperrt wurde, bis er beweisen kann, dass er keine Gefahr mehr für die Gesellschaft ist. Der saß »draußen« schon drei Jahre in einer Gefängniszelle mit einem Mann, der einen österreichischen Obdachlosen, den er bei sich wohnen ließ, der aber dann irgendwann aus ungeklärten Gründen starb, zum Teil aufgegessen hatte. Da war das hier natürlich eine quasiparadiesische Alternative. Eine Zeitung titelte damals »Deutscher isst Österreicher«, das hing hier jetzt über seinem Bett, sozusagen als Menetekel an etwas unentspanntere Jahre.

Ich war ja »nur« Schluckspecht, klassischer Fall, morgens das große Zittern, Armagnac im Kaffee, am frühen Nachmittag schon knülle wie die Nacht. Durch den Rest des angebrochenen Tages robbt man dann innerlich ruiniert auf allen Vieren wie eine Schildkröte mit einem zentnerschweren Panzer aus Schuld. Ich wollte nicht warten, bis ich eines Morgens nicht *mein* Gebiss in meiner eigenen Kotze finde, sondern ein fremdes, nein, das wollte ich nicht erleben, auch wenn Trinker immer alles vor sich herschieben, Volten und Finten erfinden, um Katastrophen als bereichernd zu empfinden – so schlimm kanns ja gar nicht werden, dass es nicht auch irgendwie *crazy* ist. Mit interessanten Schürfwunden im Riesenrad aufwachen? Kenn ich. In einem engen Klofenster eines Hauses, in das man in der Nacht einbrechen wollte, auf der Suche nach Schnapsnachschub, steckenbleiben und einschlafen? Alles schon gehabt. Bier-Druckbetankung nach dem Zähneputzen? Ist-Zustand. Geheime Flaschendepots in der Wohnung anlegen, nicht mehr wiederfinden, der Zählerableser findet sie durch Zufall, ihn zum Dank zum Umtrunk einladen, man schläft ein und beim desorientierten Aufwachen stellt man fest, dass der Mitzecher einem etwas hinterlassen hat, ein in den Fußboden gehauenes Loch, als Vorschlag für einen Ausweg? Kommt mir bekannt vor. Mal schauen, was da sonst noch so kommt. Trinker glauben, sie sind etwas Besseres als die anderen buckligen Kaputtniks, sind ja nur ein paar Bierchen und eine Handvoll Weinbrandbohnen. Vielleicht weil die Sucht so sehr in der Gesellschaft verankert und sichtbar ist, dass sie glauben, sich zusätzlich auch noch über die breite Masse der Alkoholiker stellen zu müssen, um ihrer jämmerlichen Existenz überhaupt noch irgendeine Legitimation aufpfropfen zu können, Teil einer funktionierenden Gesellschaft zu sein. Inzwischen war der Kater meine tägliche Arbeit geworden, eine richtige Aufgabe, ich lebte sozusagen davon. Fehlte eigentlich nur noch, dass man mich dafür bezahlt.

Aber nun wachte ich in Schlangenbad in einem Doppel-zimmer auf, mit einem kugelrunden, kleinwüchsigen Mann, der nur etwa 1 Meter 20 maß. Das war Heinz, und der Sozial-arbeiter Herr Schock, der die Anamnese machte und mich zu Heinz ins Zimmer legte, erzählte, in welchem Zustand man mich wo aufgelesen hatte. Nahezu komatös, in einem Zustand galoppierenden Delirium tremens, panisch und depressiv, wie sie Schwierigkeiten hatten, Angehörige von mir ausfindig zu machen – ich wohnte bei einem Nennonkel, der den Sanitätern Sachen von mir zusammenpackte, den nötigsten Papierkram erledigte und ihnen seine Telefonnummer mitgab, als erste Kontaktperson. Das erfuhr ich, und wo ich da überhaupt war, und dass mein Zimmerkollege nun für die kommenden sechs Monate Heinz sei.

Heinz war 46 Jahre alt, in seinem Pass stand aber, wie er mir zeigte, 49, weil die sich beim Passamt verschrieben hätten, die klassische 6/9 Verwechslungsschwäche. Er war also jünger, als er offiziell gemacht wurde, dabei sah er *noch* älter aus, nämlich wie 60. Er hielt sich einen munteren Stubenvogel, den er, wohl um weitere Verwechslungen zu forcieren, ebenfalls Heinz nannte. Auch hatte er einige selbstgemachte Tätowierungen, und, wie er mir dann zeigte, ein Zungenpiercing, oder eher ein ehemaliges, durch das Loch zog er nämlich irgendwann mal Zahnseide und »sägte« sich damit die Zunge bis zur Spitze in zwei Hälften auf, nun hatte er sozusagen zwei Zungen. Warum, konnte er auch nicht sagen, er hätte aber festgestellt, dass das die Geschmacksnerven schärfe, man schmecke dadurch intensiver. Ich glaubte ihm nicht, ich denke, er wollte allenfalls den Schmerz schmecken.

Die Joseph-Roth-Klinik (Die Ärzte nannten sie intern JoRo und hofften, dass die Patienten es ihnen nachmachen würden, dass das der Einrichtung den Schrecken nähme, aber alle nannten sie nur fatalistisch »Klapse«) ist eine Anstalt mit ungefähr 80 Patienten, die, wie gesagt, die unterschiedlichsten Gründe hatten »einzuchecken«. Achtzig Gründe, so einfach das und so kompliziert, so eine Parallelgesellschaft zu koordinieren, wenn die einzelnen Individuen sich zum Teil aufgegeben und ihre eigenen Regeln gemacht haben, unterentwickelte Sozialkompetenz besitzen, ihren Schmerz zelebrieren und sich larmoyant durchs Leben lügen, weil ihr bester Freund sowieso eine Lüge ist, die Droge oder die Flasche.

Ich war irgendwie privilegiert. Ich war zwar nicht reich und hatte keinen *richtigen* Job (außer in meinem Katerbergwerk zu schuften), ich hatte ein paar Sachen erfunden, dafür hatte ich Patente und Leute, die das Zeug produzierten und vertrieben, und ein bisschen Geld floss dadurch immer, wenig, aber immerhin etwas, so als sei ein geringer Betrag schon Beweis dafür, dass ich existiere. Ich hatte neben dem Panzer ohne Hupe beispielsweise die Fliege im Eiswürfel und die Schlange in der Nussdose erfunden, und, darauf war ich besonders stolz, den Rubber Pencil, einen vollkommen nutzlosen Gummibleistift, mit dem man exakt nur ein einziges Mal jemanden foppen kann. Mir gefiel das, das passte zu mir, zumal ich früher tatsächlich geschrieben habe, kleinere Texte für Zeitschriften. Ich war sogar mal Texter in einer Werbeagentur und gab kurzfristig eine Tiefgaragenzeitung in Itzehoe heraus. Einmal schrieb ich sogar ein Buch mit Reiseessays, »Spekulativer Realismus« wurde das Genre genannt, aber das ging schon lange nicht mehr, ich war sozusagen ausspekuliert wie ein alter Spekulatius, unbrauchbar wie ein Panzer ohne Hupe. Das hat natürlich auch mit dem Abstumpfungsprozess infolge unkontrollierten Alkoholkonsums zu tun. Ich hatte schreibbezügliche Selbstzweifel, ob das überhaupt noch eine Relevanz hat, was ich da zusammengurkte mit meinen Reisen, etwa nach Ruanda, obwohl ich nur bis Schleswig-Holstein kam. Da war der Gummibleistift zumindest mehr oder weniger etwas, das man anfassen konnte, der Beweis, dass es mich gibt. Worte können das nicht, Worte haben keine Größe, schon gar nicht meine. Ich konnte mich auf meinen Geist nicht mehr verlassen, nicht einmal Kummer oder Verlust blieben übrig, um davon zu zehren. Mir blieben beim Alleinsein nur die kleinen Tantiemen für einen Gummibleistift und der Traum von einem Riesenfinger, den man mir mit Gewalt abreißt, und dann begann der Ärger mit den Zweifeln von vorne. Also war Schlangenbad der Versuch, mich wiederzufinden, und das erzählte ich Herrn Schock, dem Sozialarbeiter. Er nickte nur, das war mir klar, solche Geschichten hört der hier vermutlich ständig.

Die Tage in so einer Klinik wie dieser sind komplett durchgetaktet. Mir kam es vor, als solle man bloß nicht zum Denken kommen, denn Stillstand bedeutet Stress, Angst und Panik,

Untätigkeit gebiert Suchtdruck, so einfach ist das. Um sieben musste man zum Frühstück, ob man wollte oder nicht, es gab nur Mischbrot, Margarine und Marmelade aus einem Eimer, Kaffee, ja, aber nur am Morgen, danach war er verboten. Mittags 12 Uhr nur Fleisch und totgekochtes Gemüse und für die Vegetarier Küchenabfälle unbekannter Herkunft. Abends 18 Uhr wieder Fleisch und blassen Himbeersaft, eigenartigerweise gab es nie Käse, so als sei das auch eine Droge. Aber im Grunde ernährten sich die Patienten hauptsächlich von Zigaretten, es gab niemanden, der oder die nicht rauchte, das war die einzige Sucht, die man ihnen nicht nehmen konnte oder wollte, denn wenn, wären sie sich vermutlich gegenseitig an die Gurgel gegangen, wäre Gewalt zur Ersatzdroge geworden. Zwischen den Esszeiten gab es jeden Tag Putzdienste, die Zimmer, das Stockwerk, die Gruppennasszellen und Toiletten, das ganze Haus, verschiedenste Küchendienste, Tische eindecken, Kochen, Abwaschen, Wäschereidienst, dann Befindlichkeitsstunden, Psychogruppen, bei denen man seine Schaumstoffseele öffnen sollte, aber in der Regel geschwiegen wurde, Schweigekreise nannte ich das, Sport, was ein Witz war, es gab ein Standrad, ein Laufband, zwei Tischtennistische, zwei Tischfußballtische, eine verschwitzte Muckibude mit fünf rostzerfressenen Geräten und einen Sandsack, und das für achtzig Leute. Dann gab es einen Keramikraum, in den aber niemand ging, da waren plötzlich alle krank, wenn Keramikstunde war, es gab Yoga und auch da schwächelten die meisten und rauchten lieber. Schweigekreise, Keramikintoleranz und Rauchyoga, aber alles mit Anwesenheitspflicht, nur um nicht auf dumme Gedanken zu kommen.

Heinz, mein sehr kleiner Mitbewohner, schnarchte zum Gotterbarmen, und in der Regel begleitete ihn sein symbiotischer Stubenvogel bei der nächtlichen Lärmfolter mit disharmonischem Gekrächze, das war ein erstes echtes Problem. Ich ließ mir in der Med (Medikamentenausgabe), wo sich die Patienten Substis (Substitol, ein Opioid mit stark schmerzstillenden Eigenschaften) und Benzos (Benzodiazepine, werden bei Angststörungen und Insomnie eingesetzt) geben ließen – manche spuckten die auch aus und verkauften sie –, ein Schlafmittel (Trittico) geben, das half bedingt, ich wachte trotzdem immer wieder auf. Zusätzlich war das Mittel so stark, dass ich mich nur mit Mühe morgens zum Frühstück zu schleppen vermochte und beim Kauen von Mischbrot mitunter einschlief. Zusätzlich bekam ich ein Antidepressivum und ein Antiepileptikum, damit ich nicht zuckend am Boden des Essraums an den Küchenabfällen erstickte. Ich war jetzt auf Entzug und nahm zwei starke Medikamente, keine Ahnung, wie ich von denen dann am Ende wieder runterkommen sollte, vielleicht mit Käse? Noch vor kurzem trank ich, um mich überhaupt noch zu spüren, um dann das, was ich spürte, wieder zu betäuben, jetzt also mit anderen Stoffen, ähnlicher Effekt, eine ewige Mühle aus Watte.

Aber es ging nicht mit Heinz und seinem brutalen Schnarchregime in der Nacht, leider, obwohl er ein lieber, schwer depressiver Zwerg war, der neben sich stand, nur traurig war, vollgepumpt mit Medikamenten. Angeblich war er mal Schauspieler, sagte aber nie, wo und was er gespielt hat – dass ich nicht hoffte, bei einer Verfilmung von Schneewittchen, behielt ich lieber für mich. Ihm waren meine durch ihn verursachten durchwachten Nächte peinlich, aber ich beruhigte ihn, er mache das ja nicht absichtlich, und er schauspielere ja, hoffte ich, auch nicht den virilen Sägewerksdirektor. Als im Nebenzimmer ein Bett frei wurde, weil ein Patient namens Jürgen, der ausschließlich Unterhosen aus Alufolie trug und sich jedem mit »Ich bin Jürgen und heiße auch so« vorstellte, rausgeschmissen wurde, nachdem er eine Flasche Ofenreiniger getrunken hatte, bat ich Herrn Schock darum, das Zimmer wechseln zu dürfen. Es ging und ich versprach Heinz, wenn ich mal ein Stück schreibe, eines für ihn zu schreiben, »Kleiner Mann, was nun?«

Mein neuer Mitbewohner war ein Brite namens Brian, ich wollte es mit ihm versuchen, vielleicht würde er nicht schnarchen. Er war ein schwerer Fall, ein echtes Wrack, er sprach, oder lallte eher, als wäre seine Zunge ein Stück totes Fleisch. Man konnte in seinem harten, schmerzzerfurchten Gesicht erkennen, dass er mal irgendwie sowas wie hübsch gewesen war, ein alter blonder Rocker mit einem sackartigen Körper auf Zahnstocherbeinchen. Ich erkannte ihn, auch wenn er seinen Nachnamen nie erwähnte und auch sonst niemand ihn mit vollem Namen ansprach. Er war Brian Connolly, der Sänger der Gruppe Sweet.

Niemand in der Anstalt wusste, wer er war, entweder weil sie zu jung waren, die Musik nicht so sehr ihre war, oder weil sie einfach zu sehr mit ihrem eigenen Verfall beschäftigt waren und den schwachen Versuchen, irgendwie sowas wie Leben und Normalität zurückzuerlangen. Er selbst war viel zu erschöpft, damit anzugeben, oder sonstwie anerkennenden Profit daraus zu generieren. Ich bin mit seiner Musik sozialisiert worden und ich genierte mich nicht, ihm die Geschichte seiner Band zu erzählen. Weil er sowieso Sprechschwierigkeiten hatte und ich keine Lust, über meinen Gummibleistift zu reden, ließ er meine Reflektionen über seine Band mit einer wasserleichenartig generösen Lächelkatalepsie über sich ergehen, so als sei ich ein wohltuendes Märchensedativum aus der Vergangenheit, die Mutter, die er nicht hatte, weil sie ihn, als er mit einem Jahr mit Hirnhautentzündung im Krankenhaus lag, einfach nicht mehr abholte.

Ich erzählte ihm immer abends ein bisschen etwas über ihn und seine Band. Ich analysierte das alles amateurhaft von außen im musikalischen Kontext jener Zeit, in der ich diesbezüglich sozialisiert wurde, so als wollte ich die Geschichte korrigieren, um uns im Jetzt neu, also besser zu definieren und ihn irgendwie zu retten, bis er einschlief und – das war die gute Nachricht – nicht schnarchte.

The Sweet, hm, ja, für mich war das, als ich ihr Zeug zum ersten Mal hörte, wie ein elektrischer Schlag. Plastinierter Kaugummilärm gegen das muffige Zeug meiner Eltern, Peter Alexander und so, diesen ganzen Nachkriegsquatsch, und mein Vater hörte Militärmärsche. Leider war der hedonistische Sound von Sweet nicht besonders nachhaltig und bald abgelaufen, die Wirkung des substanzlosen Saccharinschocks stumpf geworden, anders als beispielsweise Slade, diesem stampfenden, proletarischen Kreischtier, eine Band, die im Gegensatz zu Sweet den Vorteil hatte, selbst ihre Lieder zu schreiben und dadurch selbstbestimmt die Kontrolle über ihr Image behalten zu können. Brian nickte schwach, nuschelte anerkennend irgendwas von Noddys mächtigem Backenbart, der wie der von Ibsen war, und seinem mit Münzen beklebten Zylinder, während der wachsbleiche Brian, wie ich feststellte, kaum Bartwuchs und kein Hutgesicht hatte. Es machte einfach Spaß, Noddys Leuten zuzuschauen, weil sie Kumpels waren, unsere Leute, die Leute aus dem Volk, während Sweet immer den Eindruck einer gecasteten Band machte, zum schnellen Verzehr bestimmt, mit eingebautem Ablaufdatum, wer nicht komplett von seinem Fantum verblendet war, konnte das sogar raushören. Ich glaube nicht, dass Brian sie als Rivalen ansah, wie es immer kolportiert wurde, ich denke, er bewunderte an ihnen, dass sie einfach die entspanntere, organischere Truppe waren, wenn sie feierten oder tranken, taten sie es, weil sie einfach gut drauf waren, sie hatten etwas abgeliefert, was ihnen gehörte, während Sweet nur vorgaben, sie seien gut drauf, weil ihnen am Ende des Tages nichts blieb, was ihnen hätte gehören können. Und dem Sänger nicht mal mehr sein Leben.

Einmal sagte er, ich solle das doch aufschreiben, vielleicht einer Zeitung anbieten, der gefallene Sänger in der Klapse. Ich müsse ja nicht seinen Namen erwähnen und auch nicht die Band, ich könne ja vom wahren Kern ausgehend das alles erfinden und umetikettieren, die Mythen und Ornamente der Geschichte. Hm, aber wie sollte ich die faustischen Fakten von The Sweet, der Band, die ihre Seele verkaufte, etwa auf den Botho-Lucas-Chor übertragen?

Brian erzählte dann doch, dass er es immer bedauert habe, dass Sweet eine reine Singles-Band gewesen war, also ausschließlich Singles produzierte und nebenbei, wie lästige Fremdkörper, ein paar LPs, die man ihnen wohl nicht zutraute oder zugestehen wollte, oder für die sie sich schämten, LPs, auf denen die bekannten Singles nicht mal drauf waren. Die erste LP mussten sie sich noch mit einer Ulkgruppe namens The Pipkins teilen, die offenbar durchsetzungsstärker waren oder irgendwie einen besseren Draht zur Plattenfirma hatten, und die ganze Langspielplatte nach einem Lied von ihnen benennen durften, nämlich »Gimme Dat Ding«. Dafür bekamen The Sweet die A-Seite, was für ein Kuhhandel, auf der B-Seite tobten sich die Pipkins aus, übrigens auch mit einer Witznummer namens »Yaketi-Yak«, wie das klappernde Gebiss zum Aufziehen, ob ich das kenne? Klar, kannte ich das, das hat Eddy Goldfarb erfunden. Den kannte wiederum Brian nicht, machte ja auch nichts, wir waren ja hier auch nicht bei einer Quizshow. Zum ersten Mal lachte Brian und es klang guttural wie ein Kormoran, dem der angedaute Fisch hochkommt.

Das Interessante war, wie leicht sich Brian, trotz seiner Labilität, geistiger wie körperlicher, in den Alltag von Schlangenbad integrierte. Er machte alles bereitwillig mit, worum andere einen Bogen machten, insbesondere in der Keramikklasse war er aktiv, und man kann sagen, alle Aschenbecher in der Anstalt waren von Brian. Sie waren einfach eleganter als das bröcklige Zeugs, was es bis dahin gab. Brians Aschenbecher hatten die kühne Leichtigkeit von Alvar Aaltos Vasen, dabei rauchte er nicht mal, allenfalls dann und wann eine Meerschaumpfeife mit mit Pflaumenaromen parfümiertem Perique-Tabak. Er war ein zager Ästhet, der auch Marionetten sammelte, was man bei einem Wrack wie ihm nicht erwartet hätte und ich denke, die Keramik, wenn er sie früher für sich entdeckt hätte, hätte ihn vor der Karamikklasse in Schlangenbad bewahrt.

Wenn ich mit Brian zum Abendessen ging, hakte er sich, wacklig und ungelenk wie eine seiner Marionetten mit gekappten Fäden, bei mir ein. Er erzählte, wie es zur Band Sweet kam, das sei wie eine Art Coup oder feindliche Übernahme gewesen. Ursprünglich gab es eine Band namens Wainwright's Gentlemen, deren Mitglieder einer nach dem anderen die Combo verließen und durch andere ersetzt wurden. Zunächst Mick Tucker am Schlagzeug, aber dann war da noch Ian Gillian als Sänger, der dann aber auch bald ging und Deep Purple gründete. Dann kam Brian, während alle anderen Musiker ebenfalls die Band verließen. Sie hätten sich, warf ich ein, »The Durchlauferhitzers« nennen können, ich sagte das auf Deutsch, weil mir das englische Wort dafür nicht geläufig war, aber Brian verstand es ohnedies nicht und redete einfach weiter, dass am Ende nur noch Tucker und er übrig blieben, dann kam Steve Priest und sie nannten sich in The Sweet um.

Ich mochte ja die erste Single von ihnen, ich habe die sogar, »Slow Motion« heißt die, ist irre teuer, 500 Euro, so um den Dreh. Brians Augen glimmten kurz auf, als ich die Platte erwähnte, eigentlich ist das Lied albern und auf eine seltsame Art unzuverlässig, so anders als das, was dann später kam. Brian singt zu einem bizarren Honky Tonk/Psychedelic/Westcoast-Hybrid so gelangweilt meckernd wie eine müde Ziege. Ich fragte ihn, ob ihn das beleidigt, wenn ich das so beschreibe. Er schüttelte den Kopf, meinte, das wäre die Zeit gewesen, in der es ihm am besten ging. Die Single war zwar ein Flop, weswegen sie auch so teuer sei, aber man hatte noch alles vor sich. Ich glaube, er meinte den Schrecken des Absturzes und der irreversiblen Zerstörung, was ihn hierher nach Schlangenbad gebracht hatte. Ich fragte, ob er sich noch an die B-Seite erinnern könne, Titel vergessen, aber ich weiß, dass das von Ralph Siegel geschrieben wurde. Er fragte, ob ich den kennen würde, ich täte so wissend. Ich sagte, nein, eher nicht, der gilt als, nunja, Witzfigur in der Branche, schriebe für Schlagersänger aus San Marino.

Als dann danach Andy Scott bei Sweet auftauchte, war die Band komplett und ab dem Zeitpunkt eigentlich tot. Was er damit meine, fragte ich ihn. Naja, der Anfang vom Ende, steil nach oben, steil nach unten, viel Geld bekommen, alles Geld weg, falsche Freunde, alles falsch in einem falschen Leben. Wie sollte das auch gehen? Andy, der sich als Boss gerierte, wollte Hard Rock machen, so in die Richtung Scorpions, das mit einem Knebelvertrag an sie gebundene Komponistenduo Chinn/Chapman redete ihnen aber etwa bei »Wig Wam Bam« Indianerkostümierungen wie beim Fasching für Kinder ein und setzte ihnen einen idiotischen Calypso wie »Co-Co« vor – ihr singt das jetzt, so steht es im Vertrag! Kein Wunder, dass sich Brian um den Verstand trank, während Priest als Adolf Hitler im Fummel auftrat. Die grimmige Visage der Verzweiflung.

Als sie die Komponisten los waren, oder andersrum, die Komponisten sie, gab es The Sweet de facto nicht mehr, Andy machte alles alleine, ich solle nur mal »Lady Starlight« hören, okayer Song (ich verkneife mir zu sagen, dass ich das für den besten ihrer Songs halte), steht zwar Sweet drauf, ist aber nur noch er, der dicke Andy Scott, auch wenn niemand so genau weiß, wer denn dieser Rudi sein soll, den Andy da besingt (»She dances a valley / And Rudi is the king«). Das ist genauso kryptisch wie mit Fernando in dem gleichnamigen ABBA-Song, wer ist, verdammt nochmal, dieser Fernando? Fragte mich Brian, aber ich hatte natürlich keine Antwort, Rudi & Fernando, wie Geister aus einer Schlagerklinik. Für Brian war Andy Scott der »Ochsenfrosch«, ein Synonym für all das, was schiefgelaufen ist, und die »Lady Starlight« der Grabgesang darauf. Je feister Andy wurde, desto sichtbarer das Scheitern. Und jetzt saß ich hier mit ihm in einem Zimmer in einer Trinkerheilanstalt in Schlangenbad und wir versuchten die Puzzleteile der Vergangenheit mit dem Hammer der Entbitterung zu einem besseren Bild zusammenzuprügeln. Er seufzte, irgendwie hätte er sich immer gewünscht, irgendwann anders abgebogen und einer von den Pipkins gewesen zu sein, den entspannten Typen von der anderen Seite der Platte, »Gimme Dat Ding«, guter Titel, und dann schlief er ein.

Ab dem zweiten Monat in der Anstalt hatte jeder Anspruch auf »Freigang«, das heißt, man konnte für einen Tag das Gelände verlassen, zum Einkaufen, Leute treffen oder was auch immer man so am Leben vermisste. Natürlich musste man nüchtern bleiben, widrigenfalls riskierte man seinen Therapieplatz. Da wurden dann immer Kleingruppen gebildet, in der Regel fuhr man morgens gemeinsam mit dem Bus in die nächstgrößere Stadt, also nach Wiesbaden, und dort ging jeder seiner Wege, um sich dann am Abend wieder zu sammeln und gemeinsam nach Schlangenbad zurückzufahren. Als ich zum ersten Mal dran war, war in meiner Gruppe ein Kolumbianer namens Jesús-Rafael Soto de Raufuß, den aber alle nur Soto nannten, der Vorname war ihnen wohl zu kubistisch verbogen. Soto war halbindigen und halbblind, er hatte nur ein Auge, das tote Auge war ein milchiges Etwas, das er immer zukniff, weil er sich wohl dafür schämte, es sah ein bisschen aus wie Risotto. Er verbreitete immer wieder andere Geschichten, wie er es verloren hatte, mir erzählte er mal, eine Eule hätte es ihm ausgehackt, ich habe aber auch Versionen gehört, dass es von einem Pferd ausgetreten wurde. Ich verstand mich mit Soto ganz gut, er hatte was Larmoyantes und gleichzeitig Schnippisches, komische Mischung. Einzeln sind das anstrengende Charakterbausteine, aber zusammen wurde beides erträglich. Er war polytoxisch, warf also alles in sich, was er bekommen konnte, und im »richtigen« Leben war er Übersetzer, Spanisch/Deutsch. Ein Hauptklient von ihm war ein auf ausschließlich lateinamerikanische Prostituierte spezialisierter Bordellier, aber es war natürlich nicht so, dass Sotos Sprachkenntnisse beim Liebesspiel erbeten wurden, er wickelte einfach alles Drumherum ab, das Behördliche, den ganzen Aktenkram, kümmerte sich um die Papiere, machte Gänge zu Ämtern und Ärzten mit den Frauen und wurde dafür in Naturalien bezahlt. Er überredete mich, zu seinem ehemaligen Arbeitgeber mitzukommen, der möge ihn, es gäbe Drogen, die mich ja eigentlich nicht interessierten, und Frauen, die schon eher, und gerade Latinas hätten, seinen Worten nach, anderen Frauen gegenüber sehr viel mehr Vorzüge. Welche, wollte ich gar nicht so genau wissen, aber er erklärte, sie wären leidenschaftlicher, hätten mehr Stil und Körperbewusstsein als beispielsweise »Ostbräute« und sie hätten eine bessere und straffere Haut, Cellulite fände man bei ihnen nicht, das gäbe es, rein genetisch, in seinem Kulturkreis einfach nicht. Naja, wer's glaubt.

Als wir in den Laden (»Cantina del amor«) seines Arbeitgebers kamen, wurden wir tatsächlich herzlich empfangen, der Chef umarmte uns, bot uns Getränke und Kokain an. Ich trank nur Cola, ich wollte nicht schon nach zwei Monaten rückfällig werden. Soto ließ sich gleich am Mittag schon einen Whiskey geben und rauchte einen ihm angebotenen Joint, aber ich merkte, er war unruhig, die Frauen waren nicht so freundlich, wie er es sich selbst vorgestellt und mir angekündigt hatte, irgendwas Feindseliges war an ihnen. Sie waren, behauptete er, irgendwie anders, vielleicht waren das Neue und sie kannten ihn nicht, und wollten ihrem Chef nicht den Gefallen tun, uns zu mögen. Plötzlich merkte ich, wie Soto große Augen bekam, selbst das funktionslose Risottoauge riss er auf. Erst jetzt sah er, was mir gar nicht aufgefallen wäre: dass das gar keine »richtigen« Frauen waren, sondern alles Transfrauen, und Cellulite hatten sie tatsächlich nicht. Der Wirt hatte wohl umgesattelt und sich diversifiziert. Der spürbar enttäuschte Soto schloss sein totes Auge wieder und trank und schnupfte kompensierend dann noch einiges weg, was die Bar so hergab. Ich verabschiedete mich, ließ ihn dort zurück, ich fand das alles nicht so interessant und ging stattdessen in den Zoo, wo ich mich eine Zeitlang bei den Halsbandpekaris aufhielt. Wie ich im Museum einem Kunstwerk mein Hauptaugenmerk widme, mache ich immer das gleiche im Zoo bei einem Tier. Ich bildete mir ein, dass man das dann auch am Ende als Belohnung für die investierte Aufmerksamkeit mitnehmen könnte.

Als wir uns am Abend am ausgemachten Treffpunkt in Wiesbaden wieder trafen, um gemeinsam mit dem Bus zurück in die Anstalt zu fahren, fehlte Soto. Er kam viel später, randvoll »zu«, und wurde augenblicklich entlassen, also gekommen um zu gehen. Ich habe Soto danach nie wieder gesehen. Viel später übernahm ich dann irgendwann mal im Zoo die Patenschaft für ein Pekari, man durfte ihm auch einen Namen geben, ich nannte es Soto. Es war ein weibliches Tier.

Der kleinwüchsige Heinz ist dann irgendwann eine Zeitlang nur mit Socken rumgelaufen, selbst als es schon schneite. Er behauptete, Schuhe seien Gefängnisse für die Füße und seine Socken wären so heiß, dass er ständig Durst hätte. Einmal verschwand er, Herr Schock suchte ihn überall, niemand wusste wo Heinz war, irgendwann in der Nacht tauchte er doch wieder auf. Schock stellte ihn am Morgen zur Rede, zunächst erzählte Heinz, er hätte in der Nacht Tischfußball gespielt, aber wie soll das alleine gehen, und dann auch noch, wenn man so klein ist und kaum an die Griffe kommt? Und dann erzählte er die ganze Geschichte, er hätte »draußen«, außerhalb des eingezäunten Geländes, im Wald seinen Bruder getroffen, sie hätten ein paar Bierchen gezwitschert und einen Joint durchgezogen und der Bruder hätte ihm Schuhe gebracht. Die Geschichte mit den Schuhen wurde als mildernde Umstände gewertet, er musste die Klinik nicht verlassen, kam nur in die so genannte Schutzphase, das heißt, ihm wurde für zwei Wochen das Telefon weggenommen und er durfte keine Besuche empfangen. Er bat dann Brian, seinen Bruder anzurufen, der sich als riesengroßer Sweet-Fan entpuppte, und als Heinz dann wieder Besuche empfangen konnte, brachte der Bruder, der sogar *noch* kleiner als Heinz war, jede Menge Sweet-Memorabilia, die er Brian zu signieren bat, was dieser auch tat, und was die kleinen Brüder in der Folge verkauften. So bauten Heinz, sein Bruder und Brian einen kleinen, schwunghaften Handel auf. Ich ließ mir von meinem Nennonkel die teure erste Single »Slow Motion« schicken, wir ließen sie von Brian unterschreiben und ich schenkte sie den Brüdern. Zwei Monate später wurde Heinz entlassen und eine Woche drauf Brian, ich hatte noch bis Weihnachten. Ich schrieb Brian noch ein paarmal, aber es kam nie was zurück, irgendwann las ich, dass er nicht lange nach seiner Entlassung an Nierenversagen gestorben sei. Immer wenn ich an meine noch intakten Nieren denke, und bedaure, dass ich ihm nicht eine von meinen überlassen habe, murmle ich mit Brians Stimme vor mich hin: »Gimme Dat Ding«.

DAS THEATER
IN DER HOSENTASCHE

Als Geoffrey Ingram fünf Jahre alt war, entwickelte er, zunächst nur für sich, eine ganz besondere Fähigkeit: Er schälte Äpfel in seiner Hosentasche. Und er konnte nicht mal sagen, wie er auf die Idee gekommen war und warum er das machte, er machte es einfach, steckte einen Apfel in die Tasche und holte ihn nach kurzer Zeit geschält hervor. Danach schmiss er ihn weg, niemand, nicht mal er selbst, wollte ihn essen. Aber statt, dass sich die anderen Kinder davon beeindrucken ließen, mieden und verspotteten sie ihn und machten seine kleine Nummer noch kleiner. Als dann größere Kinder hinter den Trick kommen wollten, ihn festhielten und seine Taschen durchsuchten und umdrehten, fanden sie nichts, weder Schalen noch Messer, aber ab diesem Zeitpunkt hatte Geoffrey seine Rolle in der Gesellschaft, er wurde *er*, ihm haftete etwas an, das man nicht anfassen konnte. Niemand drangsalierte ihn mehr, er sah die Bösen und Gemeinen nur noch von hinten, und Türen gingen von alleine auf. Selbst das Schälen brauchte er nicht mehr, er ließ es, er hatte seine Position im Leben gefunden, und das bereits mit fünf Jahren.

Als er dann später irgendwann mal versuchte, Geige in seiner Hosentasche zu spielen, mit einer kleinen Miniaturgeige, mit gar nicht mal so schlechtem Resultat (Beethovens Kratzersonate), interessierte das schon niemanden mehr, so als sei die Hosentasche ausgereizt oder die Fiedel in der Hosentasche noch viel unheimlicher als das Kernobst. Also versuchte er, sein Violinenspiel ohne Zuhilfenahme der Hose zu perfektionieren, aber nicht nur klassisch unterm Kinn, sondern zusätzlich mit einem weiteren Instrument, nämlich der Posaune. Es ging nicht so sehr um Virtuosität, als um die technische Möglichkeit, etwas zu versuchen, was noch niemand gewagt hat, weil man ja für beide Instrumente jeweils zwei Hände braucht, wie ließe sich das machen? Er kannte jemanden, der Gitarre und Schlagzeug gleichzeitig zu spielen in der Lage war, aber da spielten auch die Füße mit, ginge das auch mit einem Streich- und einem Blasinstrument?

Geoffrey Ingram wurde in St. John's Wood, einem Stadtteil Londons, als neuntes von elf Kindern geboren, er machte daraus immer gerne einen Scherz, das elfte von neun Kindern zu sein, aber es hat nie einer gelacht. Und dass nie jemand lachte, machte ihn stolz, keine Bedeutung zu erlangen, stolz auf die Bedeutung hinter der Bedeutung zu sein. Er wuchs in einem wohlhabenden, musikalischen Haushalt auf, sein Vater war Verleger, er brachte unter anderem die Bücher von Flann O'Brien, Robert Musil und Ludwig Wittgenstein heraus. Die Mutter war Mathematikerin und Physikerin, die die Theorien dieser literarischen Sonderlinge in ihren molekularphysikalischen Erkenntnissen (O'Briens Atomtheorie des Fahrrades) und empiriokritizistischen Schriften (Wittgensteins allgemeine Form der Wahrheitsfunktion) auf wissenschaftliche Stichhaltigkeit prüfte und gegebenenfalls behutsam geradelektorierte.

Den Kindern mangelte es an nichts, jedes von ihnen spielte ein Instrument, und so hatte Geoffrey schon früh Zugang sowohl zur Posaune seines Bruders Enoch als auch zu den Geigen seiner Schwestern, beide Instrumente beherrschte er leidlich. Als er an seinem vierzehnten Geburtstag seine Mutter fragte: »Magst du mich mehr als du mich nicht magst? Oder magst du mich nicht mehr als du mich magst?«, konnte sie das nicht beantworten, weil sie sich im Axiom der Frage verhedderte und delegierte ihn damit zum Vater, der zunächst schwieg, ihm dann aber aus dem Nichts heraus eine schallende Ohrfeige gab. Das war der Punkt, als Geoffrey beschloss, keine Eltern mehr haben zu wollen. Weder war er traurig, noch tat ihm der beredte Schlag weh, er sah ihn als eine vom väterlichen Unterbewusstsein gelenkte Antwort, für die er nicht mal etwas konnte. Es war nicht der Vater, der schlug, es war eine unglückliche, nicht steuerbare Verkettung von genetischen Reflexen, Begründung war deshalb gar nicht nötig und Geoffrey musste seinem Vater nicht mal verzeihen. Es war ein Schlag wie ein Wegweiser: Da ist die Tür. Deshalb fiel es Geoffrey auch nicht schwer, zu erkennen, dass seine Kindheit nun verbraucht sei und er fortziehen müsse.

Er fand ein offiziell leerstehendes und inoffiziell bewohntes Haus im Stadtteil Islington, weil jemand hektografierte, nach Spiritus riechende Zettel auf der Straße verteilte. In *interessantem* Englisch wurden Mitbewohner für dieses Haus gesucht (»Room for rent for nice person in Islington. House be full with cool people from Senegal. Room be small but have bed and closet. Kitchen and bathroom be shared. Rent be low and include everything. Call us for see the room.«), und weil Geoffrey auch, wie er in diesem Moment fand, seinen inneren Senegalesen erkannt hatte, rief er an und ging zu der ihm mitgeteilten Adresse. Die Bewohner ließen sich von seinem inneren Senegalesen überzeugen und ihn bei sich einziehen. Es war Frühsommer, also klimatisch nicht unangenehm, das Haus war nicht zu runtergekommen und vergammelt, es stand wohl noch nicht ganz lange leer. Strom hatten die Senegalesen illegal bei einer Außenleitung anzapfen können, das Wasser war nicht abgestellt, das Klo funktionierte und war tapeziert mit alten Zeitungen, ausschließlich der »Irish Times«, was nicht unbedingt darauf hindeuten musste, dass der Abort zuvor von einem Iren bewohnt worden war, sondern dass irische Zeitungen zu jener Zeit einfach die billigsten Blätter waren. Und dort las Geoffrey eines Tages die Glosse eines Autors namens

Myles na gCopaleen über den Lehrling eines Tierpräparators, der seinen despotischen Arbeitgeber ermordete, ihm die Haut abzog, den Körper tranchierte und die Teile an die zahlreichen Hunde seines Chefs verfütterte. Und um seine Tat zu kaschieren, nähte er sich in die abgezogene Haut seines Chefs ein. Als die Polizei den Auszubildenden suchte, der von seinen Eltern als vermisst gemeldet worden war – er war als Minderjähriger davongelaufen –, fand man ihn nicht. Der Polizei konnte er wiederum nicht erklären, wohin er selbst verschwunden war, und wurde wegen Mordes – an sich selbst – festgenommen, musste allerdings später wieder freigelassen werden, denn ein Mord ohne Leiche hat es nicht leicht in einer Welt voller Beweise. Stattdessen verhaftete man die Hunde, weil sie verdächtig wohlgenährt waren und ihr Winseln weder den Richter noch die Jury von ihrer Unschuld überzeugen konnte. Die Indizien sprachen eher für sie als Täter als für den in seinem Chef eingenähten Angestellten. Ein Jahr später kam er bei einem Unfall um, er wurde aus einem Kettenkarussell geschleudert, nachdem die Naht platzte und er aus seinem Chef flog, er fiel so unglücklich, dass er sich den Hals an einem Ziergeist der gegenüberliegenden Geisterbahn brach und noch an gleicher Stelle verstarb, während die Hülle seines Chefs noch weitere sinnlose Runden drehte und aus der Beschallung des Fahrgeschäfts höhnisch Gene Pitneys Schlager »Im Karussell sind alle gleich schnell« plärrte, einer der wenigen deutschgesungenen Hits des flamboyanten Barden.

Als Geoffrey diese Geschichte las, identifizierte er sich augenblicklich mit dem Lehrling, nicht nur, weil der, wie er, früh von zuhause fortzog, sondern weil ihn dessen makabre Idee so faszinierte, einfach so zu verschwinden ohne verschwunden zu sein. Kurz überlegte er, das Handwerk des Taxidermisten zu erlernen. Irgendetwas hatte es, nicht so sehr das schnöde Ausstopfen, als vielmehr die Möglichkeiten, mit einer Hülle etwas zu gestalten.

So wie seine Hosentasche einmal eine Apfelschälmaschine und ein kleiner Konzertsaal für eine Violine gewesen war, ließe sich eine lebende Katze vielleicht in die Haut eines Hundes einnähen? Oder eine Schar Hühner in einen Elefanten? Das waren so seine Träume. Natürlich blieb es bei der Idee, aber er erkannte, dass auch unrealisierte Ideen brauchbar zur Formung seiner Persönlichkeit wären, das neue Ich sich aus Behauptungen schälte, während sich das alte Ich zurückverpuppen konnte, in das, was es vielleicht mal irgendwann sein wollte.

Er fand einen Job als Küchenhilfe in einem Pub namens »The Compton Arms«, er brauchte Geld und Gesellschaft. Im Pub hätte er vielleicht auch Anspruch auf zumindest eine warme Mahlzeit am Tag und er könnte nebenher weiterhin an seinem Plan tüfteln, Posaune und Geige gleichzeitig zu spielen.

Es war mein Pub und ich merkte, wie gerne Geoffrey bei mir war. Vier Monate später ließ ich ihn auch bei mir wohnen, weil immer mehr Senegalesen in dem besetzten Haus sein Verbleiben dort nicht so einfach machten, es wurde einfach zu voll und laut dort, sodass das Haus bald sogar schon die inoffizielle Botschaft Senegals genannt wurde.

Er war nicht gerade der fleißigste meiner Angestellten, aber der, was soll ich sagen, munterste und er war für seine 14 Jahre schon erstaunlich selbstbewusst und erfindungsreich. Zusätzlich kreierte er immer wieder kleine Gerichte, die wir auf die Wochenkarte setzten, einmal gab es Kohlrouladen mit gehackter Dorschleber und Korinthen und als Dessert Blancmange mit Kombuchaaromen – kaum vorstellbar, dass man so etwas Exquisites in ganz London ein zweites Mal serviert bekommen hätte.

Ein regelmäßiger Gast bei uns war der Dadaist Kurt Schwitters. Das war für den jungen Geoffrey immer ein befruchtender Moment, denn Schwitters mochte ihn, mochte seine Ideen und Geschichten, vom Apfel in der Hosentasche bis zur Katze im

Hundekörper, und er tüftelte nach der Sperrstunde mit ihm daran, wie es gelingen könnte, die beiden Instrumente, die es Geoffrey so angetan hatten, im Spiel zu vereinen.

Schwitters adoptierte Geoffrey gewissermaßen auf eine spirituelle Art, er sah in ihm vielleicht einen kommenden Künstler, seinen Schüler, mit dem sich seine »Ursonate« aufführen ließ, während er für mich der Sohn wurde, den ich nicht hatte, weil Hermine keine Kinder bekommen konnte. Er bekam durch Schwitters Zugang zu Dada und den Möglichkeiten des Unmöglichen, dem Sinn ohne den Ernst im Sinnvollen, dem Absichtslosen hinter der Absicht. Und während sie weiterhin das Posaune/Geige-Projekt im Auge behielten und immer wenn sie sich trafen, Konstruktionszeichnungen anfertigten, Ideen austauschten und Verbesserungsvorschläge machten, wurde auch das absurde Theater immer mehr Thema ihrer kleinen, regelmäßigen Treffen, nachdem Geoffrey seinen Küchendienst beendet und Kurt schon ein wenig *einen sitzen* hatte, aber noch nicht komplett in den sprichwörtlichen Seilen hing, nur eben gerade so weit, dass man mit der Restenergie etwas machen konnte. Diese Theateransätze der Dadaisten, von Alfred Jarry und Tristan Tzara, das war so eine Möglichkeit, wie man, so dachte Geoffrey, noch irgendeine ausgelegte Fährte weiterverfolgen könnte, ohne auf dem Holzweg der Redundanz ins Leere zu tappen, auch wenn die Leere natürlich immer ein attraktives Angebot ist, neue Räume zu befüllen, eingedenk der Songzeile John Lennons in »A Day in the Life«, in der er sinngemäß fragt, mit wie vielen Höhlen man wohl die Royal Albert Hall füllen könne.

Geoffrey ließ sich alles über »Das Gasherz« oder »Das gasbetriebene Herz« von Tristan Tzara erzählen, das der als eine Parodie des klassischen Dramas geschrieben hatte, denn Kurt plante das Stück wieder auf-, und in die Jetztzeit zu überführen. Wie könnte das gehen, wie könnte man etwas, das den Test der

Zeit nicht bestanden hat, einen neuen Drive geben? Eventuell mit Geoffrey, dem Kind als Regisseur, Kurt wollte ihm dabei als Dramaturg beratend zur Seite zu stehen.

»Das Gasherz« war erstmals 1921 in Paris im Rahmen des »Dada-Salons« in der Galerie Montaigne inszeniert worden. Das Stück hat die Form eines absurdistischen Wortballetts. Das klingt ja schon mal säuerlich abgestanden, es sollte die Elemente des konventionellen Theaters so fein pulverisieren, dass nur wenige Gesten oder Bemerkungen in einer erkennbaren Ordnung zusammenhängen, so die Theorie Tzaras. Es sollte so tun, als sei es Theater, dem das Theater allerdings egal ist. Der Quatsch sollte vom kulturellen Kontext abhängig sein, in dem es präsentiert wird, man kann es also auf einem Klo inszenieren, unter Wasser oder im Vogelhaus eines Zoos.

Schauplatz des Stücks ist ein Kopf, die Akteure heißen Mund, Ohr, Auge, Nase, Hals und Augenbraue. Der gesamte Austausch zwischen ihnen verwendet, verbiegt und interpretiert Metaphern, Sprichwörter und Redewendungen neu, indem er die allgemeinen Rollen suggeriert, die den betreffenden Körperteilen traditionell zugewiesen werden, und nicht Situationen, in denen die Figuren selbst involviert sind, mit Zeilen, die so geäußert werden, dass die Protagonisten wie geistesgestört aussehen, beispielsweise sagt das Ohr: »Das Auge sagt dem Mund: Öffne deinen Mund für die Süßigkeiten des Auges.« Das ist ja noch ganz pfiffig, aber das geht so munter angestrengt weiter, dass man es nach einem Satz ja auch einfach gut sein hätte lassen können, aber: »Unvorsichtigerweise verwandelte sich der Räuber in einen Koffer, der Physiker könnte also behaupten, dass der Koffer den Räuber stahl. Der Walzer ging unaufhörlich weiter – es ist unaufhörlich, was nicht weiterging – es war ein Walzer – und die Liebenden rissen Stücke davon ab, während er vorbeiging – an alten Wänden sind Plakate wertlos«, das sagt beispielsweise das

Ohr. Warum es ausgerechnet der Horchknorpel sagt, spielt keine Rolle, das soll wohl der »Witz« des Unkonventionellen sein. Neben diesem Motiv enthielt das Stück eine Reihe scheinbar metaphysischer Beobachtungen, die die Figuren über sich selbst oder über nicht näher bezeichnete Dritte machten, zum Beispiel sagt der Mund an einer Stelle: »Keiner kennt mich. Ich bin allein hier in meinem Kleiderschrank, und der Spiegel ist leer, wenn ich mich betrachte.« Klingt gut, aber vom Klang alleine her lässt sich kein Staat machen, zumindest kein abendfüllender.

Also meiner unmaßgeblichen Meinung nach altbackene Schmiere, schneller abgelaufen als ein Liter Milch sauer werden kann im Tschad. Das Problem daran ist ja nicht die vielleicht da und dort herausblitzende poetologische Arabeske einer vergänglichen Mode, es ist eher, dass sich das, was als Bruch mit einer althergebrachten Theatertradition gedacht war, am Ende dann doch den tradierten Konventionen ergibt und genau das abliefert, was es sich *nicht* abzuliefern vorgenommen hatte.

Die Idee von Schwitters war nun, dass, wenn man das einem Vierzehnjährigen in die Hand gibt, die Dada-Fackel auf eine neue Art weitergetragen wird, von einem komplett Ahnungslosen. Und dann fand er sogar im »Gasherz« eine Stelle, die genau Geoffrey anzünden könnte, weil seine zwei Instrumente vorkommen. Achtung anschnallen, jetzt wird der Flug etwas turbulent, das Auge spricht im Stück: »Die Rinde apotheotischer Bäume wirft Schatten auf wurmstichige Verse, doch der Regen lässt die Uhr der organisierten Poesie ticken. Die Ufer sind mit medizinischer Watte gefüllt. Der Marionettenmann auf dem Seil, gestützt von Blasen wie du und wie alle anderen. Der Porzellanblume spiel uns Keuschheit auf deiner Geige, oh Kirschbaum, der Tod ist so schnell und kocht über der bituminösen Kohle des Posaunenkapitals.«

Mein Gott, wer sich sowas ausdenkt, schubst auch Tiere vom

Dach, um sich an deren Gesichtsausdruck zu ergötzen. In Gesellschaften mit Geschmack und Anstand würde man für Texte wie diese verhaftet, das war meine Ansicht, aber die behielt ich für mich. Alleine dieser Stil hatte etwas von Blähung nach zu viel Bohnengenuss, und mein Leben spielte sich schon lang genug in ungelüfteten Räumen ab, als dass ich noch die Kraft zum Lüften aufbrächte. In einer Nachbesprechung im »Spectator« hatte es Edith Sitwell zumindest versucht, sie schrieb damals – gereizt und wie ein argumentativer Ibis gestelzt um den Brei herum, wie es ihre Art war – über das Stück, dass »etwas Krampfhaftes in der Inszenierung ist, vielleicht etwas eminent Französisches, also eminent Unbritisches. Es soll Elan vermitteln, ein Furioso des Flackerns, dass aber das ruhige Brennen, das wir gewohnt sind und mit dem wir uns eingerichtet haben und auch keine Not leiden, das leuchtende Licht nicht ersetzt. Wenn das Auge spricht und das Ohr zuzuhören gewillt ist, dieweil der Hals der Erkenntnis von der Nase entzündet wird, ist das allemal ein Angebot, aber wer ist willens das anzunehmen? Es soll uns zu Tränen rühren, dass wir durch die sieben Häute der Schwermut nicht mehr klarsehen können, sondern nur noch das überspannte Flackern der Verstimmtheit. Aber der künstlerisch empfindende Mensch sehnt sich bei allen Werken und insbesondere bei diesem Bilderstürmerischen nach der Magie des Dunklen, des Unbewussten. Allzusehr am Tage Liegendes wird ihm bald zur bunten Oberfläche, hinter der er einen Hohlraum argwöhnt, den es aber nicht gibt, nur den Selbstzweck. Es bleibt zuletzt nichts als der wirre Lärm des lautlosen Flimmerns. Das ›Gasherz‹ des Rumänen Tristan Tzara verpuffte in dem Moment, in dem es angezündet wurde, zu einer mitleidserregenden Funzel der Unterwürfigkeit in Komplizenhaft mit dem hypothetisch auskennenden aber am Ende ausbleibenden Publikum. Was gut gemeint, aber schlecht gemacht ist, bleibt nicht mehr lange gut gemeint, weil es sich selbst schlecht macht, sogar in Rumänien. Ich gebe nur 4 von 17 Sternen, und die für das Bühnenbild.«

Ich erlaubte mir kein Urteil, Kurt las diese Kritik von Edith Sitwell vor, mir und dem jungen Geoffrey. Er schien zu verstehen, was mich wieder einmal überraschte, wie ein so junger Mensch schon so quecksilbrig vor Neugier auf so vielen Ebenen sein konnte, aber mit Theater im eigentlichen Sinn hatte ich selbst nichts zu tun. Ich verkaufte Bier und einen sozial gewärmten Ort, und nicht ein besseres Bühnenstück, das ich sowieso nicht hatte. Ich hatte meine eigene kleine Bühne, die Bar, in der die Gäste gleichermaßen Akteure wie Publikum waren und jeden Abend etwas improvisierten oder probten, was sie dann versuchten, am nächsten Abend zu wiederholen, Geraune, Dispute, Dramen, Missverständnisse und Versöhnungen. Es wurden Witze ohne Pointe gemacht und Analysen ins Leere diskutiert, Luftschlösser wurden errichtet, Meinungen aus geistigen Bierdeckeln gebaut und Revolutionen aus feierlichem Atem gehaucht, ein niemals enden wollendes, mäanderndes Grundbrummen, das reichte mir. Und ich glaube, Kurt sah das ähnlich. Was braucht es das institutionalisierte Theater, und das war es wohl leider, auf das sich Tristan Tzara am Ende dann doch kompromissbereit einließ, zum Komplizen der Absprachen, aber das war eine andere Zeit, und da galt dieser Nonsens wohl schon als Ikonoklasmen in der Hosentasche.

Und in Wimbledon spielte gerade, wir übertrugen das im Fernseher über der Schank, Ilie Năstase gegen Blancmange, er hatte also diese klebrige Maissulz zum Gegner, und es sah nicht gut aus für Tzaras rumänischen Landsmann mit seinem gefürchteten, mit Wieseldarm bespannten Wunderracket. Nach unserem Dafürhalten sowieso das bessere Stück Dada, das man aktuell kriegen konnte, und es war gut, dass das Tenniskomitee begann, die Spiele divers zu programmieren. Leider nur in jenem Jahr, man beugte sich dem konservativen Zuschauerwillen, indem man doch wieder auf das altbackene Format Mensch gegen Mensch zurückkam, der Gefahr, dass sich irgendwann mal ein Wackelpudding oder eine Mortadella die Schüssel holt, wollte man sich wohl nicht aussetzen.

Und wenn um 23 Uhr die »last orders« eingeläutet wurden und man noch schnell so viele Gläser bestellte, wie man bezahlen und tragen konnte, merkte ich bei den Gästen, wie diese Stress-Dichotomie aus Bezahlen und Tragen sie richtiggehend überforderte, psychisch wie physisch. Manche kauerten gar stieren Auges überfordert in den Ecken (»Wie viele Arme habe ich, wenn ich bereits acht Bier getrunken habe und kein Oktopus bin?«). Aber wenn sie ihre Arme, die, wie sie feststellten, inzwischen mindestens 35 Kilo wogen, geordnet hatten und langsam aus meinem Pub sozusagen ausronnen, blieben am Ende nur noch mein Faktotum Geoffrey übrig und ein letzter, treuer Gast, nämlich Kurt, den ich gnadenhalber auch noch nach Sperrstunde sitzen und in manchen Fällen sogar auf einer der harten Bänke schlafen ließ. Geoffrey und Kurt wurden Inventar, und es half mir, generös darüber hinwegzusehen, dass auch ich vielleicht meine eigene Privatsphäre hätte haben wollen, weil Hermine in ihrem eigenen Dachbodenkämmerchen mitunter für mehrere Tage nicht ansprech- und sichtbar war. In der Regel schickte ich Geoffrey hinauf, ihr die superben Mahlzeiten zu bringen, die er zubereitete. Ich hatte keinen blassen Schimmer, was sie dort in ihrer Eremitage trieb, nur dass sie dort eine Wildente hielt und sich als Seiltänzerin ihren Studien widmete. Wie eine Wäscheleine hatte sie dort ihr Arbeitsgerät aufgespannt und übte wohl mit der Ente irgendwas ein. Vielleicht würde man das irgendwann mal sehen können, vielleicht ging sie aber auch nur einer Fiktion von Beschäftigung nach, ich ließ sie, weil ich sie liebte. Sie hatte sogar mal ein Buch über Seiltanz geschrieben (»The

Tightrope Walker«), vielleicht arbeitete sie an einem Nachfolge-
band, wie man der Ente das Gehen auf dem Seil lehrt. Andererseits, und das ließ mich ein wenig die abwesende Hermine etwas
weniger vermissen, planten und versprachen mir Geoffrey und
Kurt, das »Gasherz« hier in meinem Pub neu zu inszenieren,
60 Jahre nach der Premiere in Paris nun hier in Islington.

Eines Morgens kam ich wie gewohnt vor Tau und Tag in die
Schankstube, um den Pub für das Tagesgeschäft fertigzumachen.
Lüften, Kehren, Tische wischen, Gläser spülen, also alles, was
vom überhastet beschlossenen Abend noch übriggeblieben ist,
Klos natürlich, auch die Einkäufe erledigen, all diese Tätigkeiten,
bei denen mir auch Geoffrey stets zu Diensten war. Ich entdeckte
Kurt und den Jungen hellwach mit angenagelten Augen an einem Tisch sitzend, viele Papiere vor sich ausgebreitet, ich sah
Zeichnungen, gekritzelte Dialoge, des Weiteren ein kleines Büh-
nenbildmodell aus Zahnstochern, Klosteinen und Bierfilzen. Auf
einem anderen Tisch lagen eine Violine und eine Posaune, aber
die größte Überraschung war, dass Hermine ebenfalls bei ihnen
saß. Offenbar hatten Kurt und Geoffrey die Zeit nach der Sperrstunde und die *wee hours* dazu genutzt, konzentriert am »Gasherz« zu arbeiten, vielleicht unter Einbeziehung des Geigen/
Posaunenexperiments und Hermines Seiltanzkünsten, von denen ich den beiden immer vorschwärmte, wie bedauerlich brach
eigentlich ihre Fähigkeiten lagen. Dass auch die Wildente aus der
Dachkammer im Schankraum herumwatschelte, wunderte mich
dabei am wenigsten, sie tat sich gütlich an einer verschütteten
Bierpfütze, und wer wollte es ihr verargen?

Ich klatschte in die Hände, weil die drei so hochkonzentriert
waren, dass sie mein Eintreten gar nicht bemerkt hatten. Alle
sahen auf und strahlten über ihre Gesichter wie Kinder bei der
Bescherung, Hermine habe ich schon lange nicht mehr so gelöst
gesehen. Ironisch standen alle auf und verbeugten sich, als sei

ich das Publikum, das ihnen zu dieser kleinen Morgeninszenierung applaudierte.

Kurt war der erste, der sprach. Er bat, ich möge mich zu ihnen setzen und bat des Weiteren Geoffrey, Kaffee zu machen, sie hätten mir etwas zu verkünden. Ich ahnte, auf was es hinauslaufen könnte, dass sie ein Konzept für das Remake des Tzara-Vehikels hätten, aber wartete ab, bis Geoffrey mit den Kaffees zurückkommen würde. Derweil überflog ich die auf dem Tisch ausgebreiteten Papiere, während Kurt auf dem Klo verschwand und Hermine die Wildente von der Bierpfütze fortzuscheuchen versuchte, was ihr auch nicht mit Kartoffelchips gelang, die sie auf dem Boden mit dem Fuß zusammenschob.

Als wieder alle beisammen waren, jeder außer Geoffrey hielt nun einen Becher heißen Kaffees in den Händen, der Jüngling ein Glas Nesquick, hob Kurt zu einer Art Rapport an einer wohl, den gelösten Gesichtern nach zu urteilen, produktiven Nacht. Der Junge und der Dadaist hätten wohl gleich nach der Sperrstunde damit begonnen, zunächst die beiden Instrumente gleichzeitig zu spielen, beziehungsweise Geoffrey anzupassen. Hermine hatte die Stille der Nacht genutzt, um sich in der Schankstube umzusehen, wer oder was dort noch zu so später Stunde zugange war, und weil sie selbst Musik machte und Französin ist, auch mal eine Zeitlang in Zürich lebte, dem Dadaismus nicht ganz abhold war, wurde sie neugierig und hatte wohl auch Interesse, den beiden ungleichen Herren beiseite zu stehen. Kurioserweise sah nun Geoffrey durch seinen Nesquik-Bart auch etwas, nunja, *reifer* aus.

Kurt und Hermine demonstrierten und halfen zunächst, sozusagen als Assistenten Geoffreys, ihm die Instrumente »anzulegen«, die Geige klemmte er sich unters Kinn, mit der linken Hand griff er wie üblich seine Töne, den Bogen hielt er mit zwei Fingern der rechten Hand. Sein rechtes Knie hielt die Posaune, dafür hatten sie aus einem Schneebesen und einem Schrubber eine kleine elastische Halterung gebogen, die das Knie mit dem Quersteg des (starren) Innenzugs verband, damit er das Knie nicht so weit heben musste, und mit dem Streichen des Bogens bewegte er mit derselben Hand auch den Zug der Posaune. Das war der Clou und die Aufgabe, die den beiden, wie sie berichteten, am meisten Kopfzerbrechen bereitete: Dass man Stücke transponieren oder finden musste, in denen das Streichen der Geige und das Ziehen der Posaune synchronisiert werden konnte. Ein bisschen erleichternd war oder ist, dass nicht wenig Töne bei der Posaune mit dem Mund gebildet werden können, so dass man mit dem Bogen ein bisschen mehr Spielraum hat. So stand nun der vierzehnjährige Geoffrey mit zwei Instrumenten auf einem Bein wie ein Storch, noch ein bisschen wacklig in jeder Hinsicht, mehr schlecht als recht, aber er spielte sie immerhin, es gelang ihm. Sie hatten ein Stück eingeübt und das demonstrierten sie mir nun. Es rührte mich über alle Maßen, war es doch das Lied »TV Lovers« von meiner geliebten und absenten Hermine, die dazu auch sang, mit ihrer gebrochenen Stimme, einer Mischung aus Nico und einer heiseren Marlene Dietrich. Dazu quakte die beschwipste Ente und Kurt improvisierte eine Art Bongo aus Pappkartons. Ich musste weinen, so etwas Schönes, Zartes und Ergreifendes hatte ich schon lange nicht mehr gesehen und gehört.

Ich applaudierte heftig und von Herzen und fragte, mir ein verdrücktes Tränchen aus den Augen wischend, ob sie mit dem »Gasherz« auch weitergekommen seien, ob die musikalische Anordnung vielleicht Teil des Stücks sei? Kurt als Sprecher bejahte und schlug gleich heute Abend hier bei uns im »Compton Arms« die Premiere vor. Dafür müsste ich aber tagsüber den Pub geschlossen halten, damit sie am Abend das inszenieren könnten, was sie wohl die Nacht über ausgebrütet hatten.

Ich willigte ein, und hängte ein Schild vor die geschlossene Tür, dass wir wegen innerfamiliärer Angelegenheiten heute dem

Tagesgeschäft nicht nachkommen können, aber ab 18 Uhr sei geöffnet, und man könnte auch noch der Premiere des Stücks »Das Gasherz« beiwohnen, sechzig Jahre nach der Uraufführung, der Eintritt sei frei. Zusätzlich bekäme jeder Gast ein Gratisgetränk seiner Wahl, das war ein Vorschlag Geoffreys, und ich stimmte generös zu, denn ich ließ ihn ja für Kost und Logis bei mir arbeiten, und einem geringen Handgeld, das ich sowieso schon seit einiger Zeit zu erhöhen plante.

Ich war nicht ganz sicher, ob ich sie fragen sollte, ob sie mir irgendetwas zur Inszenierung verraten wollten, oder ob ich ihnen vertrauen und mich überraschen lassen sollte. Ich entschied mich für letzteres, ließ sie zunächst alleine alles vorbereiten und ging einkaufen. Ich hatte noch ein bisher unrealisiertes Rezept von Geoffrey, das ich zu Feier dieses besonderen Abends den Gästen anzubieten gedachte, nämlich ein schönes Plow mit Sprotten.

Ich gebe es zu, ich war nach dem Einkauf noch im gegenüberliegenden Pub, dem »Auld Shillelagh« auf zwei Pints und mehrere unfruchtbare Gespräche, aus denen dann sogar vier Pints wurden, damit ich die unfruchtbaren Gespräche gleich wieder auslöschen konnte. Ich wollte Kurt, Geoffrey und Hermine nicht stören bei ihren Vorbereitungen. Als ich zurückkam, war ich überrascht, was sie mit dem Raum gemacht hatten, nämlich ein Seil gespannt, auf dem Wäsche hing, ich erkannte unter anderem meine Unterhosen. Hermine hatte ein gepunktetes Cocktailkleid an, Netzstrümpfe und ellbogenlange Handschuhe, ihre Lippen waren schwarz geschminkt und so ging sie auf der Wäscheleine hin und her, die Ente im Arm. Kurt und Geoffrey hatten den ganzen Raum mit Transparenten ausgeschmückt, mit allerlei Slogans – sowas kennt man vielleicht von Demonstrationen – wie »Das Auge ist ein Meister im Wegsehen«, »Niemandem schmeckt das Bonbon im Mund des anderen« und »Bei Halskratzen legt man sich nicht zur Genesung unter die Guillotine«. Jede Wand thematisierte die Teile des Kopfes aus dem Stück (besonders sprach mich »Hast du ein Lieblingsohr?« an, weil ich selbst halbseitig taub bin). Kurt spielte augenscheinlich auch mit, er hatte ein Kostüm an, ein Herz aus Pappmaché. Am Herz waren Armaturen befestigt, das sollte offenbar das gasbetriebene Organ des Titels abbilden, aus einer Röhre, die aus der Verkleidung ragte, kam sogar weißer Dampf. Ich fragte Geoffrey, was denn heute hier eigentlich genau passieren würde, er zuckte mit den Schultern, er wisse es noch nicht so genau, das würde von den Gästen abhängen und er ad hoc entscheiden. Ich sagte, ich lass ihn mal, und machte mich an das Plow.

Als ich gegen 18 Uhr wieder mal im Schankraum nachsah, ob schon Gäste zu sehen wären, und wenn ja, welche, war schon allerlei Betrieb. Auffallend viele Schwarzafrikaner, vielleicht hatte er seine senegalesischen Exmitbewohner mobilisieren können. Geoffrey stand am Eingang und empfing jeden persönlich mit Handschlag und gab ihm ein kleines Kärtchen. Als ich kurz auf eines linste, das ein Gast etwas ratlos von beiden Seiten betrachtete, konnte ich nur ein einziges Wort drauf lesen – ein Teil des Kopfes. Ich vermutete, er hatte all die sechs Protagonisten des Stücks Tzaras auf diese Kärtchen drucken lassen und verteilte sie paritätisch am Eingang. Später erfuhr ich, dass er das jedem Gast sozusagen wie Visitenkarten eines Zauberers in die Hand drückte, mit der Auflage sich ein bisschen so zu verhalten, wie eines der sechs Kopfteile und es dann in die Hosentasche zu stecken, und wenn Damen mit Rock kamen, in die Handtasche. Das Verblüffende war, dass sie, wenn sie diese wie Visitenkarten aus ihren Taschen zogen, vielleicht um sich ihrer Rolle zu vergewissern, dort noch etwas anderes vorfanden, ein Glasauge, eine Packung Taschentücher, eine Schwimmnasenklammer, einen Kajalstift und ein Bürstchen für die Brauen, Ohrreinigungsstäbchen, Halspastillen, eine kleine Reisezahnbürste, eine

Augenklappe, sogar Gerstenkörner und ein kleines Briefchen mit Kokain (war natürlich nur Talcum). Also Requisiten, die ihre »Rollen« symbolisierten, was natürlich die Gespräche befeuerte. Das »Ohr« unterhält sich mit dem »Hals« über den »Mund« und das »Auge« hört nur zu, nachdem man den Inhalt seiner Taschen präsentiert hatte. Man wanderte immer weiter und es gab naturgemäß immer weiteren Gesprächsstoff. Man ließ sich treiben, die Teile des Kopfes wurden immer neu gemischt, und man wunderte sich vor allem, *wie* das in ihre Taschen gelangen konnte, eine Art buchstäblicher Taschenspielertrick Geoffreys, aber bei ihm wunderte mich inzwischen gar nichts mehr.

Während also die Gäste untereinander ihre situationsbedingten Kommunikationsthemen entwickelten, wanderte Hermine über den Köpfen der Gäste auf ihrem Seil mit der Wildente unterm Arm hin und her, deren Kopf schlaff herunterhing, sie war wohl zwischenzeitlich gestorben oder komplett besoffen. Hermine sang zu dem, was Geoffrey mit seinem Instrumentenkonstrukt von sich gab, während Kurt, das dampfende Gasherz, Bongos auf seinen Pappkartons spielte. Vielleicht war Hermines Show ja eine Art Paraphrase auf die Aktion »Wie man einem toten Hasen die Bilder erklärt« von Joseph Beuys, dem alten Gauner, ich weiß es nicht. Gewundert hätte es mich nicht, es war mir aber auch egal, ich genoss alles so sehr, was ich da mitbekam, eines der beglückendsten Happenings, dem ich je beiwohnte. Ok, es war das erste dieser Art, aber ich dachte, ein besseres künstlerisches Sozialexperiment wird es ja wohl schwerlich geben, und Geoffrey hätte wirklich würdevoll die Dadafackel Tzaras weitergetragen. Kurts Idee war offenbar aufgegangen, wenn nicht etwas passiert wäre, womit wohl wirklich niemand rechnete, ich zumindest nicht. Ich weiß nicht, ob das Geoffrey initiiert hat oder Kurt, Hermine gar? Plötzlich wurden die Gäste heterogener. Meine Stammklientel, von der es nicht sehr viele gab – vielleicht hatten die Leute

Schwellenangst vor dem angekündigten Theaterhappening –, stand irritiert an der Dartscheibe und hielt sich ängstlich an ihren Wurfpfeilen fest, ohne auf die Idee zu kommen, sie zu werfen, weil sie aus dem Staunen und dem Gefühl, dass man ihnen ihren Raum genommen hatte, nicht herauskamen. Einer entfernte verlegen mit einem Wurfpfeil den Dreck unter seinen Fingernägeln und unter den Stammgästen und Senegalesen tauchten mehr und mehr Gesichter auf, fragt mich nicht, woher die kamen, die man von woanders her kannte, aus der Öffentlichkeit. Das machte diesen Abend zu einem Abend, den man in seinem Leben nur einmal, wenn nicht gar weniger als einmal, erwartet und erlebt, die Worte *einzigartig* und *magisch* müssen dafür wohl erst neu erfunden werden, mir lief ein metaphysischer Schauer über den Rücken. Ich sah Marvin Gaye und Elfriede Jelinek, beide lustlos in einem Geißblattsalat stochernd, Harvey Ball war da, der Erfinder des Smileys, Demis Roussos, erschöpft und abgemagert, kurz nach seiner Flugzeugentführung, etwas abseits saßen Udo Jürgens und Adolf Dassler, Udo hatte den schwarzen Blitz von Throbbing Gristle am Revers seines weißen Bademantels und Adolf trug Sportschuhe der Marke Karhu, und es wunderte mich nicht mal, so als trüge er sie als Büßerschuhe. Rosie Antrobus hatte eine ihrer aufblasbaren Kartoffeln mitgebracht, mit denen Iggy The Eskimo ausgelassen spielte; und der Grand Wizard Theodore stopfte sich am von Geoffrey aufgebauten Buffet die Jackentaschen mit Blancmange voll. Uschi Digard flirtete Peggy Entwistle an, von John Waters mit einer Schmalfilmkamera festgehalten, während Rick James und Falco Wange an Wange einen El Debke tanzten. Ich sah Petula Clark und hatte sofort »Downtown« im Ohr, Rita Pavone, Hand in Hand mit Bud Spencer, das Kind und der Koloss, Weasel Walter in ein vertrauliches Gespräch mit Judith Schalansky vertieft, Pepper LaBeija, Sobranie rauchend, die bunten Zigaretten mit dem goldenen Mundstück, Jonas

Almquist, auf seinem dicken Kopf einen viel zu kleinen Trilby, während Joy Fleming in einem schicken Hosenanzug kam, und hast du's nicht gesehen, hatten sie auf dem Klo schon ihre Outfits getauscht, Jonas trug nun ihren Hosenanzug, Joy seinen kleinen Hut, und nichts als das. Und Konrad Klapheck und Brainiac sahen zu, wie David Lynch mit Lieutenant Worf fingerhakelte. Ein Klassentreffen der außerweltlichen Art, man konnte sich an dieser Gesellschaft kaum stattsehen, eine Situation, für die ich augenblicklich einen Mord begangen oder zumindest den Mond umgedreht hätte, so glücklich war ich. Und gleichzeitig traurig, weil diese Konstellation in dieser Form nie wiederkommen wird, alles perdu in diesem Moment, nie mehr rekonstruierbar, und wenn, nur als Simulation mit Knallchargen.

Und über diesem ganzen Szenario und meiner Melancholie ging zusätzlich gravitätisch Hermine auf dem Seil auf und ab und sang »L'enfant avec l'harmonika«, die französische Version von »Der Junge mit der Mundharmonika«. Am Ende sangen sie, weil auch Petula das Seil erklomm, »Downtown«, wieder und immer wieder, und alle sangen mit, am leidenschaftlichsten Demis Roussos mit Elfriede Jelinek, sogar zweistimmig, und ich traute meinen Augen nicht, mit seiner riesigen Pranke auf ihrem Po. Ich wusste nicht, wen ich bei dieser kleinen Vignette mehr beneiden sollte, seine Pranke oder ihren Po.

Das war der Moment, in dem ich das Plow mit den Sprotten servierte.

Quellen

S. 18 und S 20: Marvin Gaye, Sexual Healing (Marvin Gaye / Odell Brown / David Ritz)

S. 48: Ludwig Wittgenstein, aus dem Kapitel »Über Ästhetik, Psychoanalyse und religiösen Glauben« in »Vorlesungen und Gespräche«, Fischer Verlag, 2000

S. 34: Harpo, Motorcycle Mama (Harpo / Ben Palmer)

S. 68: Aphrodite's Child, You always stand in my way (Boris Bergman / Evangelos Papathanassiou)

S. 71: The Tammys, Egyptian Shumba (Lou Christie / Twyla Herbert)

S. 104: Andreas Dorau, Ein Tropfen geht an Land (Frank Fenstermacher / Kurt Dahlke)

S. 120: Die Rezension von Downtown ist ein abgewandeltes und verkürztes Zitat von Hugo von Hofmannsthal in »Essays, Reden, Vorträge«, aus dem Kapitel »Die Menschen in Ibsens Dramen / Nora«, Hofenberg, 2020

S. 126: Rita Pavone, Arrivederci Hans (Georg Buschor / Henry Mayer)

S. 143: Joy Fleming, Ein Lied kann eine Brücke sein (Michael Holm / Rainer Pietsch)

S. 163: Olga Tokarczuk, Der Schrank, deutsch von Esther Kinsky, Kampa, 2000

S. 166 f: Flann O'Brien, Golden Hours, deutsch von Harry Rowohlt, Haffmans Verlag, 2001

S. 169: Die Geschichte ist eine Paraphrase des Films »Gloria« von John Cassavetes, 1980

S. 172: Die Schwester und das Polaroidfoto sind von Momus, »How Do You Find My Sister?« 1989

S. 177: Pepper LaBeija in »Paris is Burning«, Jenny Livingston, 1990

S. 197: Die Lynchzitate über Salzburg, Cola, Marlboro und den Abbruch seines Studiums sind aus seinem Buch »Traumwelten«, deutsch von Robert Brack, Daniel Müller, Wulf Dorn, Stefan Glietsch, Heyne Encore, 2018

S. 255: John Wyse Jackson in der Einführung zu Flann O'Briens Golden Hours, deutsch von Harry Rowohlt, Haffmans 2001

S. 258 f: Tristan Tzara, Das Gasherz, deutsch von Claus Bremer und Daniel Spoerri, Theaterverlag Hartmann & Stauffacher

S. 260 f: Die Edith Sitwell zugeschriebene Rezension ist nicht von ihr, sondern verkürzt und abgewandelt aus Richard von Schaukals Vorwort zu Barbey D'Aurevillys »Vom Dandytum«, Greno 1987

Françoise Cactus
Oh Oh Mythomanie
Erlebtes, Erinnertes & Erlogenes

Eine umfangreiche Text-
sammlung aus dem Nachlass
der Stereo-Total-Musikerin.

Gereon Klug
Die Nachteile von Menschen
132 Beschädigungen
aus dem reflektierten Leben

Ein Tüftler, Bonvivant, Songer-
finder und Listenschreiber blickt
auf die Welt.

Chrizzi Heinen
Tropicalia Passagen

Ein Roman mit außergewöhnli-
chem Blick auf Musik, Literatur
und das wirkliche Leben.

Daniel Borgeldt
Cheyenne
Roman

Tarantino meets deutsche
Provinz – ein Coming-of-Age-
Roman als Noir-Krimi.

www.ventil-verlag.de